Josué Mercier est né en 2001 à Cambrai et, depuis son plus jeune âge il a l'âme d'un créateur, imaginant des péripéties à ses plus grands héros comme *Spider-Man* ou bien encore *Iron-Man*. Aujourd'hui, après avoir sorti son premier roman « *Whirlwind* » en 2020, il décide d'écrire une tout autre histoire qui lui tient particulièrement à cœur.

Du même auteur :

Jörkenheim Chapitre 1 : Complexe De Supériorité *(paru en juillet 2022).*

Whirlwind Chapitre 1 : La Naissance D'un Nouveau Monde *(paru en décembre 2020).*

© 2024, Josué Mercier

Tous les dessins présents dans ce livre ainsi que la première et quatrième de couverture sont des propriétés privées appartenant tout droit à l'auteur.

Tout usage dépourvu de l'accord de l'auteur fera l'objet de poursuites judiciaires.

Édition : BoD • Books on Demand GmbH, In de Tarpen 42, 22848 Norderstedt (Allemagne) Impression : Libri Plureos GmbH, Friedensallee 273, 22763 Hamburg (Allemagne)

Dépôt légal : Août 2024

ISBN : 978-2-3225-5532-1

JÖRKENHEIM

CHAPITRE 2 : AU NOM DU PÈRE.

JOSUÉ MERCIER

À mon moi enfant,

qui réside toujours et apporte à cette histoire,

toute son authenticité.

JÖRKENHEIM (COSTUME 2.0)

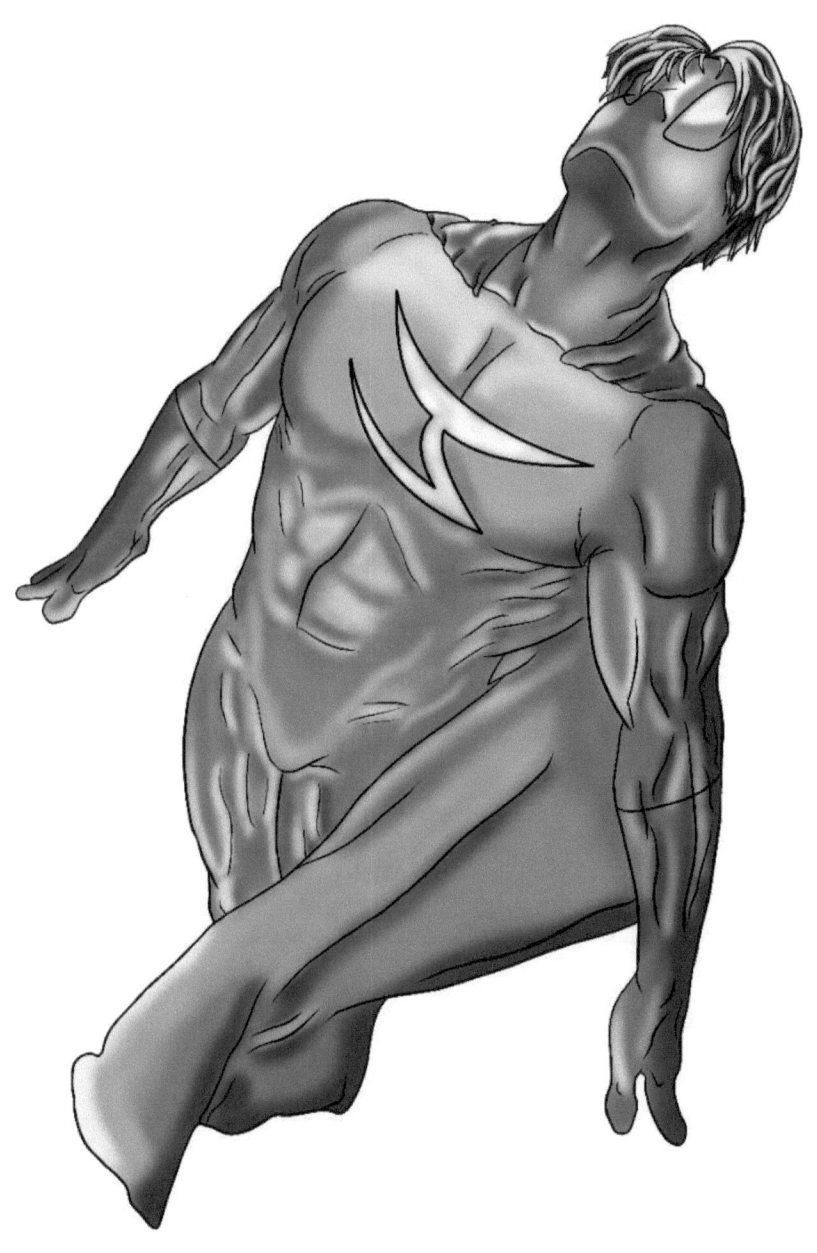

LE CONSERVATEUR

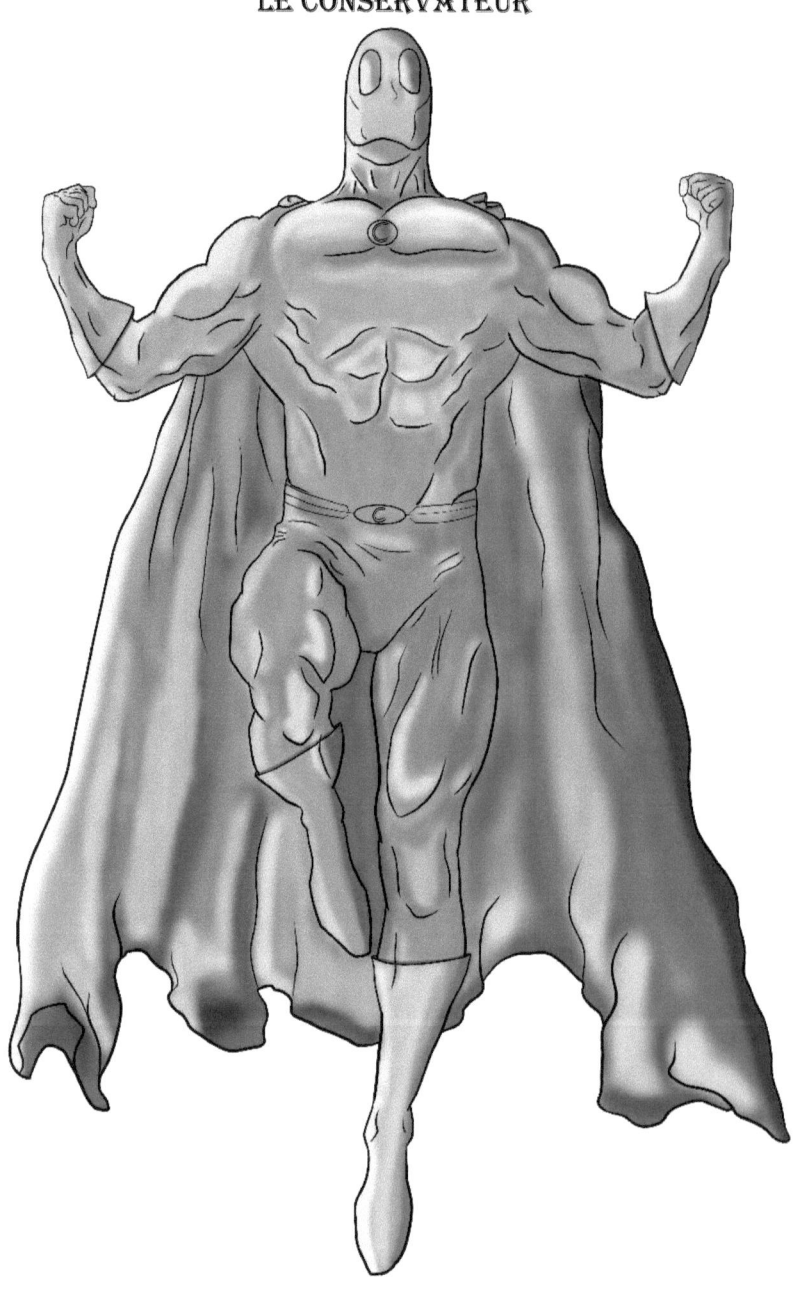

LE VAISSEAU DE DELKA

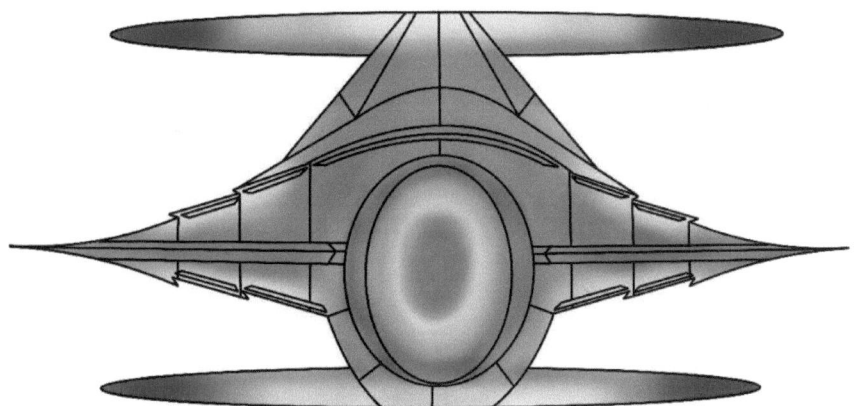

AAROZZ

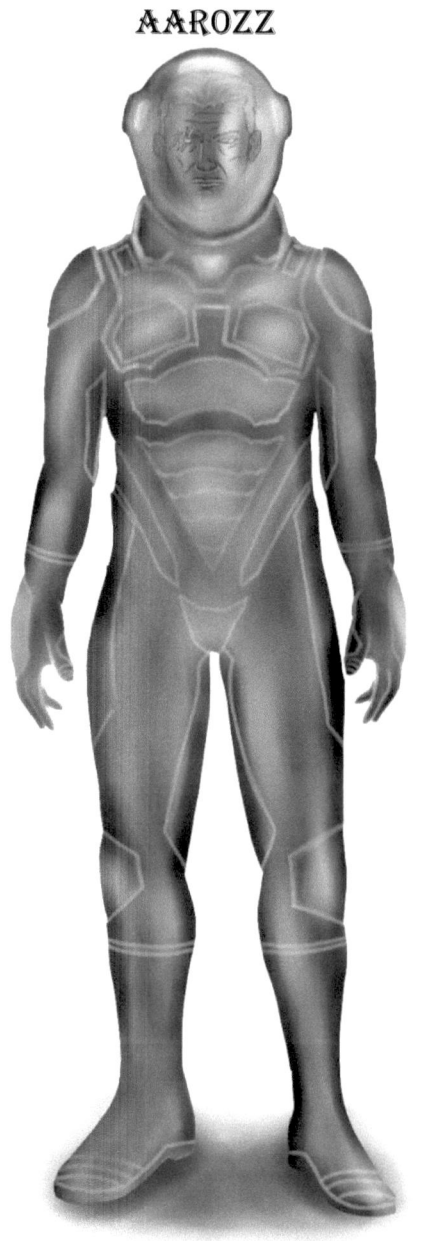

ABEILLE

1.

SOUVENEZ-VOUS, NOM DE DIEU

J'espère que vous savez où j'en suis dans mon récit...
Parce que je ne vais pas me répéter, je déteste ça.
Mais pour vous, je veux bien faire l'effort une seule fois.
Où m'étais-je arrêté la dernière fois...
Ah oui !
Comment aurais-je pu oublier...
Comment aurais-je pu oublier la manière dont mon pire ennemi « *Le Conservateur* » m'avait juste humilié devant tout le monde, avait réduit mon équipe en miettes, avait kidnappé mon collègue bien-aimé *Gontran* avant de me laisser crever, hanté par un froid glacial.

Le seul souvenir que j'eus avant de perdre connaissance fut celui d'un énorme tumulte retentissant dans mes oreilles et faisant vibrer mon cerveau.
Un bruit qui m'avait semblé familier.
Un bruit de réacteur de vaisseaux.
Souvenez-vous, la façon dont mon âme avait abandonné tout effort et s'était extraite de mon corps, s'envolant entre les nuages.
Je savais qu'on allait me sauver, que mon équipe allait se tirer d'affaires, mais qui avait bien pu avoir écho de notre présence sur cette planète sauvage du nom d'*Ultrag* ?
Aucune idée.
Ou bien si, j'en possédais une dans le coin de ma tête mais j'espérais qu'elle soit fausse car si ce vaisseau était bien celui auquel je m'attendais alors… On n'était pas dans la merde.
Enfin bref, finies les petites discussions autour de ce qui est révolu, fini de vous remémorer ce qu'il s'est passé dans le précédent volume car là, on ne rigole plus.
Ce que vous allez lire va vous émouvoir.
Adoptez ma vision le temps d'un instant et admirez ce que la vie m'a donné.
Rien que de la souffrance.
Après avoir senti mon corps s'élever dans les airs pour entrer dans un vaisseau, je m'étais assoupi durant ce qui me semblait être de courtes secondes.

En réalité, j'étais resté inconscient pendant de très longues heures.

Lorsque je repris connaissance, ma peau froide frémit et mes poils se raidirent. Mes muscles endoloris se contractèrent tandis que mon cerveau fut traversé par un intense électrochoc qui me fit sursauter comme un enfant sortant d'un cauchemar rempli de silhouettes surnaturelles.

Je reconnus immédiatement les environs en faisant glisser mes doigts sur les murs frais et humides qui cloisonnaient cette pièce et en admirant la porte grise faite d'un métal extraterrestre. Je pus même percevoir les paroles qui allaient et venaient en se frayant un chemin sous le jour de cette dernière.

Je ne connaissais que trop bien cet endroit et il m'était impensable de rester plus longtemps ici.

J'avais remarqué que Gavrol et Kazimor dormaient paisiblement sur le sol. Il n'y avait aucune trace des autres.

- Gav ! Gavrol réveille-toi ! dis-je en secouant ma collègue. Allez putain il faut qu'on se tire d'ici !
- Ouais... Ouais c'est bon... répondit-elle en se tirant du mieux qu'elle le put de son sommeil profond.
- Kazimor réveille-toi ! repris-je en essayant de la réveiller elle aussi.

Mes deux partenaires émergèrent tant bien que mal et ne savaient absolument pas où l'on se trouvait actuellement. C'était mieux pour elles qu'elles ne le sachent pas pour le moment.

- Allez faut qu'on se tire d'ici, affirmai-je déterminé.
- Qu'est-ce qu'il y a ? On est où ? demanda Gavrol.
- Peu importe, il faut qu'on s'en aille sans nous attirer des ennuis. Vous faites ce que je dis et tout ira bien.
- Dis-nous au moins où on est ! s'exclama Kazimor.
- Non ! Vous le saurez si on sort d'ici.
- Dis-le-nous, dit Gavrol qui était en train de s'énerver.
- Je vous le dirai quand on sera tiré d'affaire !
- Non ! Soit tu nous le dis, soit on reste ici !
- Hors de question !
- Arrête de nous mentir à chaque fois putain !
- On est dans un vaisseau Zerkane ! ajoutai-je en m'énervant contre Gavrol. D'accord ? C'est bon ça te va comme réponse ? On a été capturé par des Zerkanes et on doit se casser d'ici avant qu'ils remarquent qu'on s'est réveillés.
- Quoi ? Attends... Pourquoi on leur demande simplement pas de l'aide pour retrouver Gontran et arrêter le Conservateur ?
- On ne pourra pas... Celui qui doit les arrêter c'est moi et je connais le Chef des Rebelles... Il va encore

me faire la morale pendant des heures parce que je n'ai jamais voulu les aider... C'est pas ma guerre... Ni mon peuple... Alors on se casse sans faire d'histoires et tout ira bien.
- Si seulement tu prenais les devants une bonne fois pour toutes et tu acceptais de les aider, peut-être qu'ils pourraient nous filer un coup de main pour retrouver Gontran !

Je restai silencieux durant quelques instants et repensai à toute ma vie, ce pour quoi je me battais, ce que je défendais. Je n'avais aucunement l'envie d'aller mener une bataille qui n'était pas la mienne.

Ce n'est pas moi qui ai voulu appuyer sur un bouton pour déclencher une guerre sur Zerk, ce n'est pas moi qui ai souhaité faire des tests sur un pauvre humain pour le transformer en super-héros malgré lui.

Et ce n'est sûrement pas à moi d'arrêter ce fameux Conservateur avec lequel ils ont tant d'ennuis.

C'est à eux.

C'est leur faute et il faut qu'ils paient pour leurs erreurs.

Soudain, en regardant Gavrol dans les yeux, j'ouvris la porte menant au reste du vaisseau afin de trouver une sortie.

Je savais que nous n'avions pas été faits prisonniers, mais seulement gardés dans cette salle pour que le Chef des Rebelles puisse discuter avec nous une fois réveillés.

- Désolé, mais il faut qu'on y aille, dis-je.
- Ouais, sois désolé... rétorqua Gavrol avec un ton méprisant que je n'avais même pas remarqué au premier abord car j'étais bien trop occupé à contourner les gardes Zerkanes.

Bien que nous n'ayons pas été pris en otage par les Zerkanes, il était crucial de ne pas être détectés, sous peine de nous retrouver immergés dans une guerre que je ne souhaitais pas subir.

Je glissais entre les gardes en prêtant attention à ne pas faire de bruit, à ne casser aucun élément du décor qui pourrait les faire se retourner.

J'étais comme un serpent cherchant à fuir, dandinant son corps écailleux afin de plonger dans le sable chaud sauf que moi, je cherchais juste à replonger dans ma planète, dans mon monde.

Ces aliens aux yeux globuleux avaient la tête ailleurs, ils discutaient dans leur langue et faisaient des rondes en déblatérant sur l'absence de leur chef.

Oui, même eux se demandaient où se trouvait actuellement le Chef des Rebelles.

Pas étonnant qu'il ne soit pas là, il était certainement bien trop occupé à fuir la réalité des choses, à renier ses responsabilités.

Au moins je n'aurai pas à le confronter si j'arrive à trouver une porte de sortie.

Je sentais que Gavrol et Kazimor ralentissaient un peu le pas pour se concentrer sur la décoration, l'architecture et l'ingéniosité que les Zerkanes avaient mis dans leurs vaisseaux.

Les murs étaient blancs. Un blanc malade, un blanc qui me faisait penser à celui que nous autres humains peignions sur les murs des hôpitaux ou des maisons de retraite.

Des lumières rouges et bleues parcouraient les parois et des voix sortaient quelques fois des haut-parleurs fixés dans les coins supérieurs des murs à l'aspect granuleux.

On pouvait y entendre des instructions dans la langue Zerkanes qui ordonnaient aux gardes d'aller vérifier si nous étions encore bien endormis dans notre salle de repos.

Malheureusement mes pauvres aliens... Vous allez être surpris quand vous aurez la réponse.

Des hologrammes de planètes, de systèmes stellaires et parfois même du Chef des Rebelles, sortaient des murs comme des fantômes ou tournaient dans les différentes pièces de ce véhicule volant.

Pour mes deux collègues, je m'orientais peut-être sans savoir où aller, mais elles se méprenaient... Je suivais un chemin tout tracé jusqu'à une des portes de sorties.

Après quelques minutes à errer dans cet espace clos avec comme seul amusement de peut-être regarder à travers les vitres afin d'admirer les quelques misérables corps célestes figés dans les cieux, nous arrivâmes devant une des portes qui allait nous conduire vers des balises d'extraction.

Oh pardon... Une balise d'extraction... Comment pourriez-vous comprendre sans explications... Quel idiot je fais.

Une balise d'extraction est une sorte de petit vaisseau assez grand pour contenir seulement deux personnes et qui est attaché au vaisseau principal.

Si ce dernier venait à être attaqué, les survivants pouvaient faire leur route dans ce petit véhicule jusqu'à un endroit sécurisé.

Un vaisseau dans un vaisseau...

Mais il y avait un problème, comme toujours avec moi, sinon l'aventure n'était vraiment pas divertissante.

Une sorte de digicode bloquait l'accès et j'avais du mal à me souvenir de la suite de chiffres qui allait nous permettre de nous enfuir.

Tant pis, je tentai le tout pour le tout.

Je n'en étais vraiment pas sûr mais je tapai soudainement un code qui m'était revenu à l'instant.

8...7...4 et... 9.

Bingo ! Accès autorisé.

La porte s'ouvrit avec beaucoup de peine, faisant grincer sur son chemin presque tout le vaisseau et se bloquant même parfois durant une petite seconde mais le tour était joué, on allait pouvoir partir.

Je me relevai, entamant mon chemin vers la balise d'extraction mais une voix m'arrêta.

- Yuri !

Kazimor cria mon nom dans l'entièreté du véhicule volant. Sa voix résonnait si fort en moi que je me retournai pour admirer sa beauté une dernière fois.
Les lumières du vaisseau se colorèrent d'un rouge qui coulait sur le sol et les visages de mes coéquipières.
Une sirène retentit bruyamment, crevant mes tympans sur le moment.
Kazimor et Gavrol avaient des armes collées sur leurs têtes et les mains stationnées en l'air en guise de « *je me rends* ».
Les Zerkanes m'avaient retrouvé et j'hésitais entre le fait de partir seul en courant jusqu'à la balise d'extraction ou de tenter de les sauver avec mes pouvoirs au risque de me détruire des organes vitaux.
Finalement, après avoir considéré toutes les possibilités, je fis le choix de me rendre les mains en l'air, les yeux vidés de tout contentement et l'esprit tourmenté de peur de devoir accomplir une destinée que je désavouais depuis le début.
Soudain, les gardes ôtèrent leurs armes des visages de mes collègues alors que j'étais presque arrivé à leurs côtés et s'agenouillèrent tous devant moi.

Je remarquai que, derrière tous ces soldats, une grande et mince silhouette se développait dans l'ombre et marchait à allure modérée afin de se dévoiler à mes yeux.

Sans grande surprise, je savais à qui j'avais affaire et ce n'était personne d'autre que le Chef des Rebelles en chair et en os.

Cet imposant Zerkane, bien plus grand que ses congénères, aux quatre yeux qui essayaient de s'immiscer dans mon âme pour la juger un instant, aux dents qui auraient pu lacérer ma chair si je ne possédais pas la faculté de me régénérer à volonté, aux griffes affûtées qui allaient bientôt se planter dans ma gorge pour me punir d'avoir osé fuir devant ma vie d'avant, se tenait là.

Il s'approcha de moi, m'observa de haut en bas avec dédain en admirant les habits abîmés de la Prison de Mesyrion que j'avais encore sur moi puis, commença à me parler dans ma langue.

- Enfin l'on peut se revoir… Pour se dire ce que nous avons tous les deux sur le cœur. Exprimer nos regrets, nos remords, nos erreurs du passé… J'ai tant à te dire. Par quoi commencer.

Je soupirai profondément en baissant mes mains et en admirant le sol. Par pitié, que je puisse mourir maintenant plutôt que de l'écouter parler ne serait-ce que quelques secondes.

- Vous pouvez vous relever, ordonna-t-il à ses collègues Zerkanes.
- Allez vas-y dis-moi, répète-moi ce que j'ai fait de mal, dis-je au chef des rebelles.
- Oh non... Ce serait bien trop long, je veux que tu comprennes en quoi ta mission consiste...

Alors qu'il s'apprêtait à continuer sa phrase, je m'approchai de lui en serrant mes poings.
Mes ongles entrèrent douloureusement dans ma peau tandis que les muscles de ma mâchoire s'étaient si fortement contractés que j'aurais pu briser n'importe quel os mis à ma disposition.
Je ne ressentais, vis-à-vis de lui, que de la haine, de la colère, du mépris et du dégoût.

- Qu'est-ce qu'il se passe là ? demanda Gavrol qui ne comprenait pas bien mes intentions.
- Ce qu'il se passe c'est que votre ami...
- Ce qu'il se passe... affirmai-je en interrompant le chef droit dans les yeux. Ce qu'il se passe c'est que tu as devant toi un être rempli de vices...
- Tu te décris ? demanda le chef ironiquement.

Je serrai encore plus fort mes poings, si puissamment que du sang allait peut-être gicler sur mes pieds dans les secondes suivantes.

- Arrête d'être ce que tu es, de prendre ce ton méprisant avec moi, déclarai-je. Si seulement... Si seulement tu pouvais te rendre compte de ce que tu m'as fait subir, ce que tu m'as enlevé. Je n'ai plus rien !
- Tu nous as nous ! rétorqua Kazimor.
- Oh vous savez... répondit le chef. Pour lui, vous ne valez rien de plus que les autres, vous êtes à ses yeux des personnages secondaires... Au mieux. Il ne ressent rien pour personne. Il n'est pourvu que de haine.
- Tu as été pris de sentiments toi ? Quand tu m'as enlevé à ma mère qui agonisait sur le tableau de bord de sa voiture ? questionnai-je en sentant la détestation me consumer à petit feu.
- Je t'ai sauvé.
- Non. Tout ce que tu as fait c'est me condamner à me rendre immortel pour tes putains d'objectifs à la con. Pour que je vois les personnes que j'aime mourir sous mes yeux.

Je tournai soudainement le regard, mes yeux pétillant d'émotions, vers Gavrol.

- Il a raison, je ne ressens rien que de la haine. Et la haine que j'ai... Elle est immense... Parce qu'on m'a

enlevé mon enfance. On m'a pris ce que j'avais de plus cher. Je n'ai plus rien ! Plus personne !!
- Calme-toi Yuri, dit Gavrol en me touchant le bras.
- Non !! Ce mec... Toi, repris-je en regardant dans les yeux le Chef des Rebelles. Je ne te pardonnerai jamais cette nuit-là... De m'avoir enlevé à ma mère, à ma planète... De m'avoir empêché de tuer celui qui a envoyé ma mère six pieds sous terre...

Je lâchai soudainement une larme de tristesse, l'une des seules réellement sincères depuis le début de mes aventures, qui glissa le long de ma joue. Une larme venue du fond de mon cœur, là où je terrais mes sentiments les plus nobles, les plus amers, là où mon chagrin résidait.

- J'ai fait de toi l'un des hommes les plus forts de tous les temps ! Ton destin est bien plus grand que tu ne l'imagines ! Tu es loin de réaliser l'étendu de ton avenir, crois-moi ! s'exclama le chef qui ne comprenait pas ma tristesse.
- Tu ne comprends vraiment rien... répondis-je le regard vers le sol. Je me contrefous de la mission pour laquelle j'ai été choisi... Je n'ai jamais donné mon accord ! Ce n'est pas parce qu'un enfant est fan d'espace qu'il doit être enlevé par des extraterrestres pour subir des tests ou je ne sais quoi ! Je voulais vivre bordel !! Peu importe que je puisse

vivre dans la pauvreté, dans des conditions déplorables sur Terre... Ou même dans la rue... Tout ce que je souhaitais... C'était d'être avec la femme que j'aimais le plus au monde... Ma mère...

Tous se turent le temps d'un instant et admirèrent les émotions que j'acceptais enfin de montrer au monde. Gavrol semblait subjuguée que je puisse dévoiler une partie de moi aussi émotive et sensible.
C'était l'enfant en moi qui avait parlé, qui s'était enfin exprimé sur l'amertume avec laquelle la vie l'avait frappé.

- Ramenez-moi sur Yorunghem, demandai-je.
- Yuri... Il faut que je te dise quelque chose d'important... reprit le chef en baissant les yeux quelques brèves secondes.
- Plus rien n'a d'importance, ajoutai-je déçu de son comportement. Ramenez-moi.
- La nuit où... Nous avons... Où nous avons fait des tests sur toi pour faire de toi ce que tu es aujourd'hui...C'était si intense en émotions pour nous les Zerkanes car nous avions remarqué avec quelle facilité tu t'en remettais. Tu n'avais aucune séquelle... Tu n'étais pas mort comme les autres sujets auparavant... Nous étions si heureux, nous apercevions enfin la lumière au bout du tunnel...

Un chemin où enfin nous aurions pu triompher d'une guerre sans précédent...

Je restai silencieux, les pupilles vidées de toute envie, de toute émotion autre que la tristesse.

- Ce fut un tel succès... déclara le chef avec un regard très étrange envers moi. Nous nous sommes tous mis d'accord, de peur que, malgré tout, la vie nous joue encore un mauvais tour... De peur que tu décèdes des suites de ces tests... Nous avons décidé de garder ton ADN.
- Quoi ?

Je crus rêver.

- Nous étions persuadés que tu allais rendre l'âme comme tous les sujets que nous avions expérimentés avant toi... Alors, nous avons gardé ton ADN au cas où... Car tu es spécial... Je ne sais pas comment expliquer ça mais quelque chose en toi n'est pas comme tout le monde... Tu es... Unique !
- Attendez... Vous avez gardé mon ADN ?!
- C'est quoi ce bordel ? demanda Kazimor à Gavrol aussi surprise que moi.
- Nous l'avions... reprit le chef qui semblait cacher quelque chose.

- Crache la vérité maintenant, affirmai-je avec un regard de colère envers mon interlocuteur.
- Nous l'avions gardé... Dans le but de te recréer entièrement si jamais tu venais à mourir... Pour te garder, te faire renaître et te refaire passer des tests jusqu'à ce que ça marche... Mais... Un jour... Un traître qui se terrait parmi nous l'a revendu au plus offrant... Il est tombé dans les mains du Tyran...
- Il faut aller le récupérer, hors de question qu'on le laisse là-bas ! m'exclamai-je. Si jamais il...
- Le Conservateur, reprit soudainement le chef en me coupant la parole et en contemplant le sol. Il a mis au point un clone de toi... Il a créé Le Conservateur.

Gavrol, Kazimor et moi-même restâmes tout à coup bouche bée face à cette révélation.
Je ne savais que dire, qu'exprimer... Je n'avais qu'une seule envie : tuer ce Zerkane pour avoir commis cette irréparable erreur.

- Mais vous êtes des grands malades !! hurlai-je devant tout le monde en faisant aller mes mains. Vous avez quoi dans votre crâne pour avoir eu l'idée de garder mon ADN putain !
- Du calme... répondit le chef en essayant de me contenir.

- Non !! Mais tu oses me demander de me calmer ? Vous n'en avez pas marre de me la faire à l'envers ? M'enlever ce que j'ai de plus cher à mes yeux ne vous a pas suffi ? Il faut que vous soyez sûrs de pouvoir me garder en vie quoi qu'il arrive pour me faire souffrir encore et encore ?!
- Non... Tu ne comprends pas... C'était une erreur c'est vrai...
- Une erreur ?! Je ne sais même pas comment appeler ça... Je n'ai même pas les mots pour décrire à quel point vous êtes tarés !! Vous avez vous-même condamné votre peuple à la guerre, à l'extinction... Et vous osez encore me demander de l'aide ? De mettre fin à une guerre que VOUS avez déclaré ?!
- S'il te plaît, tu es le seul qui peux arrêter tout ça !
- Arrête de me dire ça, je ne veux pas de vos erreurs, je ne veux pas de votre guerre. Ramenez-moi à Yorunghem sinon je détruis tout.
- Yuri, tu es sûr de toi ?

Je m'approchai davantage du visage du Chef et, en le regardant droit dans les yeux, j'affirmai implacablement :

- Ramène-moi sur Yorunghem tout de suite.
- Très bien.

Le Chef des Rebelles actionna son oreillette et ordonna à son équipe de conduire le vaisseau aux abords de Yorunghem 80-C.

- C'est fait.

Soudain, je sentis mes organes se surélever durant quelques courtes secondes puis... Plus rien.
Rien que le silence, des regrets rongeant les cœurs de chacun et s'immisçant dans l'atmosphère de cet engin aérospatial.
Je m'orientai en direction de la balise d'extraction qui était un peu plus loin et entamai une marche rapide.

- Yuri...

Gavrol m'appela. J'arrêtai ma course et me tournai vers elle.

- Il faut qu'on aille sauver Gontran... Viens avec nous s'il te plaît... Ils peuvent nous aider...
- Je... Je suis désolé Gavrol... répondis-je en me retournant vers la balise, une dernière goutte chancelant dans mon bord ciliaire droit. Vous pouvez y aller... Ce sera sans moi.

Je repris ma marche vers la balise et entendis de sa voix douce ma chère Gavrol prononcer mon nom une ultime fois.

Cette larme qui menaçait de s'écraser sur le sol froid et grisâtre ne put s'accrocher plus longtemps et s'éjecta dans les airs avant de s'étaler sur ma chaussure.

J'entrai dans la balise d'extraction.

J'avais en face de moi l'immensité de Yorunghem 80-C et admirais ses courbures, sa rondeur. La beauté des cieux qui m'était offerte d'apercevoir me rendait émotif comme jamais je ne l'avais été depuis... La mort de ma mère.

Qu'avaient-ils eu dans leurs têtes pour commettre un tel acte ? Garder mon ADN... Ils avaient créé un clone de moi qui parcourait le ciel, terrorisant des villages en tuant sans se soucier de l'immoralité de ses actes... Ils allaient payer cher leur faute.

J'activai sans plus attendre les moteurs de la balise et fuis cet immonde vaisseau afin de me diriger vers l'atmosphère de ma planète.

Je laissais mes émotions prendre le contrôle de mon corps, mon regard vide de sens admirait les gratte-ciels de ma ville préférée : *Karanne,* puis je m'expulsai de la balise d'extraction.

Cette dernière continua son chemin entre les nuages avant de s'exploser contre un building qui contenait peut-être des personnes aux belles intentions, qui se tuaient au boulot... C'était le cas de le dire.

Ces pauvres Yorunes avaient pu apercevoir une dernière fois le soleil rayonner sur leurs peaux avant de se faire réduire en morceaux par mon véhicule.

Moi, je laissais mon corps perdre de l'altitude et tourner dans tous les sens.

Je fermai les yeux en sentant l'air frais glisser entre mes poils, en appréciant mes cheveux danser au gré du vent.

Mon corps menaçait presque de s'étaler sur le sol de la ville lorsque, tout à coup, il percuta de plein fouet une voiture volante qui passait par là.

Je la fis exploser et le vacarme assourdissant me brûla les tympans et me fit perdre la notion de l'espace quelques instants.

J'avais les yeux remplis de sang mais ce n'était pas le mien... Seulement celui de la pauvre victime qui s'était vu se faire déchiqueter par la puissance de mon corps.

J'avais sur mes lèvres les restes de sa chair sanguinolente. Sur les doigts de ma main gauche s'était accroché son pied arraché qui gesticulait dans les airs.

Il se détacha de ma main et heurta le visage d'un civil qui se baladait tranquillement dans la rue tandis que moi, je m'écrasai dans la pauvre maison d'une vieille dame qui dormait sur son canapé.

Elle se réveilla en sursaut, la main agrippant son faible et lent cœur qui peinait à pomper son sang chaud, et sauta sur ses deux jambes cassantes.

- Connard ! Espèce de connard !! hurla-t-elle en allant chercher sa canne avec laquelle elle souhaitait me frapper. Jörkenheim à la con !!

Elle me traita de tous les noms, elle qui savait pertinemment qui j'étais puisque j'étais recherché par la police de Mesyrion... Et aussi parce que j'étais le plus connu de tous les super-héros de Yorunghem... Vu que j'étais le seul.
Enfin je crois...
Peu importe.
J'étais allongé sur son sol à moitié démoli, après avoir détruit avec mon dos presque l'intégralité de sa demeure. Le regard braqué vers les nuages, vers le ciel couleur azur que je pouvais observer à travers les planches de bois qui me tombaient dessus, je me levai avec beaucoup de peine. J'entendais des sirènes de police et des moteurs s'agitant d'entre les rues dans un seul but : m'enfermer dans une cellule pour le restant de mes jours.

- Bouge pas Jörkenheim ! Tu es encerclé ! Nous avons l'autorisation de t'abattre si tu fais le moindre mouvement, annonça un policier qui venait d'entrer dans la maison avec son équipe armée jusqu'aux dents. Madame sortez d'ici

- Ne vous embêtez pas... Je vais régler cette histoire, dis-je en levant mes mains et en orientant mes pas vers les flics.
- Bouge pas ou je tire !!
- Je t'en prie.

Je marchai rapidement vers les policiers lorsqu'une balle m'atteignit et passa à travers mon poumon droit.
Puis une autre.
Et encore une autre.
J'étais presque arrivé devant le policier qui détenait un fusil à pompe que mon corps avait déjà avalé plus d'une trentaine de balles et pourtant, les seules choses qui me perforaient actuellement le cœur étaient les mensonges dans lesquels j'avais grandi toute ma vie.
Les yeux noyés d'eau, les bras tremblants de sentiments négatifs, le cerveau inondé de souvenirs de ma vie passée, de la mort de mes pauvres parents, je saisis subitement le fusil à pompe du flic et me l'enfonçai dans la bouche.
Mon doigt collé à la détente, j'appuyai si fermement que des fragments de plombs explosèrent mon crâne et tâchèrent le beau tapis violet où j'étais rendu actuellement.
Je tombai, les genoux au sol et plongeai dans un sommeil si profond que ma tristesse elle-même s'envola avec moi dans les nuages.

2.

UN RÉVEIL BRUTAL.

Bonjour à toutes et à tous et bienvenue.

Bienvenue dans une émission très spéciale.

Si vous ne l'aviez pas encore remarqué, vous avez changé de perspective... Vous avez abandonné Yuri le temps d'un instant pour vous plonger dans mes mésaventures.

Et comment vous dire que mon récit est bourré de dangers, de rebondissements en tout genre... De surprises !

Peut-être êtes-vous en train de vous demander au fin fond de vos pensées *"mais qui est cette petite voix qui parle ?"*.

Et bien je vais vous le dire.

Vous venez d'atterrir dans la tête du patron et gérant d'une des plus grosses agences luttant contre le crime...

Bienvenue dans la tête de ce cher Vekosse !

Bien... Reprenons.

Après la nuit glaciale que nous avions tous passés au sein d'Ultrag à cause de ce Conservateur enragé.

Après qu'il nous avait mis la pâtée de notre vie et nous avait laissé périr sur cette planète.

Après n'avoir pu sauver Gontran des griffes de ce malsain personnage, je repris connaissance en ouvrant péniblement les yeux.

Mes lourdes paupières collaient entre elles et avaient du mal à laisser les rayons du soleil faire leur chemin jusqu'à mes globes oculaires.

Soudain, alors que je regardais les environs ensoleillés, mes pensées fusèrent dans tous les sens.

Qu'était-il arrivé au reste de l'équipe ? Yuri, Gavrol, Kazimor, Simuald, étaient-ils tous morts en succombant à la fraîcheur extrême de la nuitée ?

Et s'ils avaient réellement accepté la mort, pourquoi ai-je pu y résister ?

Serais-je moi aussi doté de pouvoirs incroyables ? D'invulnérabilité ?

Je ne pense pas.

Je recentrai mes pensées et me reconcentrai sur moi, sur mon souffle, sur les pulsations de mon cœur.

J'admirais le lieu et observai que la maison dans laquelle nous devions tous passer la nuit était rongée par un incendie extrême qui dégageait assez de chaleur pour me faire transpirer du front.

Je repassais dans ma tête le combat dantesque qui avait eu lieu contre le Conservateur quand tout à coup, un énorme flash percuta mon cerveau et me fit chanceler.

Mes jambes tremblèrent à l'idée qu'au fond de ce tas de bois rongé par les flammes se trouvait mon ami le médecin.
Je ne pouvais imaginer qu'il ait pu rejoindre ses ancêtres au paradis.
Alors, sans plus attendre, je tentai de me diriger vers les flammes et hurlai son nom à pleins poumons : "*Zoglahn*".
Je criai si fort que de la bave sortit de ma bouche afin de s'écraser contre le sol terreux.
Malheureusement, rien n'y faisait, personne ne répondait à mes appels.
Je ne pouvais plus rien faire.
J'avais en face de moi cette vérité qui me tranchait le cœur en deux.
Je ne pouvais pas accepter qu'il soit mort de cette façon et pourtant, il fallait bien que je m'y résigne.
Il fallait surtout que je quitte cette planète, que je parte à la recherche de Yuri, du reste de l'équipe.
Alors que je criais "*Yuri*" à en faire trembler mes pieds, un hurlement abominable sortit de l'autre côté de la maison réduite en cendres.
Qu'est-ce que cela pouvait bien être ?
Je me rappelai soudainement d'un élément que mon ami Zoglahn m'avait dit en débarquant sur cette planète.
"*Fais attention à ne pas faire trop de bruit lorsque le jour se lève, car sur cette planète résident des êtres aveugles, au corps squelettique et à l'ouïe si développée qu'ils peuvent repérer le*

son de ta voix à des kilomètres à la ronde... On les appelle les Khalopodites".

Alors épris d'un sentiment d'effroi intense, je courus à une vitesse faramineuse afin de rejoindre mon vaisseau que j'avais garé un peu plus loin entre plusieurs grands arbres vieux de quelques centaines d'années.

À dire vrai, je ne savais même pas s'il se trouvait encore là. Je craignais que ce très cher Yuri se soit retrouvé à me le voler pour déguerpir de cette planète.

Il en serait tellement capable.

Alors que j'avais presque le souffle coupé par mes vieux poumons lassés des activités sportives, je m'arrêtai brusquement.

Un sourire aux lèvres, les yeux s'écarquillant et pétillant de joie, j'admirai mon engin volant encore en très bel état.

Enfin j'étais sauvé, enfin j'allais pouvoir fuir cet endroit et revenir à mes occupations, enfin...

Alors que je trottinais vers mon vaisseau, deux silhouettes naquirent d'entre les nuages et vinrent violemment s'échouer sur l'une des ailes de mon véhicule.

Les moteurs explosèrent, laissant derrière eux une traînée de fumée toxique qui remplissait les cieux.

Moi, n'en croyant pas mes yeux, je contemplai mon vaisseau se faire détruire par un combat entre deux êtres.

- Mon... Mon vaisseau... dis-je les bras ballants et la gueule ouverte jusqu'au sol.

Soudain, un des deux monstres bondit dans les airs et atterrit sur le sol.

Je reconnus, en plissant les yeux, que la source de mes malheurs n'était autre que cette montagne de muscles à trois têtes... Simuald.

Il se battait contre ces fameux Khalopodites et avait quelques égratignures auxquelles il ne prêtait guère attention.

Soudain, alors qu'on semblait pourtant débarrassé de tout ennui, cinq Khalopodites firent surface d'entre les arbres et foncèrent sur Simuald qui n'avait d'autres choix que de se battre avec férocité.

En effet, ces monstres étaient comme Zoglahn me les avait décrits.

Les Khalopodites étaient grands d'au moins un mètre quatre-vingt-dix et avaient la peau sur les os.

Peut-être était-ce un signe de malnutrition ou alors simplement leur génétique qui les poussait à être constamment aussi chétifs.

Ils possédaient de longs bras qui trainaient presque sur le sol et des griffes aussi pointues et aiguisées que des lames.

Le plus étrange dans leur constitution physique étaient leurs visages.

Tout semblait inversé.

En effet, leurs gueules se trouvaient sur leurs fronts et leurs nez à la place de leurs gueules.

Ils n'avaient pas d'œil et s'orientaient donc, comme je vous l'avais dit précédemment, grâce à leur ouïe.

Ils pouvaient entendre le souffle de leur proie à des centaines de mètres aux alentours.

Et alors que ces bêtes rugissaient et donnaient des coups de griffes à Simuald qui tentait de riposter comme il le pouvait, un des monstres cessa ses attaques et s'immobilisa subitement.

Moi, plongé dans mes pensées à essayer de trouver une solution pour partir de cette planète, je ne remarquai pas qu'un Khalopodite avait tourné sa tête... Vers moi.

Un violent hurlement sortit de la gueule de cette monstruosité et me fit sursauter de terreur.

Il bondit alors hors du groupe, se concentrant sur moi comme un aigle s'apprêtant à resserrer ses griffes sur sa victime.

Je pris mes jambes à mon cou, essayant par tous les moyens de fuir le jour de ma mort qui s'approchait de moi.

Hors de question que je me laisse faire.

Le Khalopodite sauta dans ma direction, les bras en avant, les griffes prêtes à me lacérer la face, mais échoua en tombant la tête la première contre le sol.

J'avais eu l'idée de génie de me jeter par terre avant qu'il ne finisse sa course afin qu'il soit confus et ne sache plus où s'orienter.

Si je ne faisais aucun bruit, il ne pourrait pas savoir où je me trouvais.

Cependant, j'avais omis de penser à un détail très important concernant le sol de cette planète.

Il existe des endroits où l'eau se mélange si constamment à la terre que les sols en deviennent toxiques pour les êtres vivants... Ils deviennent des sables mouvants.

Décidément, aujourd'hui n'était pas le jour où la chance me souriait.

Mes jambes s'enfoncèrent dans la terre tandis que je m'efforçais à ne faire aucun bruit pour ne pas alerter le monstre qui était encore trop proche de moi.

Simuald était noyé d'attaques et ne savait plus où donner de ses têtes.

Il avait beau essayer de repousser ces monstres, ces derniers revenaient sans cesse à la charge en tentant de retourner la situation.

Et moi, m'intégrant toujours plus en ce sable mouvant, j'avais quasiment l'intégralité de mon corps recouvert de terre humide qui me comprimait les poumons et m'empêchait de respirer correctement.

Le Khalopodite, qui avait sans aucun doute remarqué que j'avais du mal à m'en sortir, s'approcha de mon visage en s'agenouillant et commença à sentir les odeurs, comme un chien reniflant le sol lors d'une belle balade.

Soudain, alors que le sable souhaitait s'immiscer dans ma bouche et mes narines pour m'extirper un dernier souffle de vie, je hurlai à plein poumon qu'on me vienne en aide.

Le monstre que j'avais tout près de moi se releva et me cria dessus en crachant de la bave au passage.

Il arma brusquement sa main qui allait m'ôter la vie et moi, je fermai les yeux.

Je ne pouvais plus respirer et allais bientôt perdre la vue et par la même occasion la vie.

L'une des griffes de mon agresseur m'arracha un dernier bout de peau sur ma joue et je n'entendis plus que le son de ma mort.

Tout était soudainement devenu très silencieux, les oiseaux sifflaient une dernière fois tandis que j'allais m'endormir pour l'éternité au son des feuillages secoués par le vent.

Quand j'ouvris les yeux, alors que du sable allait s'engouffrer dans ma vision, je pus admirer que le crâne du Khalopodite avait fait la rencontre d'une belle main puissante et orangée.

Un sentiment de joie intense parcourut mon être et me fit revivre une dernière fois peut-être.

Le monstre s'agenouilla devant moi et s'écrasa à mes côtés, s'abandonnant alors à la mort qui était venu le prendre.

On ne pouvait le remarquer car j'étais recouvert de sable mais au fond, j'étais le plus heureux des hommes lorsque j'avais compris que Simuald avait triomphé de ces bêtes et était venu me sauver in extremis.

Il plongea ses douces mains recouvertes de bouts de chair dans le sable mouvant et me sortit de ma cage mortelle sans trop me faire mal.

J'étais, les mains et les genoux au sol, en train de tousser pour extraire de ma gorge les derniers morceaux de boue.

- Merci... Merci beaucoup, dis-je difficilement en essayant de reprendre mon souffle.
- Ne me remerciez pas, remercie plutôt ton ami le médecin qui s'être sacrifié cette nuit pour notre survie, répondit-il.

Simuald semblait se débrouiller de mieux en mieux pour parler notre langue. Il faisait de moins en moins d'erreurs.

- Il est...
- Mort... Oui, ajouta Simuald en s'asseyant à mes côtés.

Nous demeurâmes tous les deux assis sur le sol en faisant bien attention à ne plus se faire avoir par les sables mouvants que nous avions fui de quelques mètres.

Je contemplai mon vaisseau qui se faisait dévorer par les flammes et, n'en croyant pas mes yeux, demandai d'une voix fébrile :

- Il est vraiment mort ?
- Oui... Je suis désolé, affirma Simuald compatissant.

- Comment ?
- Il nous a protégé ce nuit... Cette nuit, du froid en créant une bulle protectrice avec son technologie... En dépit de sa vie.
- Sa technologie...
- Désolé.
- Mais merde... C'est pas vrai.

Mes yeux se remplirent de larmes et mon cœur se noua d'émotions.
Simuald avait remarqué mon état d'émotivité et posa sa main sur mon épaule pour me soutenir dans cette épreuve.
Mon ami le médecin, dénommé *Zoglahn Qadar*, était une personne formidable et talentueuse.
Nous nous étions rencontrés lors d'un cours de sciences à l'époque où je faisais encore des études.
Le pauvre s'était gouré de classe et avait atterri dans la mienne alors qu'il souhaitait rejoindre un autre cours et depuis, nous avions toujours gardé contact.
Et là... Il se trouvait être mort...
Un sentiment de culpabilité commençait à ronger mon âme et je ne pus m'empêcher de penser que tout cela était de ma faute.

- Ne t'en fais pas, reprit Simuald. Ce sont des choses qui arrivent. La mort fait partie de la vie.

- T'en es sûr ? demandai-je en admirant mon vaisseau qui semblait en piteux état. Est-ce que c'est pas plutôt pour se rassurer qu'on dit ça ?
- Peut-être... Vous autres humanoïdes avez cette habitude de se rassurer avec une raison lorsque vous font face à l'inconnu... Mais la mort... Comme toute autre chose incontrôlable... Ne peut pas éternellement être évitée... Même si on le souhaiterait.
- Qu'est-ce qu'on fait maintenant ?
- On repart, rétorqua Simuald en se levant. Nous doivent retrouver les autres désormais. Les réponses à nos questions se trouveront sur le chemin.
- D'accord...

Je me mis sur mes jambes et commençai à marcher avec mon ami vers mon vaisseau.

La manière qu'avait Simuald de me parler me rassurait au plus haut point.

Il semblait doté d'une sagesse que je n'avais jamais vue auparavant. Peut-être avait-il caché cette facette toute sa vie et attendait de rencontrer les bonnes personnes pour se dévoiler enfin.

Alors qu'on partait vers notre but, qu'on allait repartir sur le droit chemin, mon vaisseau prit intégralement feu et explosa violemment.

Je m'arrêtai subitement, les yeux et la bouche grands ouverts, face à l'inéluctabilité du moment.

- C'est pas vrai... dis-je en regardant mon vaisseau se consumer.
- Comment va-t-on faire ? demanda Simuald intrigué.
- C'est... C'est toi... Quand tu t'es battu... Enfin c'est pas grave... J'ai une solution... Je crois.

J'avais une dernière idée pour partir d'ici et j'avais besoin de prendre contact avec mon cousin pour cela.

- Écoute, il y a un téléphone de secours dans le cockpit du vaisseau, juste derrière le siège du pilote, sur la paroi. Tu pourras trouver une boîte avec un logo de téléphone, il faudrait que tu me le ramènes pour qu'on puisse appeler quelqu'un, déclarai-je à Simuald.
- Pas de soucis, j'arrive, répondit Simuald avant de bondir vers le vaisseau.

Ce grand balourd à la peau orangée passa au travers du cockpit et atterrit à l'intérieur du vaisseau où notre seule chance de partir d'ici pouvait s'y trouver.

Il resta dans le véhicule volant quelques longues secondes avant de réapparaître.

J'avais eu peur qu'il se passe quelque chose d'étrange là-dedans mais tout allait très bien et Simuald posa les pieds sur le sol avec un téléphone de secours encore tout neuf. Je l'empoignai et composai le numéro de mon cousin afin qu'il nous vienne en aide.

- Allô ? Oui écoute-moi bien, dis-je à mon cousin. Il faut que tu viennes me chercher je suis coincé sur une planète...
- Sérieux ? Qu'est-ce que t'as foutu encore... répondit mon cousin.
- Je t'expliquerai mais il faut que tu viennes.
- Et où tu te trouves précisément ?
- Sur Ultrag.
- Sérieux ? Mais c'est loin !
- Merci, je te revaudrai ça.
- Putain... Bon ok, je me mets en route.

3.

AIDEZ-MOI, PAR PITIÉ...

Au même moment, sur la planète Zerk, du côté du Conservateur.

Je surplombais de ma superbe allure la grotte dans laquelle j'avais effectué un somptueux massacre quelques temps plus tôt.
Ces malheureux Rebelles au sang frais, cette belle maman succombant dans mes mains, sa tête se décrochant du reste de son corps après que j'ai jeté son rejeton sur l'une des parois humides de leur cachette... Tout me revenait quand j'admirais les environs.
Ces plantes grimpantes entourant l'entrée de l'antre, cette cascade d'eau dans laquelle je m'étais immiscé pour y découvrir un groupe de résistants armés...
Je ne savais pas pour quelle raison j'avais des pertes de mémoire mais cela m'arrivait fréquemment.

Cette pierre que je convoitais allait me donner des réponses et il fallait que Gontran me dise où il l'avait caché.

Le Roi n'était pas au courant de ma capture d'il y a quelques jours.

Jamais il n'aurait pu se douter que j'avais mis la main sur ce fameux Gontran qu'il recherchait tant.

À vrai dire, je n'étais plus dépendant du Roi désormais.

Je ne suivais que ma propre voie, mes propres envies et personne n'allait se mettre en travers de ma route, personne n'allait m'arrêter.

Je fonçai au travers de cette cascade et atterris dans la grotte.

Plusieurs gardes Zerkanes sous mon commandement gardaient les lieux et s'occupaient de faire taire les curieux qui souhaitaient savoir ce qu'il se passait ici.

Lorsque je mis le pied à terre, tous s'agenouillèrent face à ma grandeur et me prièrent.

Un des gardes croisa mon regard, je lui ordonnai alors de se lever.

- Suis-je autorisé à parler, mon Conservateur ? demanda-t-il en baissant les yeux.
- Seulement si tu as de bonnes nouvelles à m'annoncer... répondis-je en frôlant son visage avec ma main.
- Oui... Il a parlé.

- Bien…
- Nous avons une piste.

Je ne discutai pas plus longtemps avec mon inférieur et traçai mon chemin dans la caverne jusqu'à atteindre la salle où était retenu Gontran.

Il se tenait debout et paraissait très faible, retenu uniquement grâce aux liens qui reliaient ses mains au plafond.

Nous l'avions attaché, non pas parce qu'il était dangereux mais bien parce que j'avais ordonné aux gardes de suivre mes conseils afin de l'affaiblir, de le faire souffrir.

J'aimais tant avoir le contrôle des choses, des êtres vivants, voir que je pouvais ôter la vie de cette immonde créature que je méprisais.

Une seule petite ampoule avait été installé sur le plafond afin d'éclairer les environs.

La lumière parvenait difficilement à toucher la peau de Gontran et c'était le but que je recherchais.

Je voulais lui faire apprécier la lumière au bout du tunnel, qu'il ne pourrait jamais atteindre.

Car même lorsqu'il me chuchotera la vérité et me priera de l'épargner, je contemplerai la souffrance aspirer ses derniers instants de vie et l'espoir dans ses yeux disparaître.

Ce petit Zerkane avait le visage ensanglanté, gonflé et violenté par les coups que les gardes lui mettaient lorsqu'ils en avaient l'envie.
Il n'arrivait plus à tenir correctement debout et se laissait aller au rythme de son corps qui dansait et tanguait de droite à gauche.
Lorsqu'il me vit arriver, il soupira et baissa les yeux vers le sol.
J'étais heureux de le voir aussi mal en point, de le voir lentement abandonner la vie.
Je m'approchai doucement de son visage, contemplant les malheureuses blessures qu'il possédait et qui commençaient à s'infecter et à produire du liquide jaunâtre.

- Alors... Comme ça on a décidé de parler... Enfin !
- Quand je sortirai d'ici... Crois-moi, je vais te tuer, répondit Gontran en rassemblant ses forces.
- Oh... Regarde toi... Tu n'es même pas en état de tenir debout et tu penses pouvoir me tuer ?
- Ils vont venir me sauver...
- Qui ça ? Tes petits amis ? Tu sais... Sans vouloir détruire tes espoirs... Ils sont sûrement tous morts à l'heure qu'il est... Personne ne va venir. Mais je peux te donner une chance de vivre encore si seulement tu me donnes...

- Va te faire foutre enculé ! s'exclama Gontran en m'arrêtant dans mes propos pour cracher sur mon masque.
- Bien... Tu te rebelles... C'est bien... Je vais t'apprendre à m'obéir.

J'étais surpris qu'il puisse me cracher au visage et souhaitais lui faire comprendre qu'ici, la seule personne qui peut lui ôter la vie à tout moment, c'est moi.

- On va voir si tu tiens encore réellement debout ! dis-je en me reculant de Gontran et en faisant un signe aux gardes.
- C'est ça ouais... répondit-il doucement.

Les gardes comprirent immédiatement que je voulais faire parler Gontran.

J'avais un petit sourire narquois qui se dessinait sur mon visage à mesure que j'imaginais ce petit être insignifiant souffrir.

Les gardes s'empressèrent de prendre une pince pour me la donner. Je savais que j'allais me régaler avec ce moyen de torture.

Je m'avançai vers Gontran, lentement, afin qu'il comprenne son erreur. Afin qu'il me prie d'arrêter.

Je saisis sa fine main qui aurait pu se briser en deux sous le poids de ma puissance, et d'un coup bref, je lui arrachai l'une de ses griffes.

Il hurla à la mort, si puissamment que cela aurait pu réveiller les animaux qui dormaient paisiblement en cette heure.

Sa peau autour de sa griffe s'était un peu déchirée et pendait. Du sang rouge vif glissait entre mes doigts et heurta le sol.

Je remarquai que Gontran commençait à transpirer et à faire rouler ses yeux en arrière et lui assénai alors une grande claque sur l'une de ses joues qui subjugua les gardes tant la puissance de mes coups était intense.

- Dis-moi où tu as mis la pierre Gontran, affirmai-je en tenant le visage dégradé de ce Zerkane entre mes imposantes mains.
- Je... Je ne l'ai pas... Je ne l'avais pas quand tu es venu sur Ultrag... répondit difficilement Gontran en rassemblant ses dernières forces.
- Elle m'attire, elle me parle tu sais... Je savais qu'elle était en ta possession... Dis-moi où tu l'as caché et tu pourras repartir d'ici vivant.
- Tu peux toujours... Aller te faire foutre... Jamais je te le dirai.

Je plongeai mon regard dans le sien, essayant de le persuader d'arrêter de se rebeller et d'enfin m'avouer la vérité.

J'en avais plus qu'assez de perdre du temps.

Je repris la pince dans mes mains et resserra cette dernière sur la deuxième griffe en le regardant.
Je commençai alors à lui arracher sa deuxième défense.
Il cria comme il le put et respira si profondément qu'il faillit perdre connaissance.

- Ok... Ok c'est bon je vais te le dire...

Je restai silencieux et écoutai ce qu'il avait enfin à me dire.

- Je ne l'avais pas sur Ultrag... Je l'ai envoyée à un collectionneur... Je savais que j'allais devenir riche en revendant cette pierre... Alors je la lui ai envoyée... annonça Gontran en reprenant son souffle.
- Où l'as-tu envoyée ? demandai-je soudainement intrigué.
- Sur une planète... Pas très loin... Sur *Biolize*... Chez le bijoutier *Del Copery*... Dans une ville au sud...
- Bien ! m'exclamai-je en tendant les bras vers le ciel. Ce n'est pas trop tôt ! Enfin j'ai la vérité !

Je me retournai vers Gontran une dernière fois et lui annonçai avec férocité :

- J'espère pour toi que tu ne m'as pas menti... Si je découvre que tu m'as menti... Tu ne reverras plus la lumière du jour, je te le promets.

Je reculai après lui avoir annoncé cela et partis en direction de la sortie de cette grotte qui sentait le sang pourri et les cadavres en décomposition.

- Je sais qui tu es... Sous ce masque... Un clone... Yuri Santana, rétorqua Gontran en me regardant avec insistance.
- Santana ? répondis-je soudainement interloqué par ce nom.

C'était plus qu'étrange...
J'avais l'impression de connaître ce nom, qu'il m'était très familier.
Mais d'où pouvait-il venir ?
Je n'en avais aucune idée.
Depuis que j'ai vu le jour, depuis que je suis aux côtés du Roi, je n'ai eu aucun autre nom que celui que je porte aux côtés de mes inférieurs.
Le Conservateur.
Alors que j'allais sortir de cette grotte, que j'avais abandonné Gontran à son funeste sort, de violents maux de crânes secouèrent de douleur l'entièreté de mon être.
Je saisis entre mes mains mon visage et grognai quelques insultes tandis que des flashbacks d'une vie antérieure intégraient mon cerveau.
Je vécus une étrange sensation et me souvins d'un endroit froid, misérable, sombre et peu rassurant.

Je me voyais subir d'étranges tests des mains des Zerkanes alors que j'étais allongé sur une table dure qui m'atrophiait le dos.

On me découpait le crâne, on me posait des perfusions et on discutait de mon sort afin de savoir si j'allais résister à ce que l'on me faisait vivre.

C'était un véritable cauchemar.

Un détail intéressant me fit comprendre immédiatement que je revivais un souvenir que j'avais oublié depuis longtemps.

Je reconnus le château du Roi.

Je me trouvais dans une des pièces les plus interdites de sa demeure où l'on faisait parfois des sacrifices de rebelles ou des expériences ratées sur toutes sortes d'êtres vivants.

J'étais celui qui subissait ces tests affreux...

Je sortis violemment de ce cauchemar et refis surface dans ma réalité en étant totalement confus. Je ne savais plus où donner de la tête et sentis en mon cœur un sentiment singulier... De la peur.

Un des gardes était en train de m'appeler et de me soutenir afin de comprendre pourquoi j'agissais aussi bizarrement et de savoir si tout allait bien.

Je croisai son regard et l'attrapai alors par la gorge afin de le soulever dans les airs.

Il m'implora de l'épargner, qu'il ne savait pas quoi faire et que j'avais l'air d'être mal en point.

Moi ? Mal en point ? Je suis tout-puissant.

- Que ça te serve de leçon, dis-je à ce soldat qui allait périr par mon pouvoir.

Je lui arrachai alors, d'un mouvement bref, sa pomme d'Adam et sa trachée s'extirpa également hors de son corps afin de s'étaler difficilement sur le sol.
Un jet de sang puissant se répandit par terre et quelques gouttes fraîches atteignirent mon masque.
Le pauvre se tenait la gorge dans un dernier réflexe de survie mais rien n'y faisait.
Il avait beau essayer de déglutir, de garder un peu de souffle pour vivre, son corps abandonna cette réalité quelques courtes secondes plus tard.
Je pris sa dépouille, alors que les autres gardes me contemplaient avec admiration et effroi, et l'éjectai hors de la grotte pour qu'elle s'écrase brutalement contre les plaines inhabitées de ce bel endroit à la nature sauvage prédominante.
Il ne fait aucun doute qu'elle allait finir par se désagréger et se faire dévorer par des rapaces venus là pour assouvir leur faim.
Je n'en avais que faire, il m'avait mis sur les nerfs et je détestais qu'on puisse me prendre pour un homme faible.
Je décollai dans les airs en direction du château du Roi où un vaisseau m'attendrait.

J'espérais juste pouvoir reprendre ce qui me revenait de droit sur cette fameuse planète nommée *Biolize*.

Lorsque j'arrivai sur place, je crus ouïr que le Roi semblait vouloir se rendre sur une planète à quelques années-lumière d'ici.

Accompagné de son vaisseau-mère, il allait aspirer l'énergie de cette malheureuse planète et piller ses ressources afin de nourrir Zerk.

Moi, je pris mes affaires, lavai mon masque et partis sans rien dire à personne vers ma prochaine destination.

4.

LA LUMIÈRE AU BOUT DU TUNNEL.

Pendant ce temps, du côté de Gavrol.

Cela faisait plusieurs jours désormais que nous errions sans aucun but précis dans l'espace, à la recherche de résistants Zerkanes et d'autres peuples acceptant de nous aider dans la bataille contre le Tyran.

Je ne souhaitais pas vraiment prendre part à cette guerre et Kazimor non plus mais nous n'avions plus le choix.

Nous allions le faire pour sauver Gontran car il méritait de vivre.

J'avais discuté avec Kazimor d'un plan pour tirer ce petit Zerkane d'affaires.

Dorénavant, la seule chose que l'on avait à faire était de demander au Chef des Rebelles de nous emmener sur Zerk et de faire en sorte qu'il accepte d'envoyer avec nous des troupes pour sauver Gontran.

J'étais en train de patienter avec Kazimor dans une pièce froide que l'on pourrait qualifier de "chambre" lorsque soudain, épris d'une envie d'enfin arrêter de gâcher le temps qu'il nous restait, je bondis hors de mon lit.

- Il faut qu'on aille lui parler, dis-je à Kazimor qui regardait le plafond en jouant avec ses pouvoirs pour faire voler une lampe dans les airs.
- Comment tu veux t'y prendre ? demanda-t-elle. Regarde comme il a l'air fermé d'esprit... La manière dont il a réagi avec Yuri... Ça me donne pas envie de lui parler.
- Écoute... On n'a pas le choix. Si on veut faire bouger les choses, il faut qu'on lui demande de nous aider. Tout ce qu'on a à faire c'est de lui demander de nous emmener sur Zerk.
- Tu sais dans quel but on visite d'autres planètes depuis des jours ?
- Pour demander de l'aide à d'autres peuples, pour qu'ils se joignent à la guerre contre le Tyran de Zerk.
- Parce qu'ils ont peur. Ils ont peur de revenir sur Zerk. Je l'ai compris au moment où il a parlé à Yuri l'autre jour avant qu'il s'en aille du vaisseau... Ils sont terrifiés à l'idée de repartir sur Zerk car ils peuvent à tout moment se faire décimer par Le

Conservateur. Ils ont besoin de Yuri pour triompher.
- Justement ! Tu as tes pouvoirs, on peut aussi triompher si on rassemble nos forces et qu'on sauve Gontran... Il le mérite.
- Oui il le mérite... Mais on court un grand danger. Rien ne me dit que je pourrai faire le poids contre Le Conservateur.

Kazimor cessa de jouer avec la lampe et me regarda dans les yeux avant de reprendre la conversation.

- Si on croise la route du Conservateur... Et on va la croiser... On est morts. Je ne pourrai rien faire, il est trop puissant.
- Il faut qu'on retrouve Simuald et Vekosse... Ils pourront aussi nous aider, affirmai-je.
- On ne sait même pas où ils sont.
- J'ai... J'ai peut-être une idée... Connaissant Vekosse... Le seul endroit où il peut se cacher... C'est chez son cousin.

Cela faisait sens.
Nous avions tenté, durant notre séjour avec les Zerkanes, de joindre Vekosse mais il ne répondait pas.
Il ne faisait aucun doute qu'il n'avait plus en sa possession son téléphone après la nuit mouvementée que l'on avait passé sur Ultrag.

Pourtant, il m'avait raconté qu'il n'avait qu'une seule personne qui comptait désormais pour lui et c'était ni plus ni moins que son cousin.
Je n'y avais pas pensé avant mais j'avais désormais une piste pour qu'on sorte d'ici.

- Il faut qu'on appelle Vekosse par le biais de son cousin ! m'exclamai-je. S'il se cache quelque part, c'est sûrement là-bas !
- Ok... Comment tu veux qu'on l'appelle ? demanda Kazimor qui paraissait sceptique.
- Il faut qu'on aille dans la salle des commandes sans se faire repérer et qu'on utilise un des moyens de communications.
- Bon... Si tu veux... On peut essayer.

Sans plus attendre, alors que cela semblait être la meilleure décision, nous nous dirigeâmes vers la salle des commandes en faisant attention à agir naturellement pour n'éveiller aucun soupçon.
J'avais déjà repéré toutes les caméras du vaisseau et je savais pertinemment le chemin à réaliser afin de toutes les éviter.
On croisait quelques fois des regards Zerkanes interloqués qui ne faisaient rien d'autre que de tourner en rond dans le vaisseau.

Même s'ils nous voyaient, on était libres de nos mouvements mais sait-on jamais, je préférais faire profil bas afin de ne pas paraître suspecte.

Nous atteignîmes enfin la salle des commandes.

J'étais au courant des horaires où chaque garde pénétrait en ces lieux.

C'était le parfait moment pour s'y rendre sans que personne ne remarque notre présence.

J'avais sous mes yeux cette grande pièce blanche aux baies vitrées donnant directement sur le vide spatial et sur les planètes aux alentours que je ne connaissais pas le moins du monde.

On flottait dans le vide, en direction de ce qui semblait être une planète naine abritant un peuple intelligent qui pouvait peut-être venir en aide aux Résistants Zerkanes.

Moi, j'avais sous mes yeux le panneau de commande où il m'était possible d'appeler n'importe où dans la galaxie et n'importe qui.

Je composai, en plongeant difficilement dans ma mémoire d'autrefois, ce qui semblait être le numéro du cousin de Vekosse.

Soudain, un énorme visage gras apparut sous mes yeux, sur le grand écran installé au centre de la pièce. Cet homme répondant au nom de Villael, aux cheveux d'un noir couleur charbon coiffés en crête, au grand nez assez large et aux yeux bridés, décrocha à mon appel.

- Ouais, c'est qui encore ? demanda-t-il d'une voix rauque en fumant.
- Passe-moi Vekosse, il sait qui je suis et je sais qu'il est avec toi Villael, répondis-je.
- Je devrais te connaître ?
- Non... Mais ton cousin m'a beaucoup parlé de toi.
- Ok, c'est bien... Arrête de me déranger et ne rappelle plus.

Soudain, la caméra de son téléphone trembla et le son commença à grésiller. C'était comme si cet idiot avait fait tomber son portable par terre.
L'image devint floue quand tout à coup, un autre visage vint à moi.

- Gavrol ?! dit la voix
- Oh...

Je soupirai grandement en voyant que Vekosse était bien vivant et avait pris le téléphone à son cousin par curiosité.

- T'es vivante ?! demanda-t-il en s'exclamant de soulagement.
- Ouais ! Toi aussi à ce que je vois. T'es pas encore mort d'une overdose d'alcool ?
- Pas encore... Ça ne saurait tarder... Peut-être ce soir, qui sait ? Vous êtes où ?

- Écoute c'est super long à expliquer là mais il faut que tu viennes nous chercher.

Je pus apercevoir que sur le coin de la caméra se tenait un grand gaillard à la peau orangée qui dévorait de la nourriture avec brutalité.

- Simuald est vivant ? Ça va mon grand ??
- Oui tout va bien ! Et toi ? Où te trouves-tu ? questionna Simuald de sa profonde voix.
- C'est compliqué de tout vous raconter mais on a été capturés par des Zerkanes et on est dans un de leurs vaisseaux, rétorquai-je en essayant d'être la plus concise possible.
- Euh… Je ne sais pas si on devrait venir… Si on tombe sur Le Conservateur… Là franchement on sera dans la merde, répondit Vekosse apeuré. En plus, je viens tout juste de me racheter un nouveau vaisseau parce que… Simuald a bousillé l'ancien.
- T'en fais pas, Le Conservateur est sûrement occupé ailleurs, il viendra jamais ici. Mais il faut qu'on se rejoigne et qu'on aille sauver Gontran.
- Yuri n'est pas avec vous ? interrogea Simuald soudainement.
- Non… Il… Il est parti sur Yorunghem… Je vous expliquerai.

- Ok... Bon... Envoie-moi tes coordonnées, dit Vekosse.
- Attends... Et... Et voilà c'est bon... Tu les as reçues ?
- Oui... On va se mettre en...

Très étrange dis-donc.
La voix de Vekosse avait commencé à devenir hasardeuse et à se couper inopinément sans que je puisse y faire quoi que ce soit.
Plus personne n'était au bout du fil.
J'avais vraisemblablement perdu le signal.
Kazimor me demandait ce qu'on allait faire désormais mais je ne savais pas quoi dire, j'espérais qu'on vienne nous chercher mais les grésillements de notre appel me confortaient dans l'idée qu'un grand danger avait frappé mes amis.
Tout ce que je souhaitais au fond de moi, c'était de ne recevoir aucun appel m'annonçant la mort de Vekosse ou de Simuald...
Soudain, alors que j'essayais tant bien que mal de rétablir la connexion, Kazimor se retourna brusquement.

- Je vois que vous persistez à trouver un moyen de contourner mes ordres, dit une voix derrière moi.
- Ah ouais... Encore vous, rétorquai-je en me retournant.

- Effectivement... Vous n'êtes pas très discrètes pour venir faire vos petites cachotteries ici.

J'avais en face de moi le Chef des Rebelles qui nous avait pris la main dans le sac.
Je n'avais qu'une seule chose à faire dorénavant : essayer de persuader le Chef de nous aider.

- Nous essayons juste de renverser la situation. Je vous ai déjà évoqué l'idée d'aller chercher Gontran. Il pourrait nous aider à vaincre le Tyran et le Conservateur par la même occasion.
- Hors de question, déclara le Chef en s'approchant un peu plus de nous. C'est beaucoup trop dangereux de s'aventurer là-bas.
- Mais c'est votre planète ! C'est l'un de vos semblables !
- Et donc ? Je devrais envoyer mes troupes le sauver en risquant de tous les tuer s'ils croisent Le Conservateur ? Je ne peux pas me le permettre. Mes troupes sont beaucoup trop importantes.
- Je pense que vous ne comprenez pas à quel point Gontran peut vous être utile, ajouta Kazimor en me rejoignant dans mon point de vue. Il est loin d'être le plus fort, le plus grand... Mais il est très malin, très rusé, il pourra peut-être même trouver un

moyen de vaincre la dictature et Le Conservateur par la même occasion.

Le Chef semblait hésitant.
Dans sa tête se remuait certainement bon nombre de réflexions sur les conséquences de ces actes s'il venait à accepter notre offre.

- Je suis désolé, affirma-t-il. Je ne peux rien faire pour vous. Sans Yuri nous sommes tous condamnés. Songez plutôt à rallier Yuri à notre cause plutôt que de sauver Gontran qui, j'en suis sûr, est déjà mort à l'heure qu'il est...
- Arrêtez de tout ramener à Yuri ! m'exclamai-je en perdant patience. Arrêtez de croire qu'il est le seul à pouvoir vous sauver ! Regardez où il en est maintenant ! Il n'est même pas là pour vous, pour Gontran. Il aurait pu mettre de côté son égo et venir avec nous pour tous nous sauver mais il n'est pas là ! Alors songez surtout à sauver ceux qui le méritent vraiment ! Gontran n'a jamais demandé à vivre ce qu'il vit. À l'heure qu'il est, et j'en suis sûr, il n'est pas mort mais il prie surtout qu'on aille le sauver ! Je vous en conjure, aidez-nous. Envoyez au moins une petite équipe pour enquêter sur sa disparition...
- Je suis désolé

Le Chef se retourna et commença à marcher en direction de la sortie de la salle des commandes. Il ne souhaitait pas nous aider et il était clair que même avec les meilleurs arguments, il n'allait jamais accepter de nous venir en aide.

- Tant pis, ajoutai-je avec un regard froid et haineux. Si ce n'est pas vous, quelqu'un d'autre nous aidera et on réussira à le sauver.
- Faites donc, mais vous allez y laisser votre vie jeune fille, rétorqua-t-il avant de disparaître dans les couloirs du vaisseau.
- Qu'est-ce qu'on fait maintenant ? demanda Kazimor.
- On attend, Vekosse va venir nous chercher, répondis-je en me dirigeant vers la sortie de la salle.

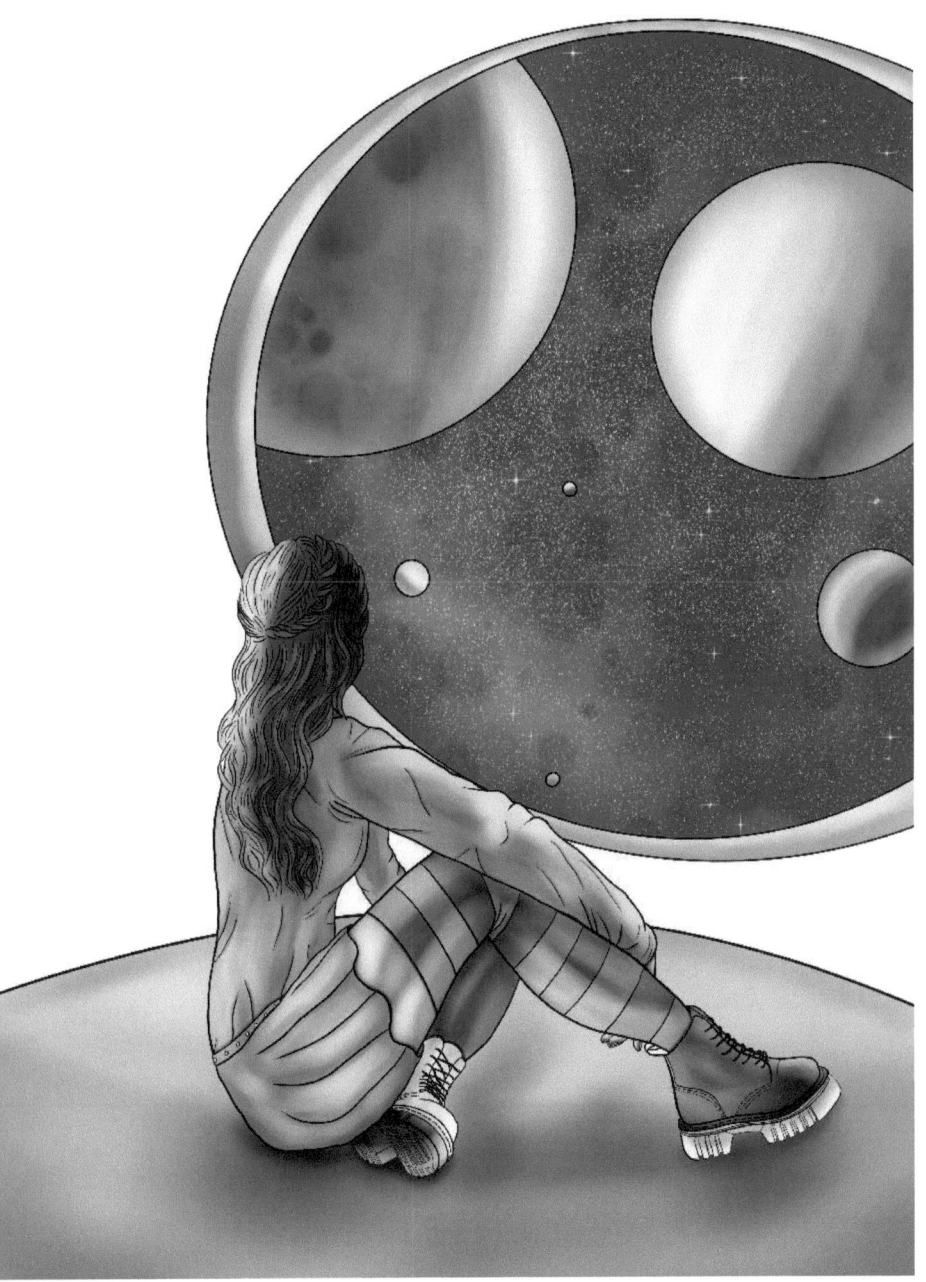

5.

LA VIE EST PARFOIS CRUELLE...

Quelque part, dans une ruelle puant les déjections d'humains et les déchets moisis, sur Yorunghem 80-C.

Mes lourdes paupières s'ouvrirent difficilement, m'ôtant un voile sombre que j'avais en face de moi pour m'offrir une nouvelle fois la vue.

Je me délectais de la merveilleuse odeur nauséabonde des lieux, je contemplais la beauté des rats aux yeux aussi noirs que les poumons d'un fumeur en fin de vie.

Eux, qui trifouillaient dans les poubelles à la recherche d'un morceau de fromage en décomposition, furent aussi stupéfaits que moi de voir que je n'étais pas encore mort.

J'étais miraculeusement revenu à la vie par je ne sais quelle magie.

Étais-je aussi invincible que ça ?

Bonne question.

En tout cas, mon cœur ne l'était pas puisque je ne ressentais rien d'autre que de la tristesse et une envie palpable de mourir pour de bon.
Mais comment faire ?
Aucune foutue idée.
Je pris mon courage à deux mains pour me tirer de cet endroit, en me mettant sur mes jambes qui tremblaient de faiblesse.
Il y avait tellement longtemps que je n'avais pas été aussi triste et d'humeur morose.
Tout avait tant changé depuis mon aventure sur Mesyrion, depuis que l'on avait réussi à s'enfuir de cette maudite prison.
Avant j'étais heureux.
Je ne suis dorénavant animé plus que d'un immense chagrin que rien ni personne ne pourrait effacer.
En marchant dans les rues aux néons de couleurs perçant mes rétines, j'avais remarqué qu'on avait affiché mon visage en hologramme partout dans la ville afin d'annoncer que leur héros avait mis fin à ses jours.
Cela passait sur toutes les chaines, sur toutes les radios, et pourtant certains étaient encore heureux de me revoir en chair et en os.
Je devais me mettre en route vers mon appartement en espérant que personne ne l'ait réquisitionné depuis mon admirable combat contre Meriveau il y avait de cela des semaines déjà.

Il fallait que je me change, que je prenne une douche, que je mange un bon plat cuisiné par mes soins... Ou par une femme que j'aurais encore commandé via des sites aux intentions malsaines.

Je déambulai alors dans les ruelles sombres de Yorunghem 80-C en écoutant une musique de la Terre passer dans les enceintes de la ville.

Cette belle composition des *Rolling Stones* nommée "*Angie*" se mêlait bien à mon humeur suicidaire et à mes pensées noires du moment.

La nuit battait son plein et décolorait mon visage alors que je broyais du noir en marchant désespérément vers mon lieu de vie.

J'avais presque clôturé ma belle balade quand soudain, épris d'une paresse et d'une faim monumentale, je croisai le chemin d'un fast-food encore ouvert à cette heure-ci.

Je pris à manger à emporter alors que tout le monde me dévisageait et me croyait décédé des suites d'un accident tragique.

Malheureusement, j'étais encore en vie, mais plus pour longtemps ne vous inquiétez pas.

Je rebroussai chemin hors de ce petit lieu où manger en famille était un moment agréable, si l'on avait encore une famille d'ailleurs, et ingurgitai mon plat sur le reste de ma route.

J'étais quasiment arrivé à la fin de mon repas lorsqu'un malheureux événement fit son apparition.

Quelque chose qui m'attristait au plus haut point était en train de se dérouler là, sous les yeux des habitants qui filmaient avec leurs téléphones pour envoyer la scène à leurs amis.

Quelle lâcheté que d'immortaliser le moment où des jeunes de quartier était en train de battre un petit chiot à mort.

Je mangeai le reste de mon sandwich en admirant la scène de mes yeux humides.

Ce petit chien aussi allait voir la vie s'éteindre en lui.

Personne ne bougeait, rien que leurs doigts qui se posaient alors sur leurs écrans pour enregistrer le moment.

Ces jeunes, dont un armé d'une batte de baseball et l'autre accompagné d'un scooter, menaçaient de mettre fin à la vie de ce petit chien tricolore aux yeux d'un bleu glacial.

Ce chiot, qui n'avait d'autre choix que d'hurler des cris crevant aussitôt mon cœur meurtri par l'événement, se mit en position de défense dans un coin.

Il n'y avait aucune issue pour lui, il allait voir sa gueule se faire éclater par un coup ultime et violent perpétré par un jeune sans pitié.

Un premier garçon asséna un coup de pied si puissant dans l'estomac du chien que ce dernier se roula par terre et fut immobilisé de douleur. Ses cris si perçants tordirent de douleur mon âme.

Il bougeait ses petites pattes, l'une après l'autre, en notre direction comme pour demander de l'aide mais personne ne se mit en travers des jeunes.

Un deuxième adolescent boutonneux, armé de son bout de bois mortel, dirigea un coup si violent dans la gueule du chiot que ce dernier cessa immédiatement de crier.

Seuls quelques pleurnichements faiblards sortirent de ses poumons qui chassaient le peu d'oxygène qu'ils pouvaient encore.

Le petit chien, qui avait d'ailleurs dorénavant la gueule brisée en mille morceaux et gisait sur le sol en crachant du sang visqueux, me regardait intensément.

Une petite larme glissa le long de sa paupière et vint heurter ma sensibilité que j'avais pourtant enterré il y a de cela des années.

Le temps s'arrêta et laissa subitement mes émotions remonter le courant fluvial de mon indifférence.

Ses pleurs résonnaient en moi et me faisaient vibrer d'émoi, faisant de moi un être davantage sensible.

Je pouvais apercevoir que le jeune avec son scooter était à deux doigts d'écraser la tête du chiot avec sa roue de devant.

Alors que tout le monde restait dans l'indifférence la plus totale, voyant pourtant un meurtre sous leurs yeux nonchalants, je décidai de laisser mon sandwich se détruire sur le sol et courus en usant de mes pouvoirs vers le chiot.

J'empoignai soudainement le scooter de l'homme le plus vieux du groupe et le jetai contre le mur.
Ce dernier se détruisit en morceaux et certaines pièces vinrent s'échouer sur le crâne d'un des jeunes qui s'évanouit précipitamment.

- Espèce de connard, tu vas me le payer ! cria le jeune qui n'avait désormais plus de moyen de locomotion.
- Ouais, vas-y essaie, répondis-je froidement en voulant tous les tuer.

Le jeune homme tenta de me toucher au visage mais je bougeais si vite qu'il se brisa la main en frappant dans le mur derrière moi.
Je dirigeai alors un coup presque fatal dans ses côtes et il tomba au sol en essayant de reprendre son souffle.

- Barrez-vous ! dis-je aux deux jeunes restants. Ou je vous tue tous un par un. Et vous, qu'est-ce que vous regardez ?! Vous êtes sérieux à filmer ? Bande d'idiots ! Vous n'êtes même pas capables de lui venir en aide !!

Je me tournai vers le chiot qui avait perdu connaissance et lui fit un massage cardiaque afin qu'il revienne à la vie.
Heureusement, son âme refit surface.
Je priai les cieux pour qu'il ne meurt pas dans mes bras.

Je m'envolai alors doucement vers le vétérinaire le plus proche en espérant qu'il y ait quelqu'un pour le prendre aussi tard dans la soirée.
J'enfonçai toutes les portes devant moi, tandis que le chiot semblait encore avoir perdu connaissance, et hurlai d'une voix forte, les yeux remplis de larmes, montrant au monde mes émotions.

- À l'aide ! Quelqu'un ! S'il vous plaît que quelqu'un vienne ! Au secours !!

Une femme accourut vers moi, la bouche grande ouverte à la vue du chiot battu à mort.

- Qu'est-ce qu'il s'est passé ?! demanda-t-elle choquée par ce qu'elle avait sous les yeux.
- Il s'est fait battre par des jeunes ! Sauvez-le je vous en prie...

La dame acquiesça et prit le chiot dans ses mains.
Son pelage doux et noir, aux tâches blanches, était collant de sang et de poussières.
Sa gueule ouverte en deux, ses yeux devenus presque opaques et inanimés de vie, sa truffe coupée par la batte de baseball qui avait rencontré son chemin, ses pattes brisées dont l'un de ses os était presque sorti hors de sa peau... Tout m'arrachait le cœur de douleur à tel point que

je m'étais assis dans un coin de la salle d'attente et que j'avais fondu en larmes.
C'était donc ça la vraie souffrance ? L'inéluctabilité ? Le fait de vouloir sauver quelqu'un mais d'échouer ? C'était donc cela que l'on ressentait ?
Une telle douleur est si difficilement descriptible tant les mots sont faibles pour l'imaginer.

6.

BIENVENUE À... BIOLIZE !

Pendant ce temps, du côté du Conservateur.

J'avais enfin réussi à mettre un pied sur cette superbe planète vers laquelle ce petit Zerkane insignifiant m'avait dirigé.

Biolize était située un peu plus loin, dans un système stellaire voisin à celui de Zerk, à quelques années-lumière de là.

Cet endroit était fortement étrange puisque ses habitants étaient pour la plupart des humanoïdes génétiquement modifiés.

C'était un milieu que l'on pourrait qualifier de *biopunk*. Un lieu où la civilisation intelligente avait dominé les espèces en les modifiants au plus profond de leur être, en changeant leurs capacités du tout au tout.

Les habitants de cette planète, nommés les *biolines*, semblables au premier abord à des humanoïdes classiques, étaient dotés de trois bras, de quatre jambes ou bien encore de trois têtes.

D'autres avaient demandé à faire modifier leur système immunitaire pour être invulnérable à toute maladie connue, ou à décupler leur force mentale également.

À l'instar d'autres planètes où s'implanter des jambes en métal brossé pour devenir plus endurant était une activité normale, ici l'on décidait d'augmenter la masse de ses fibres musculaires à un point tel que l'on pouvait admirer son corps faire des bonds jusqu'à atteindre le haut des gratte-ciels.

Ici, devenir un super-héros était la chose la plus banale possible.

J'étais arrivé au sud d'une grande ville embrassée par un soleil orangé qui commençait à avoir sommeil et admirais les bâtiments perçant les cieux.

La nature faisait partie intégrante de la vie des citoyens et se mêlait aux buildings en grimpant le long des gouttières et des vitres.

Certains coins bien spécifiques de la ville étaient sales et regroupaient les populations les plus pauvres, les pires vermines.

Cela me rappelait certains bidonvilles que j'avais pu observer dans ma vie.

Je volais entre les bâtiments pour observer comment vivaient les habitants de cette planète, ils avaient l'air simplets et un peu désorientés dans leurs vies, comme s'ils n'avaient jamais pu s'élever spirituellement et réaliser leurs rêves de jeunesse.

J'étais connu dans toute la galaxie et il ne faisait aucun doute qu'à peine le pied posé sur ce sol, beaucoup allaient tant m'admirer qu'ils allaient s'agenouiller devant moi pour que je les bénisse de mon pouvoir.

J'étais en train de chercher la bijouterie Del Copery quand tout à coup, en tournant ma tête vers la droite, j'aperçus un énorme bâtiment lumineux que personne n'aurait pu rater.

Comment avais-je pu passer à côté de la bijouterie alors qu'il y avait le nom "*Del Copery*" incrusté dessus avec des lettres qui clignotaient de rouge et de bleu ?

Peut-être étais-je trop plongé dans mes pensées pour détenir un semblant de lucidité... Peu importe.

J'avais enfin trouvé cette bijouterie dont on m'avait tant parlé.

J'atterris soudainement devant les portes automatiques de ce bâtiment et accédai au hall d'entrée où deux grands-mères vieillissantes à la peau molle se tenaient là à me dévisager.

Elles déblatéraient entre elles de la raison de ma présence mais ne semblaient pas vouloir venir me dire les choses en face.

Quelle lâcheté.

Tout autour de moi, sur chacun des murs rougeâtres, avaient été installés de magnifiques bijoux tenus dans des vitrines solides qui n'auraient, malgré tout, pas fait le poids face à ma toute-puissance.

Au fond de cette grande salle principale, un bureau se tenait là et protégeait le conseiller et caissier qui ne savait pas pour quelle raison j'osais fouler ces terres.

- Oui... Bonjour... Que... Que puis-je pour vous ? me demanda-t-il en me voyant arriver vers lui.
- Je cherche le directeur, on m'a dit qu'il travaillait au sous-sol, il a quelque chose qui m'appartient, répondis-je.
- Euh... Navré... Il n'y a pas de sous-sol ici... Le directeur est actuellement en déplacement. Revenez...

Il allait continuer à parler mais j'empoignai soudainement sa main droite, qu'il n'arrêtait pas d'agiter dans les airs, et la plaquai contre le bureau.

Cet homme à l'allure très étrange n'était pas comme les autres habitants de cette planète.

Il était chauve et un troisième œil avait décidé de pousser sur son front.

Il n'avait d'ailleurs pour s'habiller qu'un vulgaire pantalon de costume noir mais aucun haut puisqu'il arborait fièrement son torse nu tâché de divers tatouages singuliers.

Il s'était percé le nombril, la bouche et les oreilles, et portait un collier de couleur or.

- Ne joue pas au plus idiot avec moi, affirmai-je alors que je perdais petit à petit ma patience. Tu vas m'énerver et personne ne voudrait ça... N'est-ce pas ?
- Je vous jure que... le directeur n'est pas là, rétorqua-t-il en souffrant de sa main que je serrais fortement.

Soudain, alors qu'il avait à peine fini de parler et qu'il tentait de reprendre son souffle avec pénibilité, j'écrasai si fortement ses doigts les uns contre les autres que sa main se brisa en plusieurs morceaux.
Il hurla de douleur à un point tel que les grands-mères derrière-moi se retournèrent et vinrent à ma hauteur pour m'insulter et me pousser.

- Mais ça ne va pas ou quoi ?! Vous êtes malade ! dit l'une des mamies.
- Espèce de taré ! cria l'autre.
- Fermez-la les vieilles ou je vous jure que c'est pas vos mains que je vais briser mais vos proches quand ils devront vous enterrer plus tôt que prévu, affirmai-je en pointant du doigt ces hystériques.
- Oh... C'est quoi ces manières, répondit l'une d'elle choquée par mes paroles.

Ces deux vieilles peaux s'écartèrent afin de me laisser tranquille et repartirent plus loin dans la bijouterie après avoir réalisé que j'aurais pu les tuer en un instant.

Je repris ma conversation avec le caissier en lui demandant de m'ouvrir la voie vers le sous-sol mais ce dernier ne souhaitait vraisemblablement pas me laisser l'accès libre.

Alors que j'allais une fois de plus lui faire du mal, mes yeux s'arrêtèrent sur un des tatouages que possédait cet homme.

Ce dessin très étrange me semblait si familier qu'une peur intense encombra mon cœur et mon âme durant un long instant.

Je pouvais admirer, incrusté dans la peau de ce vilain personnage, une planète colorée de bleu et de vert, accompagnée d'un jeune Soleil jaune brillant.

Sous ce tatouage j'observais, écrit d'une fine plume noire, un seul et unique mot qui résonnait dans l'entièreté de mon être : *Terre*.

Mes mains, qui tenaient entre elles celle du caissier, furent prise d'un tremblement que je ne pouvais pas contrôler et transpirèrent subitement.

Soudain, alors que je tentais de reprendre le contrôle de mon étrange comportement, une intense panique émergea de mon âme.

Des flashs brutaux, similaires à ceux d'un appareil photo aveuglant, me tétanisèrent sur place.

Des souvenirs, d'une autre vie peut-être, vinrent heurter mon crâne de souffrance.

Je pouvais me contempler sur les plages d'un pays chaud, voyageant à pieds nus aux alentours de bidonvilles que j'avais le sentiment de connaître.

Je me voyais vivre une course poursuite contre des mafieux étranges, qui me tiraient dessus et souhaitaient que je meure.

Et, alors que ma respiration commençait à s'accélérer à l'idée que je puisse rester coincé dans cette réalité parallèle pour toujours, les flashs cessèrent instantanément.

J'ouvris les yeux et restai immobile dans ce magasin bizarre.

Je n'avais aucun souvenir de ce que j'avais fait il y a quelques minutes.

Où étais-je ? Qu'avais-je fait pour venir ici ?

Je ne me souvenais de rien.

Et, alors que je repensais à ma vie d'avant, que tous mes souvenirs me revenaient soudainement, que je réalisais que j'avais tout perdu, je demeurai bouche bée face à cet étrange monsieur aux tatouages et au look hors du commun.

Est-ce que j'étais en train de rêver ou cet homme possédait-il bien un troisième œil sur son front ?!

Bordel, mais où avais-je atterri ?

Qu'était-il advenu de ma famille ?

Je pris mes jambes à mon cou et me sauvai en sortant de cette boutique.

Je pris une grande bouffée d'air frais et, en observant mon reflet dans une vitre opaque, je remarquai que je portais un costume plus que curieux et un masque aux grands yeux gris horrifiants.

De petits garçons possédants trop de doigts aux mains et deux paires de globes oculaires cessèrent leur jeu et s'immobilisèrent comme des statues devant moi.

Ils semblaient apeurés de ma présence et je ne comprenais pas bien pourquoi.

Qui étais-je pour leur faire autant peur ?

J'avais l'impression d'avoir totalement perdu la tête.

Alors que ces petits enfants reculaient de la rue où j'étais, l'un d'eux affirma haut et fort :

- C'est Le Conservateur, viens on se casse !

Comme des lapins pris en flagrant délit, ils détalèrent jusqu'à disparaître dans la grande ville où je me tenais.

Le Conservateur ?

C'est comme cela que l'on m'appelait désormais ? Mais qu'est-ce que ça voulait dire exactement ?

Pourquoi avoir un tel nom ?

Et pourquoi tout le monde semblait tant me craindre ?

Plus rien ne faisait de sens dans ma tête.

J'ôtai soudainement mon masque pour apercevoir plus en détail le visage qui leur faisait peur à tous et plongeai dans mes pensées les plus profondes.

J'étais immensément triste d'instaurer la peur dans le cœur des gens... Je ne voulais que le bien de ma famille c'est tout...

Il fallait que je les retrouve et vite.

Tandis que j'allais jeter mon masque dans les ordures qui traînaient plus loin, une violente secousse me fit tituber et, de douleur, je m'effondrai au sol.

Comme un épileptique faisant une grosse crise, je fus pris de violentes convulsions tandis que ces satanés flash-backs refaisaient surface en moi.

Je me revoyais me battre avec toute une équipe de "*super-héros*" sur une planète hostile avant de les mettre tous à l'amende.

Je me revoyais avec un certain Gontran dans une grotte, à lui demander des informations concernant une pierre bleue.

Je me revoyais voyager dans la galaxie à la recherche d'une bijouterie qui allait répondre à tant de questions en moi.

Ces convulsions, semblables à de véritables séismes de l'âme, disparurent et laissèrent place au calme absolu.

Lorsque je rouvris les yeux, j'étais allongé dans cette ruelle de Biolize et je n'avais aucune idée de ce qu'il venait de m'arriver.

J'avais perdu le contrôle de mon esprit et de mon corps et le dernier souvenir que j'avais actuellement était celui de mes yeux se concentrant sur le mystérieux tatouage du caissier de la bijouterie Del Copery.
Puis, plus rien.
Jusqu'à maintenant.
Je ne pourrai avoir de réponse qu'en parlant au directeur de la bijouterie.
J'avais remarqué que mon masque n'était plus sur mon visage et le remis sans plus attendre après avoir constaté que ces vilaines mamies avaient sûrement dû apercevoir ma réelle identité.
Pour la peine, et puisque les seules personnes ayant vu mon visage étaient actuellement six pieds sous terre, j'allais les tuer de rage et de haine.
J'entrai dans la bijouterie une seconde fois et saisis le bras cassant de la première grand-mère.

- Aïe, lâchez-moi, connard ! hurla la mamie avant de me cracher au visage.
- Je vais te réduire en morceaux, répondis-je en plongeant mon regard dans le sien.

Elle avait l'air terrorisée, la pauvre…
Je n'en avais rien à faire.
La deuxième dame vint me frapper au ventre pour que j'arrête mais je ne ressentais aucune douleur.

En revanche elles, elles allaient en ressentir de la douleur.
Je brisai subitement l'avant-bras de cette vieille comme l'on casse un crayon gris et la pris alors par la gorge pour qu'elle ne puisse plus hurler.
J'allais la faire taire pour de bon mais quelque chose m'en empêcha.

- Arrêtez ! Je... Je vais vous ouvrir l'accès au sous-sol, repris le caissier en venant vers moi. Mais lâchez-la, je vous en prie.
- Ah... Maintenant on peut parler, rétorquai-je avec un sourire narquois sur le bout des lèvres.

Je lançai alors la grand-mère par terre, comme l'on jette son sac de déchets avec dégoût pour qu'il tombe au fin fond d'une poubelle pleine de vers.
Elle se brisa le bassin et cria de douleur tandis que sa copine rassemblait ses forces pour l'aider à se relever.

- Je vous maudis ! cria la grand-mère meurtrie de douleur.
- Si vous le dites... Soignez-vous bien, dis-je en me dirigeant avec le caissier vers le bureau au fond de la salle.

Le caissier appuya sur un bouton dissimulé sous son bureau et une porte s'ouvrit derrière lui.

- Suivez-moi, ajouta-t-il alors qu'on allait entrer dans cette salle secrète.

On descendit les escaliers et atteignit le sous-sol qui brillait de néons violets et rouges.

Là, retenus sous des vitrines blindées, se trouvaient toutes sortes de biens et de richesses qu'on ne pouvait avoir nulle part ailleurs dans la galaxie.

Ce fouineur avait mis la main sur des tonnes d'artefacts si rares qu'il ne faisait aucun doute qu'il puisse avoir la pierre en sa possession.

Dans un des coins de la pièce, un homme d'une trentaine d'années travaillait d'arrache-pied sur son ordinateur afin de dénicher de nouvelles perles rares.

Le caissier m'emmena voir ce type à l'allure gothique et aux cheveux violets coiffés en pointes.

- Monsieur, vous avez un visiteur, dit le caissier à son directeur.

Il resta silencieux, lui qui était totalement submergé par la beauté de son écran qu'il observait à travers ses lunettes rétrofuturistes.

- Il cherche quelque chose... Une pierre, ajouta le caissier qui semblait craindre d'interagir avec son supérieur.

- Il peut faire le tour, je n'ai pas de temps à perdre aujourd'hui, rétorqua froidement le directeur en restant les yeux figés sur son ordinateur.

Moi, perdant ma patience et voyant que rien ne semblait avancer, poussai brusquement le caissier et posai mes mains sur son bureau fragile.
De ma main gauche, je pris son écran et éclatai l'un des coins entre mes doigts redoutables.
Les cristaux permettant de diffuser l'image se réduisirent en morceaux et de vilains traits multicolores vinrent s'étaler sur l'ordinateur de cet idiot à l'allure émo-gothique.

- Vous n'auriez pas dû faire ça, affirma le fouineur en posant ses mains sur son bureau pour se lever.
- Je n'ai pas de temps à perdre, donne-moi ce que je veux, répondis-je froidement en le regardant dans les yeux.
- Oh ! Voyez-vous ça ! Le Conservateur en personne qui vient nous rendre visite. Comme c'est gentil ! Je t'en prie, fais le tour et prends ce que tu veux. J'ai du travail.
- Et moi aussi j'ai du travail, et tu vas m'aider.
- Qu'est-ce que tu veux exactement ? Tu dois être sacrément énervé pour venir ici... Pour t'aventurer

- aussi loin de ta planète... De ton Roi... Ou alors tu es désespéré.
- Peu importe. Tu as quelque chose qui m'appartient et je veux le reprendre.
- Et quoi donc ?
- Une pierre, bleue.
- Ah... Oui je vois... Suis-moi.

Nous marchâmes jusqu'à atteindre une salle annexe un peu plus loin.

Cette pièce était bien plus petite mais regroupait tout un tas de pierres de toutes les couleurs et brillantes comme des petites étoiles.

Le collectionneur s'arrêta soudainement devant l'une d'entre elles, d'une couleur bleue marine. Elle étincelait et vibrait comme si des ondes en son centre s'extrayaient afin de venir caresser ma sensibilité.

- Tu entends ces vibrations ? Cette pierre... Elle est incroyable... Si tu domptes son pouvoir... Elle te rendra chanceux comme jamais tu ne l'as été. Avec ça, gagner un million à la loterie n'a jamais été aussi facile...

Je le saisis par la gorge et le fis décoller du sol sans remords.

Cet idiot se foutait de moi et me présentait des pierres bas de gamme qui n'avaient même pas un tiers de la puissance que celle que je recherchais.

- J'en ai assez de jouer avec toi le fouineur... affirmai-je en serrant sa gorge entre mes doigts. Je ne suis pas venu là pour que tu me montres tes petits jouets.
- Alors que veux-tu ? Je n'ai que celles-là... répondit-il en déglutissant avec beaucoup de mal.
- Je te l'ai dit. Une pierre bleue qui est l'essence même de cet Univers... Elle me parle et je dois la retrouver... Je veux retrouver la mémoire et mon identité. Avec elle, on peut tout faire... Tout ! C'est une pierre divine !
- Je... Je peux te montrer quelque chose... Que tu ne regretteras pas... Lâche-moi et je te montre...
- Si tu joues encore avec moi une seule fois, je te tue.

Je lâchai alors cet abruti fini.
Il tomba sur ses pieds comme un félin retombait sur ses pattes.
Il toussa fortement, laissant l'air s'immiscer dans ses poumons puis, me pria de venir avec lui plus loin dans la grande salle principale.

Après avoir scanné sa rétine sous un laser violet, une porte dissimulée s'ouvrit doucement et une pièce grande de quelques mètres carrés seulement s'offrit à ma vue.
En son centre, un énorme présentoir lumineux, mais malheureusement vide, était posé là.
Je perdis une fois encore ma patience et menaçai d'agresser ce collectionneur lorsqu'il m'arrêta.

- Écoute-moi, tu ne seras pas venu ici pour rien je te le promets, reprit-il en mettant sa main devant lui comme pour m'empêcher de venir lui faire du mal.
- Tu me fais perdre mon temps, dis-je haineux et les poings serrés.
- Non. Au premier abord je n'avais pas bien compris ce que tu étais venu chercher… Une pierre ? Il y en a tellement dans l'Univers… Et encore plus avec des particularités étranges…

Je l'écoutai avec attention, admirant la pièce vide éclairée par de faibles faisceaux lumineux.
Sur les murs, je pouvais distinguer des peintures, des formes, des sortes de dessins d'êtres surnaturels et humanoïdes se battant entre eux.

- Ce que tu aspires à devenir, ce que tu recherches, ce n'est pas ordinaire. Cette pierre… Elle a une place très importante dans l'Univers. C'est la raison pour laquelle j'ai fait construire ce présentoir le jour où

j'aurai l'honneur de l'obtenir. Mais je suis navré de te décevoir... Je n'ai pas une telle pierre en ma possession.
- Un Zerkane m'a dit que tu l'avais. Qu'il te l'avait envoyée, rétorquai-je sceptique.
- Qui ça ? Gontran ? Oh... Il ne faut pas l'écouter... Il m'envoie beaucoup de choses en échange d'argent mais ça... Il ne m'a jamais rien envoyé de tel. Et je pense que s'il avait cet artefact en sa possession, il ferait tout pour le garder, tu ne penses pas ? Tout le monde rêverait d'avoir l'Univers entre ses mains, d'avoir des réponses à ses questions... D'avoir enfin la vérité.

Je restai silencieux face à ses paroles.

- Alors voilà la vérité, ajouta-t-il en s'approchant des peintures au mur. Ces peintures, je les ai ramenées de différentes planètes où des peuples affirment avoir eu connaissance de choses qu'on ne soupçonne même pas... D'avoir été en contact... Avec une civilisation bien plus intelligente que nous... Plus... Divine. Il existerait dans notre Univers des êtres que l'on appelle des êtres divins. Les premiers êtres à avoir exploré l'Univers connu et inconnu. Et ces êtres se seraient pour la plupart éteints sous nos yeux, nous laissant seuls avec les derniers fragments de leur civilisation... Ces fameuses pierres aux pouvoirs inouïs. Et d'après eux, il y aurait une prophétie qu'on ne pourrait éviter malgré tous nos efforts... Il existerait deux divinités encore en vie. Selon ce que racontent ces peintures, l'un d'eux est parmi nous en ce moment même... L'autre n'attend qu'une seule chose : un signal, une vibration, un son... Pour se réveiller. Et à la toute fin, ils mèneront une guerre l'un contre l'autre, réduisant bon nombre de civilisations à néant. C'est ce que tu vois sur ces murs...

Soudain, alors qu'il allait finir ses paroles, une violente secousse retentit sous nos pieds comme si un immense séisme venait de frapper la planète. Une vibration si intense que mes organes se heurtèrent les uns contre les autres.

Quand je relevai les yeux vers le fouineur, ce dernier devint heureux et sourit subitement.

- Ça y est ! affirma-t-il en levant les bras. C'est arrivé !
- Qu'est-ce qui est arrivé ? demandai-je interloqué par la situation.
- C'est le début... C'est le début de la fin ! Il s'est réveillé !

Il sourit en me regardant et chuchota des choses insensées.

J'en avais tellement marre qu'on puisse jouer avec moi que je le laissai dans son délire et partis de cet endroit.

J'avais bien compris que je n'allais obtenir aucune réponse et décidai de ne pas tuer le collectionneur, il n'en valait pas la peine.

Ce n'était pas lui qui allait subir mon courroux ultime mais plutôt ce petit Gontran qui s'était joué de moi et m'avait emmené dans un trou perdu pour me faire perdre mon temps sur des prophéties ineptes qui n'étaient même pas réelles.

Dans quelques heures, ce Zerkane allait voir son cerveau s'étaler violemment sur les murs de la grotte où je le retenais captif.

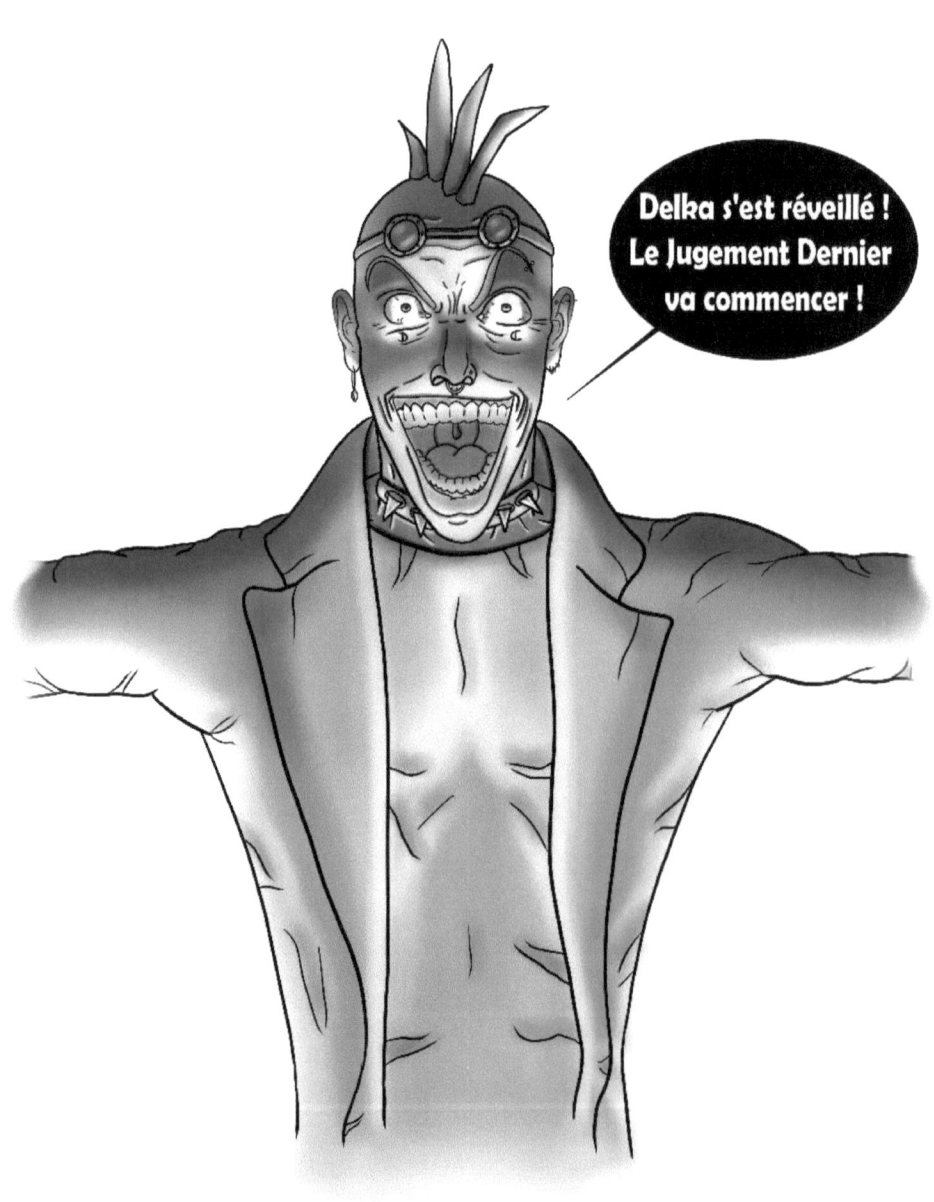

7.

DE LA SOUFFRANCE... ENCORE ET TOUJOURS.

Du côté de Yuri, chez le vétérinaire.

Mes yeux n'avaient presque plus d'eau à extraire tellement je pleurais.
Je ne savais même pas pourquoi j'étais en train de chialer. Était-ce pour le chien ou parce que durant toute ma vie et jusqu'à maintenant je n'avais jamais été capable de sauver ceux que j'aimais ?
J'avais au moins réussi à extirper ce chiot des griffes de ces jeunes délinquants qui allaient le massacrer.
J'attendais, sur une chaise au fond de la salle, qu'on vienne m'annoncer une bonne ou une tragique nouvelle qui allait sans aucun doute me déchirer le cœur.

Lorsque je relevai mes paupières gonflées et imbibées d'afflux sanguin, j'aperçus la vétérinaire s'approcher de moi en enlevant ses gants chirurgicaux.
Elle soupirait comme pour expirer de ses poumons toute la panique qu'elle semblait ressentir puis commença à me parler.

- Monsieur... D'abord... Merci énormément de nous avoir amené ce chien.
- Vous avez des nouvelles de lui ? demandai-je en me levant de ma chaise.
- Elle...
- C'est une femelle ?
- Oui. Nous avons réussi à la sauver... Grâce à vous. Mais je ne vous cache pas qu'elle a eu énormément de mal à revenir parmi nous. Ses blessures sont très importantes. De ce que l'on a pu observer, elle a l'arrière-train cassé, la gueule également... Et son estomac a été perforé. Nous avons réussi à arrêter les hémorragies à temps. Si vous n'aviez pas réagi au bon moment, cette petite serait morte à l'heure qu'il est.
- Oh mon dieu...
- Heureusement, elle semble stable désormais. Son cœur s'est arrêté plusieurs fois durant l'opération mais tout semble être rentré dans l'ordre. Nous allons la garder en observation durant quelques

jours pour voir si son état s'améliore. Elle aura certainement des séquelles... À vie.

Je réfléchissais soudainement à ce que j'allais faire en attendant d'avoir des nouvelles de cet animal. Il fallait que je me reprenne en main, que je retrouve la joie de vivre et un objectif à atteindre afin de ne pas devenir fou dans ce monde obnubilé par la méchanceté.
Je plongeai mon regard dans celui de la vétérinaire en pensant à ce que ce chiot allait devenir s'il venait à survivre.

- Elle est à vous ? demanda subitement cette dame que j'avais en face de moi.
- Malheureusement non... Je suis passé par un endroit, dans une ruelle, répondis-je en regardant le sol avec un sentiment de tristesse remplissant mon âme. Des jeunes s'en prenaient à elle... Ils s'amusaient à lui donner des coups de pieds, c'est eux qui lui ont fait tout ça...
- Vous savez... Ça ne m'étonne pas. Ici, les animaux n'ont pas assez de lois pour qu'on puisse les protéger. La justice ne peut pas s'en prendre à des gens qui agressent des chiens... On se bat tous les jours pour faire adopter des lois pour la protection des animaux mais beaucoup d'entre elles finissent par être refusées par des ingrats égoïstes... Et les

animaux survivent comme ils le peuvent dans les rues et finissent par devenir des cadavres ambulants et des jouets aux yeux des enfants... Ça me désole... Mais ça changera un jour.
- Vous... Vous pensez que je peux...
- L'adopter ?

Je fis un signe de la tête pour acquiescer.

- J'ai envie de vous dire oui... rétorqua-t-elle en haussant les épaules. Mais il faut que vous soyez prêt autant financièrement que mentalement.
- Je le suis... Je pense, affirmai-je solidement.
- Penser n'est pas suffisant. Il faut que vous soyez sûr de vous. Ne prenez pas un chien si vous ne pouvez pas le garder. Un chien n'est pas un figurant dans votre vie mais un ami, un compagnon de vie et cette décision doit être mûrement réfléchie. Mais... Si vous êtes prêt à vous engager. Si vous êtes prêt à l'aimer... Alors je peux garder votre numéro et lorsqu'elle sera remise sur pattes je vous passerai un coup de fil.
- D'accord, c'est noté.
- Monsieur Santana ?

Alors que j'allais partir d'ici, la vétérinaire m'arrêta.

Je savais qu'elle m'avait reconnu, qu'elle avait compris qu'aux yeux de la loi j'étais mort mais qu'officieusement... J'avais survécu.
Je craignais qu'elle puisse divulguer cette information aux forces de l'ordre.
Je me tournai en sa direction et croisai une dernière fois son regard compatissant.

- Merci encore... reprit-elle avec beaucoup de gratitude. Et ne vous en faites pas... Je ne vous ai pas vu entrer ici.
- Merci, répondis-je en souriant bêtement.

Je m'étais soudainement senti compris et cela faisait un bien fou.
Même aujourd'hui, je voudrais encore la remercier de n'avoir jamais prévenu la police de ma venue en sa clinique.
Je repensais à ce qu'elle m'avait demandé.
J'avais compris ce qu'elle voulait me dire. Prendre un animal n'est pas de tout repos et il faut savoir s'en occuper car c'est un être vivant comme un autre. C'est comme être papa et apprendre à gérer un enfant.
Mais je suis prêt à le faire, pour elle. Cette chienne mérite de vivre, d'avoir un toit et quelqu'un qui peut lui apporter de l'amour et de la joie.

Elle mérite de ressentir autre chose que de la douleur conviée par les coups de battes de gosses violents et cruels.
Je me retournai et sortis de la clinique tandis qu'en moi, la joie et la peine se mélangeaient et créaient un torrent douloureux.

J'étais aussi pluvieux que le temps, aussi maussade que les nuages déversant leur peine sur ce monde terni par la brutalité et les vices.

J'étais aussi impétueux qu'un soir de tempête où l'orage bat son plein et fait trembler les fenêtres et les volets d'où sortent quelques regards d'enfants terrorisés.

J'allais devoir réapprendre à vivre par moi-même, pour moi-même, sans écouter les mensonges qu'on me lançait depuis ma jeunesse, sans écouter ces Zerkanes.

À les entendre, j'étais le sauveur de la galaxie.

À m'écouter, je n'étais rien de plus qu'un énième raté qui allait finir sa vie dans un métier pénible et succomber dans d'atroces souffrances en regrettant toutes ses erreurs sur son lit de mort.

Je pris mon envol en admirant les étoiles qui brillaient dans le ciel.

Il fallait que je me fasse discret et que je n'attire plus les ennuis et l'attention.

J'étais arrivé aux alentours de mon appartement et tout était resté comme je l'avais laissé avant mon départ pour Yorunghem 80-B.

Mon appartement laissait entrer le vent par le mur que Meriveau avait auparavant détruit et les restes des briques gisaient au sol comme de vulgaires cadavres inanimés depuis des semaines.

Je posai le pied sur un sol souillé et m'écroulai dans mon canapé poussiéreux en me demandant ce que j'avais bien pu faire de mal à ce monde pour que l'on m'en veuille à ce point.

Toute ma vie avait été basée sur des mensonges, toute ma vie j'avais cru devenir ce que mon père souhaitait que je sois.

Un homme bien.

Mais je ne suis pas quelqu'un de bien et je m'en rends compte au fur et à mesure que le temps avance.

Je n'ai pas protégé Gavrol, je n'ai jamais été là pour elle alors qu'elle m'avait accompagné durant mes pires moments.

Elle m'avait soutenu et était venu avec moi sur Terre il y a quelques années pour que je rende visite à ma mère.

J'avais réussi à trouver ta tombe maman... Le reste de la famille t'avait confectionné une belle pierre tombale en marbre entourée de fleurs qui s'étaient ouvertes face aux doux rayons du Soleil.

Je n'ai jamais compté le nombre d'heures que j'ai passé à vous pleurer papa et toi.

Je me suis caché pendant si longtemps derrière la violence, l'humour noir et les remarques déplacées.

J'étais devenu ce que je redoutais.
J'étais devenu faible.
Mais personne ne semblait réellement comprendre par quoi je suis passé, ce que j'ai enduré pour en arriver là.
Je suis si navré de vous avoir déçu, papa, maman...
Vous me manquez tellement.
Ces phrases, entrant et sortant de mon crâne, firent exploser en moi une tristesse si profonde que je pris mes cheveux entre mes mains comme pour me les arracher et éclatai en sanglots.
Toute la ville, toute la planète, tout l'Univers avaient dû entendre mes pleurs tant ma gorge se serrait et se relâchait en hurlant mon mal-être.
Je pris une bouteille qu'il me restait dans ma cuisine et m'abreuvai d'un liquide soporifique en apercevant les lumières de la ville s'éteindre.
Je tombai dans les bras de Morphée en observant la lumière en moi s'estomper.

8.

UN LIEN EXTRAORDINAIRE ENTRE CES DEUX-LÀ.

Sept longs jours s'étaient écoulés depuis mes dernières paroles.
Une semaine terriblement lente où j'attendais chaque jour qu'on prenne contact avec moi pour m'annoncer que le chiot que j'avais sauvé était en bonne santé.
J'avais décidé de me concentrer sur moi, d'essayer des méthodes traditionnelles de détente et de lire des écrits sur la manière de guérir de ses blessures intérieures.
J'avais tout doucement repris le sport et la course à pied mais je n'arrivais pas à tenir le rythme correctement.
Il m'arrivait parfois de vomir ou d'avoir la vision floue lorsque j'essayais de pousser mon corps hors de mes limites.
Je respirais l'air pur de la forêt et faisais quotidiennement de la marche en observant les différents animaux sauvages pour me vider la tête.
J'étais sûr d'être sur le bon chemin.

J'avais même définitivement arrêté l'alcool depuis maintenant quelques jours.

Alors que la matinée battait son plein et que je courais entre de vieux arbres protégeant la vie de reptiles volants, je m'arrêtai subitement sur le bas-côté du chemin en terre et saisis mon téléphone qui sonnait.

- Allô ? dis-je en essayant de reprendre mon souffle tant bien que mal.
- Allô, Monsieur Santana ?
- Oui, c'est moi.
- C'est la clinique vétérinaire. Nous avons une très bonne nouvelle. La chienne que vous avez sauvée se rétablit très bien et si vous le souhaitez, vous pouvez venir lui dire bonjour !
- Oh... Euh... Avec plaisir ! Je suis là dans 20 minutes.
- Parfait, à tout à l'heure.
- Merci à vous, au revoir.

Je raccrochai avec un sourire naissant sur le bout de mes lèvres.

Le soleil s'était levé et ses rayons de positivité tâchaient mon visage de bonheur.

Je bondis dans le ciel et touchai du bout des doigts les nuages veloutés et humides en me dirigeant vers la clinique vétérinaire.

J'avais en moi le sentiment de renaître de mes cendres, d'enfin avoir réussi à trouver un chemin qui me convenait et qui allait peut-être faire de moi quelqu'un de bien.

J'atterris à la clinique et attendis au fond du hall d'entrée que l'on vienne me chercher.

Mais au lieu d'entendre une voix de femme, j'entendis des bruits de pattes claquants sur le carrelage froid.

Une respiration saccadée témoignant d'un sentiment de joie intense résonnait entre les murs et parvint jusqu'à mes oreilles.

Je levai mes yeux et eus un sourire si puissant qu'il aurait pu toucher mes oreilles si je ne m'étais pas contrôlé assez.

Une petite boule de poils aux yeux d'un bleu clair à faire craquer plus d'un humain se mit à ronchonner et à faire des bruits de souriceau lorsque son regard percuta le mien.

Soudain, le temps s'arrêta quelques instants et une liaison qui n'aurait pu se traduire par des mots se créa entre elle et moi.

Ce chiot sauta de joie et courus vers moi avec un comportement assez étrange.

En effet, chaque pas que l'animal effectuait lui faisait trembler l'entièreté de son corps à un point tel qu'il manqua plusieurs fois de heurter le sol.

Je m'abaissai en rigolant alors que l'hôtesse de caisse et les vétérinaires admiraient de leurs tendres yeux la complicité que l'on avait ensemble.

Ce fut comme si l'on s'était toujours connus, comme si elle et moi savions que nos destins étaient liés et que l'on allait faire de grandes choses ensemble.
J'étais soudain vêtu d'un amour inconditionnel qui m'habillait profondément.
Je pris cette petite chienne dans mes bras et la caressai en admirant son regain d'énergie et son poil soyeux.
Tout était parfait.
Des retrouvailles qui allaient me marquer à jamais.
J'avais pris ma décision, j'allais combler d'amour ce chiot et j'allais grandir avec elle.
J'avais décidé de l'adopter.
Après avoir profité du moment unique avec ma chienne, je pris un stylo posé sur la caisse et remplis une tonne de paperasse afin de déclarer l'adoption.
Il fallait que je trouve un nom, un nom symbolique...
J'allais la nommer "*Destin*".
Dans la langue Yorune, Destin se dit "*Miira*".
Une fois l'administratif effectué, la vétérinaire qui m'avait reçu me contempla durant plusieurs secondes avant de m'expliquer ce qu'elle avait sur le cœur.

- Je dois vous dire... Ce chiot a échappé de peu à la mort grâce à vous, affirma-t-elle. Malheureusement, son comportement s'est assez dégradé au fur et à mesure de l'observation. Plus les jours passaient, plus nous remarquions qu'elle

avait du mal à marcher, à courir, à manger. Nous avons alors fait des examens et il se trouve que... Les coups qu'elle a reçus ont endommagé une partie de son cervelet. Nous avons fait tout notre possible pour la rééduquer au plus vite et dans les meilleures conditions.
- Qu'est-ce que ça veut dire ? demandai-je attristé.
- Que malheureusement, elle va rester comme ça toute sa vie. C'est à vous de vous adapter à son comportement. Elle ne saura pas toujours vous suivre, elle n'arrivera pas à manger sans en mettre partout à côté... Elle n'arrivera pas à courir sans manquer de tomber plusieurs fois. Ces coups ont été trop violents et malheureusement, il n'y a aucun traitement à ce jour.
- Je vois... Je vais...

J'observai soudainement mon chiot qui tremblait encore plus qu'un humain piégé par la Parkinson.

- Je vais tout faire pour l'aider, elle sera heureuse, annonçai-je en regardant la vétérinaire.
- Promis ? questionna-t-elle en souriant.
- Promis.

J'avais entrouvert les portes de la clinique lorsqu'on m'arrêta une dernière fois.

- Monsieur Santana, dit la vétérinaire. Surtout... Faites attention à cette chienne. Je connais vos pouvoirs et... Je ne peux que vous conseiller de ne pas voler trop haut avec elle. Elle n'est pas comme vous, elle pourrait manquer d'air et si son cerveau est touché par le manque d'oxygène... Ça pourrait lui être fatal. Prenez soin d'elle et vous verrez... Ça va aller.
- Je comprends... Merci pour tout ce que vous avez fait pour elle... Et pour moi, répondis-je en souriant avec beaucoup de reconnaissance.

Je partis doucement dans les airs avec cette boule de poils recroquevillée dans mes bras qui semblait apeurée.

Je pris un soin particulier à ne pas la brusquer et à faire la route délicatement jusqu'à mon appartement.

Nous arrivâmes à mon logement et Miira commença son petit tour d'inspection pour apprendre à reconnaître et à vivre en ces lieux.

Elle allait partout, se cognait parfois aux meubles, sentait toutes les odeurs avec sa truffe puis se mit sur le canapé afin de commencer sa toilette.

J'allumai alors la télévision et m'assis à ses côtés en caressant quelques fois sa petite tête qui s'était posée sur mes jambes fébriles.

J'avais peur de lui faire du mal avec mes pouvoirs, peur de ma force face à une si petite créature.

Mais j'étais enfin heureux, j'avais trouvé un réconfort, une confidente, une meilleure amie.

Je repensai soudainement à Gavrol, elle qui était restée auprès des Zerkanes rebelles pour je ne sais combien de temps.

Je n'avais eu aucune nouvelle d'elle depuis mon retour sur Yorunghem 80-C.

Je ne savais pas ce qui lui était arrivé et une part de moi avait peur de la retrouver morte à cause des Zerkanes...

Mais il en allait de ma santé mentale de ne pas penser excessivement à tout cela puisque j'avais dorénavant des responsabilités.

Quelques journées s'étaient écoulées depuis l'adoption de Miira et je commençais enfin à prendre mes marques et l'habitude de me réveiller aux côtés de ce petit monstre.

Elle n'arrêtait pas de jouer et de courir un peu partout et si je faisais l'erreur de ne pas la sortir plusieurs fois par jour, elle allait gratter mon canapé avec ses griffes jusqu'à en faire sortir la mousse hors des coutures...

Un vrai plaisir.

J'avais appris à gérer ses crises, ses pleurnichements et ses mouvements parfois aléatoires.

J'avais également appris à gérer ses envies d'uriner dans l'appartement après avoir ramassé durant plusieurs jours ses déjections dans le salon.

Tous les matins, je me réveillais à six heures et déjeunais sainement en mangeant des fruits et des fibres pour reprendre le poids que j'avais perdu après mon aventure en prison.

Et tous les matins, après avoir mangé, j'allais doucement courir avec Miira dans la forêt et j'en profitais pour lui faire découvrir les joies de la nature et les animaux qui la peuplaient.

C'était magnifique.

Ce matin, le soleil s'élevait sur la ville et éclairait les visages endormis des travailleurs qui s'étaient levés tôt pour un travail tant pénible.

J'étais heureux, souriant, la satisfaction d'avoir enfin réussi à reboucher mon mur démoli me remplissait de joie.

Je n'avais plus à me réveiller dans le froid matinal qui me congelait les pieds et empiétait sur mon humeur.

J'avais bien réfléchi la veille au soir, en regardant les bâtiments de la ville qui semblaient m'appeler.

J'avais décidé de reprendre doucement mes activités de super-héros en aidant les plus démunis et en faisant bien évidemment attention à ne pas dévoiler ma véritable identité.

Je m'étais confectionné un petit masque avec un bandeau et des lunettes pour cacher mon visage et Miira allait m'aider à affronter les méchants qui se mettraient sur ma route.

Je ne savais pas si l'inclure dans mes activités était une bonne idée. Je voulais lui donner une vie remplie d'excitation mais c'était peut-être trop dangereux pour elle...

Ce dont j'étais sûr en revanche, c'était que cette fois-ci, il n'y aurait plus de massacres, plus de meurtres, plus de violences pour le simple plaisir d'être submergé d'émotions négatives.

Cette fois, j'allais mettre l'accent sur la clémence et le pardon, sur le bien.

Je m'étais connecté à la station de la police afin d'être au courant des crimes en temps réel et je n'étais pas resté bien longtemps au chaud dans mon appartement avant qu'un petit magasin de quartier ne se fasse braquer par des jeunes avides d'argent.

Je décollai dans le ciel avec Miira avant d'arriver sur les lieux mais, quand j'atterris et laissai ma chienne poser ses pattes sur le sol, il était déjà trop tard.

Les policiers sur le terrain s'occupaient d'interroger les habitants aux alentours pour savoir ce qu'il s'était passé.

La petite épicerie était entourée de flammes qui chauffaient mon visage et menaçaient de s'avancer vers nous.

À l'intérieur, les paquets de gâteaux apéritifs fondaient et se désagrégeaient sur le sol.

Les lumières avaient déjà explosé et les murs s'étaient colorés d'un noir charbonneux.

Je m'approchai alors d'un des policiers pour savoir ce qu'il s'était passé ici.

- Excusez-moi, où sont les voleurs ? demandai-je.
- Qu'est-ce que vous foutez ici ? Ce n'est pas un bal costumé, occupez-vous de vos affaires et tirez-vous d'ici ! On ne s'amuse pas aux héros, répondit froidement l'homme en me jugeant du regard.
- Écoutez, je suis simplement là pour aider, rien de plus. Dites-moi où ils sont partis et je pourrai vous aider à les coincer.
- Vous voulez nous aider ? Alors rendez-nous service... Allez jouer les héros ailleurs mais pas ici. C'est un lieu très dangereux et les gens qui ont fait ça sont de vrais psychopathes. On ne joue pas ici, on travaille ! Retournez chez vous !
- Mais monsieur...
- Allez-vous-en !

Le policier ne souhaitait pas me donner d'informations au sujet des voleurs qui ont terrorisés les voisins. Il me prenait pour un vulgaire gamin qui ne voulait rien d'autre que de s'amuser à prendre des risques inutiles.
Mais je n'étais pas ignorant, je savais que ces criminels se cachaient quelque part et j'allais les retrouver.
Je pris ma chienne dans mes bras et partis dans les airs à la recherche des voleurs lorsqu'une violente explosion retentit en périphérie de la ville.

Là, aux abords d'un petit lac, vers le côté campagnard de la ville, une fumée toxique s'évaporait et me rentrait dans les narines afin de m'asphyxier.

Je pris mon courage à deux mains puis partis en direction du désastre et lorsque je fus arrivé, plusieurs voitures étaient en train de prendre feu.

Je pouvais percevoir du bout de mes oreilles les sirènes des forces de l'ordre s'activer après avoir remarqué l'explosion.

Il ne semblait y avoir personne pour le moment.

C'était comme si tout le monde avait disparu, comme si les criminels s'amusaient à mettre le feu à tout ce qu'ils pouvaient trouver et fuyaient jusqu'à leur prochaine destination.

Moi, grand enquêteur de renom, je marchai en direction des voitures et essayai de recueillir des indices sur les identités de ces pyromanes avant l'arrivée des policiers mais je ne trouvai rien qu'un carnage sans nom.

L'herbe commençait à prendre feu autour des voitures et menaçait de s'étendre jusqu'aux maisons voisines alors, sans attendre plus longtemps, j'usai avec parcimonie de ma super-vitesse pour que le vent prive les flammes d'oxygène et les fasse mourir.

Alors que j'étais en train d'essayer d'éteindre l'embrasement, un mystérieux objet heurta mes pieds et m'arrêta dans ma course.

Lorsque je regardai de plus près, je remarquai qu'une grenade s'était arrêtée sur mon chemin et le problème le plus dérangeant... C'était son absence de goupille.

Je compris immédiatement que j'étais en danger.

Enfin pas moi mais précisément Miira qui ne savait pas où donner de la tête et paraissait toute perdue.

Je la pris dans mes bras mais cela fut trop tard et, dans un mouvement de désespoir, alors qu'une violente explosion me brûlait la peau, j'entourai ma chienne avec mes bras pour qu'elle ne soit pas atteinte par l'attaque.

On atterrit brutalement sur le sol, soufflés par la déflagration qui avait arraché certains bouts de ma chair notamment au niveau de ma main droite.

Miira, étourdie et déboussolée, resta immobile sur le sol en sortant la langue de sa gueule pour aspirer le peu d'air qui se trouvait être encore pur dans les environs.

Moi, j'avais les yeux rivés sur elle, essayant de savoir si tout allait bien et si elle n'était pas en danger.

Même si j'avais ma réponse, je ne voulais pas admettre que je l'avais peut-être amené vers les portes de la Mort par ma simple volonté.

J'avais seulement souhaité qu'elle m'accompagne dans mes aventures et pas qu'elle meurt en ayant les poumons noyés de dioxyde de carbone.

Je tournai subitement mon regard vers un bruit qui m'avait frappé, une sonorité très étrange qui venait de l'autre côté des flammes.

C'était comme un rire soudain, venu de loin, un rire démoniaque qui confortait mes doutes dans un coin de mon crâne perturbé.

Qui aurait pu s'attaquer délibérément à moi ? Qui aurait pu être aussi fou pour ôter la vie d'innocents sans aucun remord ?

Je n'en avais aucune foutue idée mais il fallait que je protège Miira comme si ma vie en dépendait, car c'était le cas.

Je contemplai l'incendie qui engloutissait petit à petit l'herbe fraîche de ce petit coin campagnard quand tout à coup, des silhouettes dansantes naquirent et s'approchèrent de moi.

Je plissai les yeux pour savoir qui cela pouvait bien être et je remarquai qu'ils étaient trois à marcher en ma direction. Lorsque ces ombres passèrent entre les flammes qui semblaient s'écarter comme si elles possédaient une véritable conscience, je reconnus immédiatement le visage de l'homme au centre.

Putain Vekosse... Qu'est-ce que tu as foutu pour qu'on m'en veuille à ce point ?

En effet, celui qui posa son pied sur ma main douloureuse pour me faire hurler de souffrance n'était autre que l'ami médecin de Vekosse qui nous avait tous accueilli sur Ultrag.

Lui, possédant d'habitude de vieux cheveux blancs sur le bout de son crâne, une petite barbe de trois jours et une peau un peu fripée, n'avait plus rien de ce que l'on avait eu l'habitude de voir.

- Alors Yuri... J'espère que tu es heureux de me revoir, dit-il.
- Qu'est-ce... Qu'est-ce qu'il t'est arrivé ? demandai-je douloureusement.
- Oh... Rien de spécial... Vous m'avez juste laissé crever sur Ultrag ! C'est de votre faute tout ça !

Il s'abaissa pour se mettre à ma hauteur et me regarda dans les yeux avec beaucoup de peine. Je pouvais voir en lui qu'il souffrait terriblement.

- Si seulement j'avais dit non à Vekosse... Je savais qu'il allait m'amener des ennuis. J'aurais dû m'écouter et ne pas vous laisser entrer dans ma maison ! Au lieu de ça... Vous avez tout détruit. Vous m'avez pris tout ce que j'avais. J'ai... J'ai même essayé de sauver tes amis du froid extrême et regarde où ça m'a mené ! C'est vous qui m'avez fait ça !

Il s'exclama avec une attitude si virulente qu'il expulsa de la bave qui menaçait de s'étaler sur mon visage en me montrant le sien.

- Mais ne t'inquiètes pas, reprit-il. Je ne suis pas là pour toi. Je voulais juste attirer ton attention pour qu'on discute et que tu me dises où tu caches Vekosse ! Je sais que tu es au courant… Que tu sais où il se cache alors dis-le-moi !
- Je te jure… Que je ne sais pas où il est, rétorquai-je en tentant d'enlever ma main de son pied.
- Menteur !

Il écrasa plus fortement ma main contre le sol déshydraté par la chaleur alors que ma peau me criait qu'elle allait s'arracher dans quelques instants si on appuyait encore un peu dessus.

- Les Zerkanes ! Ils m'ont enlevé… Moi, Gavrol et Kazimor ! Mais… Je me suis réveillé sans Vekosse, sans Simuald ! Je n'ai aucune idée d'où ils sont… Tu dois me croire.
- Arrête de me mentir et dis-moi où il est ! hurla-t-il en m'assénant un coup de poing au visage qui rendit ma vision brumeuse durant quelques longues secondes.
- Plus un geste ! Vous êtes en état d'arrestation ! affirma un policier entouré de ses collègues en pointant son arme sur nous.
- Patron, on doit y aller, vite ! rétorqua l'un des collègues du médecin.

- On se reverra Yuri, je te le promets, dit le médecin en se relevant.

Soudain, alors qu'il avait décidé de partir, des balles meurtrières l'atteignirent violemment.
Le médecin cria de douleur et commença à s'énerver en direction des policiers qui avaient décidé de l'abattre.
Les trois criminels s'abritèrent derrière une voiture encore en bon état et sortirent de leurs ceintures des flingues aux munitions perforantes.
Miira semblait avoir repris ses esprits.
Je la regardai se mettre debout difficilement tandis que les criminels, qui avaient tué presque tous les policiers, virent leurs cerveaux s'étaler sur la carrosserie grisâtre de la voiture.
Il ne restait que le médecin, encore en vie, qui déblatérait des insultes en envoyant les deux derniers policiers six pieds sous terre.
L'un des deux criminels, emporté par une mort brutale, fit tomber son arme au sol et, cette dernière contenant encore une ultime munition, se dirigea malencontreusement vers Miira.
Je contemplai la balle s'éjecter en direction du bas ventre de ma chienne et fus terrorisé à l'idée de la perdre à tout jamais.

J'avais prié pour que ce moment n'arrive jamais mais quand l'inéluctable frappe à vos portes, il est impossible de les fermer à clé.

Dans une dernière décision mêlée de désespoir, je tendis mon bras vers Miira afin d'empêcher la mort de l'atteindre.

Malheureusement, ma main ne fut pas assez épaisse pour arrêter cette munition perforante qui cessa sa course après avoir brisé la patte arrière gauche de Miira.

Elle hurla de douleur en chouinant au sol et en remuant comme elle le put ses pattes et sa fine tête.

Mes yeux rouges de larmes s'orientèrent vers le médecin.

Mes doigts tremblants se serrèrent vigoureusement contre mes paumes de mains froides et suantes.

Les pupilles dilatées par la haine, les restes de mon esprit vile et malveillant, mon ultraviolence démesurée s'immisçant dans mon esprit le temps d'un instant, mes muscles contractés prêts à déverser sur le monde un terrible déchaînement, tout refaisait surface en mon âme pugnace.

Moi qui avais juré d'agir pour le bien, au nom de la justice et non de la violence... J'allais m'abandonner une fois encore aux péchés envahissant mes pensées.

- Tu n'as que ce que tu mérites Yuri ! cria-t-il heureux de voir que mon chien souffrait.

Je courus vers lui en usant de mes pouvoirs et le plaquai brutalement au sol en criant des insultes à son égard puis, d'un brusque mouvement d'aversion, je peignis son visage d'abomination.

Les coups furent si brutaux que la voiture à nos côtés bougea de droite à gauche en grinçant un peu.

Une onde de choc détruisit le sol sous sa tête et du sang sortit de ses yeux dont certains vaisseaux sanguins avaient explosé.

Je lui brisai le nez si fortement que ses os sortirent de sa peau, certains morceaux vinrent même crever l'un de ses deux yeux.

Tout son visage ensanglanté me chantait de continuer jusqu'à ce qu'il ne reste plus rien de vivant en lui.

Alors je continuai à le brutaliser.

La fureur, la foudre, l'ébullition que je ressentais me faisaient revivre comme je l'étais avant. Mon ancienne version de moi-même reprenait les devants et prenait un malin plaisir à étaler du sang sur mes mains et mon visage.

Soudain, alors que j'allais enfoncer ma main dans son cerveau que je pouvais apercevoir de mes propres yeux, le médecin hurla et me paralysa d'un coup de poing si violent que je me levai en me tenant le visage.

De ses deux jambes sortirent des petits réacteurs similaires à ceux qu'avait Meriveau, mon ennemi d'autrefois.

Cet homme avait réussi à s'implanter des jambes et des bras en métal solide en rendant visite aux meilleurs chirurgiens de Yorunghem.

- Enculé !! Tu me le paieras ! hurla-t-il en s'envolant.

Oh... Vous savez, vous me connaissez.
Après ce qu'il avait fait à Miira, je ne pouvais pas le laisser s'enfuir de la sorte.
Il glissa dans les airs pour s'enfuir hors de mes sévices physiques mais un sourire naquit subtilement sur mon visage.
J'arrachai alors, pris d'une vaste véhémence, un morceau tranchant de carrosserie et l'empoignai entre mes mains.
D'un seul mouvement vif, je lançai ce bout de portière dans le ciel comme l'on lance un frisbee aiguisé prêt à rencontrer une cible parfaite.
Le médecin, se retournant après avoir senti un danger arriver, vit ses derniers instants apparaître devant ses yeux stupéfaits.
Le morceau de métal traversa son bassin et trancha son corps en deux comme l'on coupe un lapin avec un hachoir affûté pour en extraire ses boyaux sanguinolents.
Il heurta violemment le sol et saisit entre ses mains l'herbe mouillée de globules rouges comme un rampant pour atteindre la partie inférieure de son corps désormais inerte.

Un dernier soupir souffla les insectes qui s'occupaient déjà de consommer ses organes étalés sur la terre ferme et, les yeux rivés vers l'horizon, il perdit la vie à laquelle il s'accrochait tant.

Je courus vers ma chienne, qui tentait de se relever tant bien que mal, et fus soudainement rassuré en apercevant qu'elle allait plutôt bien.

Vous savez, depuis que j'ai adopté Miira, j'avais remarqué qu'elle avait du mal à s'endormir le soir et je n'avais pas compris comment régler ce souci jusqu'à avant-hier.

Elle avait besoin d'être rassurée, de comprendre que j'allais toujours être là pour elle quand cela serait nécessaire.

J'avais trouvé une solution, je lui mettais une chanson que j'avais l'habitude d'écouter sur Terre lorsque la mélancolie me prenait.

J'adorais écouter du blues et de la soul américaine.

Ma mère m'avait initié à ces genres musicaux que j'affectionnais particulièrement et j'allais lui chantonner une musique pour qu'elle se détende et qu'elle comprenne qu'elle n'allait pas mourir.

C'était peut-être inutile pour certains d'entre vous mais comprenez que pour Miira et moi, la musique était centrale dans notre processus de guérison intérieure.

Alors, plongeant mon regard dans le sien, contemplant l'humidité de ses globes oculaires dont une seule petite larme allait couler le long de ses poils, je marmonnai l'air de notre musique préférée.

Take Time To Know Her de *Percy Sledge*, voilà ce que c'était. Soudain, Miira cessa de pleurnicher et se mit sur ses pattes en affrontant vaillamment la douleur.

J'étais content de voir que cette chanson savait rassurer ma chienne et lui redonner la joie de vivre même dans les moments de doute.

Je la pris dans mes bras en la câlinant, elle qui frottait sa tête contre mon visage en secouant la queue, et décollai doucement dans le ciel.

Je revins dans mon appartement afin de soigner la patte de Miira et de lui faire des bandages pour qu'elle reprenne vite du poil de la bête.

J'étais si content d'avoir pu lui éviter un destin tragique, je savais qu'elle n'aurait pas pu mourir. Si l'on s'est rencontrés, ce n'est pas pour qu'elle meurt deux semaines plus tard, les dieux n'auraient jamais pu me faire ça, pas à moi.

J'avais déjà assez souffert comme ça.

J'avais envie d'immortaliser les moments qu'on allait passer à deux alors, chaque journée qui passait, je prenais une photo de nous deux et l'imprimais pour la coller au mur du salon.

Et chaque jour qui passait, je combattais sous mon masque mes émotions négatives, mes pensées sombres, jusqu'à en être totalement débarrassé grâce à la présence de Miira dans ma vie.

Et chaque jour qui passait, j'étais un peu plus moi-même, un homme bien et heureux, qui passait son temps à sauver la veuve et l'orphelin accompagné de mon petit chien qui mordait parfois les testicules des voleurs de sacs à mains.

J'étais devenu connu, Yorunghem m'acclamait comme son sauveur.

J'avais enfin repris du poids, de la masse musculaire, de l'endurance et une joie de vivre à toute épreuve.

Un soir, alors que je courais avec Miira dans la forêt pour faire ma séance de sport habituelle, je pris la décision de l'emmener en hauteur pour qu'elle observe le délicieux coucher du Soleil de cette planète.

Je la pris avec moi, plaquant son corps velu contre mon vieux t-shirt de la Prison de Mesyrion et on s'envola jusqu'à une montagne un peu plus loin hors de la ville.

Les nuages s'étaient colorés d'un violet qui brillait dans nos yeux et nos cœurs.

Le Soleil, qui commençait à se fatiguer, s'évaporait doucement alors qu'on avait posé le pied aux abords d'une haute falaise.

Je m'assis, les pieds bougeant dans le vide au gré du vent, et contemplai Miira qui aboyait pour manifester sa joie et qui tremblait parfois en essayant de marcher droit.

J'avais compris ce qu'elle voulait, elle voulait qu'on joue ensemble.

Alors, je rassemblai les derniers soupirs d'énergie de la soirée et me levai pour lui apprendre de nouveaux tours.
Miira s'assit et, son attention désormais rivée sur mes mains, elle pencha difficilement sa tête en faisant pendre sa langue hors de sa gueule.

- Ok... Roule !

Je fis un signe du doigt et lui demandai de faire une roulade.
Miira s'exécuta et se roula au sol en comprenant immédiatement ce que je voulais qu'elle fasse.

- Oui ! C'est bien !

Je lui donnai alors une récompense, une petite croquette à base de bœuf, elle qui en raffolait tant.
Soudain, alors que je n'avais rien demandé, elle se mit sur ses deux pattes et cacha sa tête avec ses petites pattes de devant avant de tomber en arrière.
Je mis mes mains en avant pour tenter de la rattraper, afin de lui éviter une catastrophe, mais elle se releva presque aussi vite.
C'était si mignon que j'eus le cœur rempli de joie en un instant.
Je m'exclamai alors en lui disant qu'elle était si belle et que je l'aimais plus que tout.

J'espérais juste qu'elle puisse comprendre qu'elle était tout mon bonheur et que depuis qu'elle était entrée dans ma vie, j'étais devenu quelqu'un de bien... Enfin... Un homme meilleur que la veille.
Elle était si intelligente, unique en son genre.
Le Soleil orangé caressait le pelage de cette petite créature et ses poils blancs se peignirent en un roux somptueux.
Soudain, alors que j'admirais la beauté de Miira, cette dernière recula et mit ses oreilles en arrière.
Sa queue se figea entre ses jambes et son regard s'orienta sur le côté, contemplant alors les nuages dans le ciel.
Le Soleil, qui aurait dû disparaître dans quelques longues minutes, se dissipa en une fraction de seconde et le monde fut alors plongé dans les ténèbres.
Ce fut comme une éclipse inopinée où seuls quelques légers rayons solaires arrivaient péniblement à atteindre notre atmosphère.
Je plissai les yeux en ne comprenant pas vraiment pourquoi le Soleil avait cessé d'être.
Là, devant l'astre désormais caché, se tenait un objet immense qui recouvrait la surface de la planète et menaçait de s'écraser sur nous.
Mon Dieu... En voyant cette chose, inconnue de la plupart de la population Yorune, j'avais réalisé ce qui allait se passer.
Je savais exactement ce que cela était.

J'étais au courant de qui était aux commandes de cet immense vaisseau ovale...
Et ce qui allait en sortir allait mener la planète à sa fin.

9.

...ET LES CIEUX SE TEINTÈRENT D'UN ROUGE SANG.

J'étais immobile, envisageant l'éclat de la mort qui allait s'offrir à nous.

Je savais que je n'allais pas y survivre, pas à ça.

Voulez-vous savoir ce qu'était ce gigantesque objet dans les cieux ?

Bien sûr que oui...

Depuis tant d'années maintenant, on m'avait conté les histoires terrifiantes des Zerkanes, du Tyran qui souhaitait reprendre les rênes de Zerk...

Il avait comme objectif de faire renaître la planète de ses cendres en pillant les ressources vitales et essentielles des autres civilisations dans la galaxie.

Un jour, après avoir compris qu'il n'atteindrait jamais son but grâce à Zerk, que jamais ce Tyran n'aurait pu créer de nouvelles ressources grâce à sa population, il décida de concevoir un vaisseau si redoutable qu'en une seule attaque fatale il aurait pu piller les ressources des autres planètes.

Il avait déjà mis à genoux bon nombre de civilisations, détruit bon nombre de planètes en aspirant toutes leurs ressources vitales...

Et il allait faire la même chose avec Yorunghem 80-C.

Alors que j'avais les yeux grands ouverts face à ma triste destinée, que mes oreilles commençaient à vibrer au son de ma mort, que mes jambes tremblaient d'effroi à l'idée de perdre ce que j'avais de plus cher à mes yeux, un bruit strident similaire à une femme se faisant égorger sur le bord d'une autoroute sortit du centre du vaisseau.

Un immense rayon lumineux d'un rouge vif atteignit le sol de la planète et fit trembler les pattes de Miira qui se réfugia derrière moi pour dissimuler son intense panique. La queue entre les pattes, les poils hérissés, ma petite chienne semblait totalement perdue mais consciente qu'il allait se passer un drame.

Moi, les yeux remplis de larmes, je contemplai la ville et l'horizon s'effacer à mesure que le rayon laser commençait à absorber l'énergie du noyau de la planète.

Alors que Miira paraissait vouloir s'enfuir, je la pris dans mes bras pour la caresser et lui chuchoter des mots tendres.

- Ne t'en fais pas, ça va aller, calme-toi, dis-je la voix tremblante.

Soudain, une détonation titanesque, similaire à celle d'une bombe atomique bien plus puissante qu'aucun humain n'aurait jamais pu créer, retentit et me rendit sourd en un instant.

Je titubai durant quelques secondes avant de reprendre le contrôle de mon corps.

Miira aboyait lourdement et souhaitait s'en aller d'ici.

Sous mes pieds, les rochers se décrochaient et tombaient dans le vide, me laissant seul face à une unique solution : prendre mon envol.

Je partis dans les airs avec Miira et tentai de fuir aussi vite que possible le danger mais ce fut peine perdue.

Le rayon laser détruisit la surface de la planète en quelques minutes seulement et plongea les habitants dans une série de cataclysmes qui allait tout anéantir.

L'air se chargea en acidité, une pluie douloureuse pointa le bout de son nez et se déversa sur Miira et moi.

La pauvre bête sentit son museau brûler et ses yeux devenir si sensibles que des larmes coulèrent le long de mes bras.

Jamais je n'aurais pu rester au sol.

La terre était bien trop brûlante pour marcher dessus.

La seule idée que j'avais fut de partir aussi haut dans le ciel que possible pour fuir le danger.

Seulement, après m'être rappelé les paroles de la vétérinaire, je m'immobilisai durant quelques secondes pour savoir si Miira allait bien.
Elle me regardait avec de grands yeux accablés et apeurés. Son regard couvert de tant d'émotions me brisait le cœur. Moi, qui avais fait tant d'efforts pour devenir quelqu'un de bien, moi, qui avais voulu la sauver des délinquants... Je voulais simplement être heureux.
Je voulais être un héros.
J'allais être la dernière chose que Miira allait voir de son vivant.
On allait me retirer la seule chose que j'avais pu aimer ces derniers temps.
J'avais tant d'amour pour elle, tant d'affection.
Je ne voulais pas la perdre.
Mais j'avais l'impression que c'était écrit, que je ne pouvais plus rien y faire.
Alors, dans un ultime soupir d'espoir insensé, je décollai aussi haut dans les airs que possible afin d'essayer de survivre encore quelques instants à l'apocalypse tandis que Yorunghem 80-C tremblait et explosait de tous les côtés.
Cela devenait de plus en plus compliqué de respirer, d'ouvrir les yeux pour admirer les dégâts que faisait ce vaisseau sur la planète.
Je ne pouvais plus tenir, c'était impossible pour moi d'avancer.

Impossible pour moi de gagner encore de l'altitude tandis que Miira chouinait pour que je m'arrête car elle commençait à étouffer.

Je me retournai en observant la planète alors qu'une terrible déflagration nous atteignit.

Miira poussa un cri si intense que mes tympans se décollèrent presque de mes oreilles.

J'étais là, ne bougeant plus et contemplant les dernières minutes de ma vie en présence du seul être cher à mes yeux.

Miira plongea son regard dans le mien et gémit quelques instants comme pour me demander d'arrêter cette torture mais je ne pouvais plus rien faire.

C'était la fin.

Elle suffoquait et n'arrivait presque plus à respirer. Son corps tremblotait comme jamais car le manque d'oxygène commençait à ronger ce qui restait de vivant dans son cervelet abîmé.

Alors que la planète était à l'agonie, je pris la décision de calmer Miira et lui chantonnai sa musique préférée pour qu'elle comprenne qu'elle n'avait rien à craindre, qu'elle était en sécurité avec moi.

J'avais la voix faible et hasardeuse.

Mes mains moites et mes doigts fébriles tenaient avec pénibilité ma petite chienne qui se débattait pour revenir sur la terre ferme.

Je commençai alors à chanter, les yeux rivés vers ceux de Miira, ma tristesse se déversant hors de mes paupières, glissant le long de mes joues rouges et chaudes.

Alors que je sifflotais l'air de notre chanson et que j'allais continuer avec la suite, le noyau de la planète implosa subitement.

Une violente onde de choc répandit dans les airs un tas de débris mortels que je tentais d'esquiver comme je le pouvais.

Puis, alors que tout était redevenu calme depuis quelques légères secondes, la planète s'agita si puissamment que Miira et moi ressentîmes nos organes se secouer.

Je cessai de bouger le temps d'un instant, afin d'observer ma planète se détruire de l'intérieur et exploser en mille morceaux.

Miira suffoquait encore et encore et tentait d'aspirer le peu d'air faiblement présent dans l'atmosphère.

Soudain, alors que j'avais ouvert mes yeux captivés par l'événement, alors que ma bouche s'était agrandie pour me donner un air plus qu'ahuri, un vacarme retentit dans l'espace et endormit mes tympans fatigués.

Miira avait également dû être assourdie car elle poussa un hurlement intense et se tortilla comme un ver sortant de la terre fraîche.

J'avais les yeux brûlants d'effroi et de chagrin.

Mon petit animal préféré tourna ses yeux globuleux et magnifiquement colorés vers moi puis posa son museau contre mon avant-bras.

Une goutte d'eau s'était extraite de ses pupilles dilatées désormais inertes, son dernier soupir hérissa mes poils et brisa mon cœur en deux.

Ce petit être inoffensif que j'aimais tant venait de s'envoler dans les cieux pour ne plus jamais avoir à vivre à mes côtés.

L'oxygène n'était plus, la joie n'était plus, l'amour n'était plus qu'un vulgaire nuage blanc virant au gris et déversant en moi un torrent agité de larmes de malheur.

Je fus, quelques secondes durant, l'incarnation de l'accablement, du deuil, de la neurasthénie, cet état de fatigue mentale et psychique si intense qu'il m'aurait fallu un repos éternel pour triompher de cette épreuve.

Je n'étais plus rien sans mon animal que j'avais voulu aimer le restant de mes jours.

J'avais souhaité lui donner tant et pourtant, je ne lui avais donné que la mort.

Alors, dans un dernier geste de mélancolie fatale, je m'approchai du crâne de ma défunte chienne et lui apposai un doux baiser pour que son âme puisse quitter son enveloppe charnelle en paix.

Une larme s'immisça sur mes lèvres, se mêlant alors au doux pelage de Miira qui s'était vêtu d'une fraicheur macabre.

Soudain, alors que plus rien n'avait dorénavant de sens, que mon cœur s'était enfui avec celui de Miira et que seul un vide intersidéral me comblait, la planète éclata en des millions de petits morceaux de rochers qui allaient se perdre dans l'espace à tout jamais.

Toutes les personnes vivant sur Yorunghem 80-C cessèrent d'exister et il ne resta rien qu'une violente onde de choc qui allait parvenir jusqu'à moi dans quelques courtes secondes.

Le vaisseau, actionnant bruyamment ses réacteurs, s'envola dans l'espace en usant de son hypervitesse jusqu'à disparaître totalement de la galaxie.

Sa mission s'était achevée sur la mort de milliards d'innocents dont ma chienne qui n'avait rien demandé de plus que de vivre paisiblement avec moi.

J'orientai mes yeux vers l'explosion et contemplai la violence avec laquelle l'onde allait me frapper.

Je pris, de mes mains transpirantes, le corps de Miira et le serrai fort contre ma poitrine en remarquant que sa carcasse s'était déjà raidie comme un cadavre de plusieurs heures.

Puis, l'onde de choc souffla avec une extrême agitation l'entièreté de mon être.

Ma chair et mon âme désormais désolées dérivaient pleinement dans le vide sans but.

Ma peau, au contact de l'évaporation de la chaleur, fut brûlé à un degré extrême tandis que mon crâne dépouillé de tout cheveu prit subitement feu.

Je perdis la maîtrise de plusieurs de mes sens, notamment ma vision qui s'était brouillée car l'explosion avait fait s'éjecter mes globes oculaires hors de mon visage.

Ce fut ensuite au tour du vide spatial de me faire souffrir. Il fit bouillir mon sang à l'intérieur de mes veines comme si l'on m'avait plongé dans une immense marmite d'eau frémissante.

Ma peau, quant à elle, se mit doucement à geler tant la température ici était basse.

J'aurais pu hurler de souffrance jusqu'aux confins de l'Univers si seulement le son se propageait dans l'espace... Malheureusement, je n'étais qu'un vulgaire morceau de viande silencieux qui allait dériver dans le noir de cette galaxie à tout jamais.

Au fond de moi, je priais que quelqu'un puisse venir m'ôter la vie et par la même occasion ma souffrance mais rien n'y faisait... J'allais encore une fois devoir subir sans pouvoir agir.

Il ne me restait plus que le toucher pour combler mon cœur de soulagement alors, je serrai toujours plus intensément Miira contre moi.

Et tandis que mon corps flottait dans l'infini, que mon être accablé de douleur ne demandait qu'à partir, qu'un de mes bras s'était arraché, ce que je pense être un immense morceau de planète me heurta de plein fouet et traversa mon corps.

Je perdis le contact avec Miira et, en réalisant qu'on avait enfin décidé d'exaucer mon vœu le plus cher à mes yeux, ma conscience s'éteignit pour de bon et rejoignit le champ lumineux du paradis aux côtés de ma chienne.

10.

LA LUMIÈRE SURGISSANT DES TÉNÈBRES.

Au même moment, du côté de Gavrol et de Kazimor.

Vekosse devait arriver d'un moment à l'autre pour nous aider à nous enfuir de ce foutu vaisseau.
Il était franchement temps que l'on déguerpisse de là en vitesse pour retrouver Gontran et le sauver.
Quand j'y repense, les Zerkanes étaient vraiment un peuple très égoïste... Ça ne m'étonne pas qu'ils soient tous en guerre les uns contre les autres.
Enfin bref, revenons à notre histoire.
Nous avions décidé avec Kazimor de partir hors de notre dortoir et de prétexter devoir prendre un bon bol d'air frais pour renouveler nos poumons mais en réalité, nous avions rendez-vous pour retrouver Vekosse qui n'allait plus tarder.
Le vaisseau Zerkane était heureusement en vol stationnaire dans un coin de la galaxie et ce depuis un bon

moment désormais sans qu'on ne sache vraiment pourquoi.

Tout ce que l'on savait avec Kazimor, c'était que le Chef des Rebelles surveillait parfois Yuri de loin afin qu'il rejoigne la cause des Résistants et se joigne à la guerre.

Mais sincèrement, peu de gens avaient encore foi en lui.

Il fallait dorénavant se débrouiller sans lui afin d'aller sauver Gontran.

Et c'est ce que l'on s'apprêtait à faire avec le reste de l'équipage.

Avec Kazimor, on se rendit discrètement dans une salle annexe du vaisseau qui servait de débarras.

Au fond de cette salle se trouvait une porte menant à un sas de dépressurisation puis au vide spatial.

C'était là que nous devions attendre le signal pour que Vekosse puisse aborder le véhicule et nous prendre en toute sécurité.

Nous arrivâmes dans la plus grande discrétion, et sans avoir alerté un quelconque garde, dans cette immense salle débordant de cagettes, de cartons et de boîtes en métal solide.

Je me demandais ce qu'ils pouvaient bien garder secret là-dedans.

Mais vers quoi me tourner ?

Il y avait trop de choses à découvrir, trop à déballer pour ne pas se faire repérer à un moment.

Alors que j'étais en train de réfléchir à laquelle de ces caisses on aurait pu s'intéresser, Kazimor se tourna vers moi avec un sourire niais.

J'avais directement compris qu'elle souhaitait faire exactement la même chose que moi : assouvir sa curiosité sans fin.

- Non on n'a pas le temps ! m'exclamai-je en chuchotant.
- Allez c'est bon ! On a le temps ! Je suis sûre que Vekosse est encore loin, répondit-elle en se dirigeant vers un carton.

Après tout, elle avait sûrement raison.

Vekosse devait être encore loin de nous, nous avions le temps de dévoiler les secrets bien gardés de ce débarras.

J'ouvris une première caisse débordant de ce qui semblait être des disques de musique venant de la planète natale de Yuri.

J'avais l'impression de marcher sur ses traces.

J'allais peut-être découvrir des choses importantes à son sujet.

À dire vrai, je n'avais pas vraiment idée de tout ce qu'il avait vécu sur Terre.

Je savais néanmoins que ses parents n'étaient plus de ce monde et que la mort de ces derniers l'avait profondément impacté.

Tout ce qui composait son passé sur Terre, ses épreuves, tout ce qui faisait de lui cet humain égoïste et pervers était caché au fond de son cœur et il ne m'avait ouvert les portes de ce dernier qu'à de rares occasions.

Autrefois, j'avais recueilli Yuri sur Yorunghem 80-C alors qu'il recherchait du travail et un toit où s'installer, je l'avais aidé à devenir meilleur dans son domaine, un des meilleurs chasseurs de primes de l'Univers.

Mais jamais il n'avait pensé à me remercier, à me déclarer sa reconnaissance en me racontant sa vie dans les détails comme je l'avais fait avec la mienne.

Je repensai à tout cela en admirant un aperçu de ses goûts musicaux.

Plusieurs genres se mélangeaient, du rap, de l'électro, des titres vintages des années 80 terriennes et surtout... Du Blues.

Je clôturai ce chapitre de sa vie en abandonnant ce carton et partit en ouvrir un autre.

Soudain, alors que j'avais décollé un morceau de scotch qui gardait scellé les souvenirs de cette boîte, j'admirai ce qui semblait être une photo de Yuri dans sa jeunesse.

Je pouvais le voir pour une fois souriant et réellement heureux aux côtés de celle qui ne pouvait être que sa mère.

Elle était belle quoiqu'un peu fatiguée par les difficultés de la vie et semblait célébrer un jour spécial à travers cette photographie.

Peut-être l'anniversaire de Yuri...

Observer Yuri aussi sincère dans ses émotions me faisait du bien, sa nature avait complètement changé depuis la mort de sa mère... Cela l'avait impacté plus que tout autre événement.

Je ne savais pas ce qu'il était advenu de son père, il ne m'en avait pas vraiment parlé même si j'avais fini par comprendre que lui aussi avait rendu l'âme dans d'étranges circonstances.

En fouillant un peu plus loin dans ce carton rempli de souvenirs, je mis la main sur plusieurs dossiers qui appartenaient au Tyran, subtilisés par les Zerkanes Rebelles, et qui relataient l'existence d'expériences ratées sur des êtres vivants.

Parmi tous ceux présents, un seul m'avait intéressé, un mystérieux dossier qui portait le nom de *"Projet Conservateur"*.

Je feuilletai hâtivement les pages en lisant chaque ligne de ces archives pour en apprendre un peu plus sur notre ennemi et ne découvris qu'un seul élément bien trop étrange pour ne pas être relevé...

La personne sous le masque n'était nommée que par *"le sujet test"* sauf une seule et unique fois où un prénom différent avait été employé.

Malheureusement, ce prénom avait été barré et seules quelques lettres incohérentes demeuraient visibles si je tendais le papier vers la lumière.

Et ces lettres, elles ne composaient aucunement le prénom de « Yuri ».

Je commençais à douter de la véracité des propos du Chef des Rebelles et de sa théorie révélant le fait que sous le masque du Conservateur se cachait un clone de Yuri.

Peut-être en était-il autrement ?

Et si sous ce masque s'y trouvait quelqu'un de totalement différent ? Quelqu'un qu'on ne connaît pas ? Ou quelqu'un que l'on connaît bien plus qu'on ne le pense ?

C'est un mystère sur lequel il fallait que je travaille mais pour l'heure, il était temps de rejoindre Vekosse.

J'entendis un bruit étrange qui venait de l'extérieur du vaisseau, comme si quelqu'un souhaitait s'y attacher pour nous récupérer.

- Allez viens, on doit y aller, Vekosse est là, affirmai-je à Kazimor en me dirigeant vers le sas de dépressurisation.

Elle me rejoignit et on attendit dans le sas qu'un signal nous parvienne pour nous annoncer que Vekosse était bien présent pour nous récupérer.

J'avais hâte de partir d'ici et d'enfin pouvoir retrouver Gontran qui, je l'espérais au fond de moi, n'avait pas encore succombé aux cruautés du Conservateur.

Soudain, un objet métallique heurta la coque du vaisseau et nous fit tituber Kazimor et moi quelques instants avant que l'on ne puisse reprendre notre équilibre.

Puis, tandis qu'un grand silence avait fait son apparition et que plus rien ne semblait bouger aux alentours, la porte de l'autre côté du sas qui menait au vide spatial s'ouvrit et deux silhouettes émergèrent au-delà de la fumée qui s'échappait des écoutilles de pressurisation.

- Alors, les Zerkanes ne vous ont pas encore tuées à ce que je vois... dit une voix au loin.

Vekosse se tenait là, une arme dans les mains, à attendre que l'on se bouge pour sortir d'ici et rejoindre son vaisseau. Il nous avait enfin trouvées et on allait pouvoir partir de cet endroit misérable.

À la gauche de Vekosse, un homme à la carrure fine et aux joues creusées apparut. Il avait le crâne presque entièrement rasé à blanc sauf sur le dessus car il avait laissé une touffe qu'il coiffait en crête avec beaucoup de gel, pour ressembler à un coq peut-être.

Cet homme frêle portait de lourdes poches sous les yeux sûrement dues au manque intense de sommeil et tremblait des mains alors qu'il avait en sa possession un petit flingue léger.

Au vu de son visage aux traits fins, à sa mine blafarde et à ses gestes maladroits et, après avoir presque failli faire tomber son arme, j'avais sans aucun doute affaire à un homme un peu enfantin, à la personnalité simplette et au caractère un tantinet immature.

Il s'agissait du cousin de Vekosse qui m'était apparu tantôt lors de notre appel.

Tandis que j'avais fait plusieurs pas pour rejoindre Vekosse, une violente alarme retentit et les lumières aux alentours virèrent au rouge vif, me laissant perplexe sur notre furtivité décidément ratée.

- Grouillez-vous on doit partir ! ajouta Vekosse en nous faisant signe.

Nous arrivâmes jusqu'à Vekosse et fûmes sur le point de partir lorsqu'il annonça d'une voix hésitante :

- Alors là, on est dans la merde…

Je me retournai soudainement avec une incompréhension naissante sur mon visage lorsque je croisai le regard du Chef des Rebelles et de son équipe armée jusqu'aux dents. Je mis les mains en l'air sans attendre et décidai de calmer les tensions en expliquant la situation au Chef.

- Bon… On ne va pas se tirer dessus quand même, nous sommes civilisés… On peut s'entendre sur quelque chose.

- Je ne veux pas vous entendre, déclara le Chef en mettant son doigt en l'air pour arrêter mes paroles. Vous avez bafoué mes ordres et ce... Plusieurs fois. Je suis déçu... Je pensais que vous alliez comprendre ce que je comptais faire mais vous n'en avez fait qu'à votre tête. Vous avez fouillé dans notre zone de stockage, qu'avez-vous trouvé ?
- Oh... Euh... Rien, répondit Kazimor en se tournant vers moi.
- Vous mentez, je le sais. Je répète ma question... Qu'avez-vous trouvé ?
- Et vous, continuai-je subitement. Que cachez-vous ici pour que vous ayez si peur que l'on fouille ?
- Ce n'est pas le sujet...
- Si, c'est totalement le sujet.

Tout le monde s'observait dans le blanc des yeux, comme si l'on avait décidé de faire une bataille de regards.
Alors que j'inspectais le visage du Chef des Rebelles, ce dernier continua la conversation.

- J'attendais de vous que vous puissiez raisonner Yuri et lui faire comprendre sa mission mais... Vous n'avez fait qu'aller à l'encontre de mes ordres. Vous avez quitté vos chambres, fouillé dans notre vaisseau, décidé de vous enfuir sous mes yeux...

Alors je vous en prie, allez-vous-en maintenant. Je n'ai plus besoin de vous.
- Si seulement vous nous aviez écouté, on aurait pu retourner la situation à notre avantage et aller sauver Gontran avec vos troupes... Au lieu de fuir vos responsabilités. Sans Gontran dans notre équipe nous ne pourrons rien contre le Conservateur et le Tyran. Il connaît mieux que quiconque les méthodes de votre dictateur, ajoutai-je avec un regard froid et colérique.
- Soit, qu'il en soit ainsi, reprit-il sans trahir aucune émotion. Je ne vous retiens plus, retournez à vos vies respectives mais ne venez plus jamais... Nous demander... De...

Le Chef, soudainement désemparé, dirigea son regard vers le sol et plissa ses yeux globuleux. Dans ses oreilles paraissait résonner une voix qu'il avait du mal à comprendre.

- Vous l'entendez vous aussi ? demanda-t-il à son équipe de mercenaires en se tournant vers eux.
- Comment ça ? rétorqua l'un d'eux alors que personne ne comprenait ce que le Chef voulait dire.
- Transférez l'appel vers les haut-parleurs tout de suite !

D'un seul coup, toutes les enceintes du vaisseau commencèrent à grésiller si brutalement que je dus me boucher les oreilles quelques instants avant qu'une voix n'atteignit mon crâne douloureux.

- SOS, à toutes les nations, à tous les vaisseaux présents dans les environs, que tous ceux et toutes celles qui reçoivent mon signal se joignent à nous aux coordonnées que je vous fais parvenir ! Un immense incident vient de se produire, le Tyran Zerkane a envoyé son vaisseau d'absorption énergétique sur Yorunghem 80-C ! Fin du signal.
- Attends... Sur Yorunghem ?! demandai-je en ouvrant grand mes yeux. Oh non putain...
- Monsieur, quel est votre nom ? questionna le Chef des Rebelles.
- Vekosse.
- Monsieur Vekosse, prenez votre vaisseau et venez avec nous, je vous transmets les coordonnées de Yorunghem 80-C.
- Pas besoin, nous allons rester sur ce vaisseau, répondit Vekosse avant d'activer son oreillette. Simuald tu m'entends ?
- Simuald est avec toi ? dis-je soudainement surprise.

Vekosse me fit un signe de la tête pour acquiescer et demanda à Simuald de laisser son vaisseau en mode stationnaire et de rejoindre celui des Zerkanes.

Une immense montagne de muscles que je n'avais pas vue depuis l'enlèvement de Gontran sur Ultrag s'immisça dans le vaisseau en baissant ses trois têtes pour ne pas détruire les parois.

Cette brute sourit en me voyant et je fis de même.

Le savoir en vie me rassurait et me donnait un grand espoir quant à notre victoire face au Tyran et au Conservateur.

Il me prit dans ses bras, réjoui de me voir en chair et en os et nous partîmes tous vers la salle des commandes d'où l'on pouvait observer, au travers des grandes baies vitrées, le vide cosmique.

Le Chef des Rebelles ordonna aux pilotes de se diriger vers Yorunghem 80-C sans perdre plus de temps et le vaisseau partit entre les étoiles en volant bien plus rapidement que la lumière elle-même.

Lorsque nous abordâmes Yorunghem, une stupeur extrême se dessina sur mon visage, pétrifié par les horreurs que j'avais sous les yeux.

Et je pense, à mon plus grand désespoir, que tout le monde ressentait la même chose que moi.

Certains se cachaient même la bouche avec leurs mains pour contenir leurs pleurs.

Je me rapprochai de la vitre afin de contempler l'horrifiant crime commis sur ma planète et, en commençant à pleurer tout en me consolant avec la main puissante de Simuald posée sur mon épaule, je constatai que Yorunghem 80-C n'était plus qu'un tas de débris flottant dans le vide spatial.
Qu'était-il advenu de mes amis ? De ma vie ?
Où était passé Yuri ? Avait-il seulement survécu à l'attaque ?
Je n'avais plus que mes pauvres yeux humides pour pleurer ma planète réduite en un tas de poussières et je ne savais pas quoi faire face à cela.

- Ça va aller Gavrol... me dit Simuald en essayant de me consoler.
- Qu'est-ce... Qu'est-ce qu'il s'est passé ? demandai-je.
- C'est l'œuvre du Tyran... Cela fait plusieurs décennies maintenant qu'il absorbe l'énergie des planètes jusqu'à les détruire de l'intérieur... Puis il transfère toute cette énergie à Zerk pour la faire renaître... Je suis désolé, annonça le Chef des Rebelles.
- Yuri... Vous pensez qu'il...

Le Chef soupira un instant après ma question et fixa le sol pendant de longues secondes qui parurent durer une éternité.

Il paraissait dépassé par les événements et ne savait plus quoi faire.

Yuri était sa seule et unique solution pour définitivement arrêter la guerre sur Zerk selon lui et il l'avait peut-être perdue à tout jamais.

Il tourna le dos aux vitres ouvertes sur l'espace, les bras longeant son corps mince et le cou plié vers ses pieds. Il n'arrivait plus à penser correctement.

- Attention les gars, manœuvre d'évitement dans quelques secondes, un objet arrive vers nous, déclara un des pilotes avant d'actionner sa manette pour dériver vers la gauche.

Le pilote prit les commandes avec beaucoup de force et tourna vers la gauche avec tant de vigueur que je tombai presque au sol.

Kazimor utilisa ses pouvoirs pour tous nous retenir avant que le vaisseau ne reprenne sa trajectoire normale.

- Oh putain de merde ! cria le pilote.
- Qu'est-ce qu'il y a ? demanda le Chef des Rebelles.
- On va frapper un truc, accrochez-vous ça va secouer !

Ce qui paraissait être un cadavre, un restant de corps découpé et abîmé à un tel point que je n'aurais pas pu

reconnaître son identité, s'écrasa sur le cockpit avec tant de violence qu'il fissura les vitres à quelques endroits.
Ce morceau de viande inanimé demeura collé et ne souhaitait plus bouger de là.

- Qu'on me nettoie ça, paix à son âme mais je ne veux pas voir ça sur mon vaisseau, ordonna le Chef.
- Attendez...

J'avais demandé aux pilotes de ne pas nettoyer la vitre car la silhouette de ce corps me semblait étrange.
Elle me disait quelque chose, cette carcasse inanimée.
Je m'approchai alors de ce cadavre en l'inspectant et, après avoir passé au peigne fin chaque recoin de sa peau carbonisée, je tournai vivement mon regard vers celui du Chef.
La bouche et les yeux ouverts, l'air totalement ébahi, les mains moites et la voix tremblotante, j'annonçai avec assurance :

- C'est Yuri !
- Quoi ?!

Le Chef n'en croyait pas ses yeux, il ne voulait pas me croire du moins.

- C'est lui ! Kazimor, regarde le t-shirt, regarde son torse ! ajoutai-je en prenant la main de mon amie pour l'emmener vers le corps encore plaqué à la vitre. C'est le logo de la prison de Mesyrion, c'est Yuri !

Il ne restait quasiment rien de son présumé t-shirt et en vérité, j'avais seulement pu discerner le logo de la Prison de Mesyrion car ce dernier avait fondu et s'était brièvement imprégné à la peau du cadavre.
Je n'avais que ce semblant d'indice pour affirmer que Yuri était celui qui venait de s'échouer sur le vaisseau.

- T'as raison... C'est sûrement lui ! s'exclama-t-elle. Il faut qu'on le rentre ici !
- Mais... Il est sûrement mort à l'heure qu'il est... C'est impossible qu'il puisse survivre à l'explosion d'une planète ! affirma le Chef des Rebelles avec incertitude.
- C'est lui, il faut essayer de le sauver ! Vous avez sûrement quelque chose, vous pouvez essayer ! rétorquai-je subitement en m'approchant du Chef.

Le Chef ordonna à ses troupes d'amener le corps à bord du vaisseau afin d'être certain de ce que je venais d'avancer.
J'approchai mon regard des restes de cet homme carbonisé qu'on avait amené à l'infirmerie du véhicule volant et qu'on avait posé sur une table froide en métal argenté.

Cet homme au visage noirci par la chaleur de la déflagration de Yorunghem 80-C, aux entrailles étalées sur le billard, aux deux bras et aux deux jambes arrachés qui valsaient sûrement encore entre les débris spatiaux dérivant vers l'inconnu, cet homme n'était plus de ce monde.

Mais qui cela aurait bien pu être si ce n'était pas Yuri ?

Tous les médecins de ce vaisseau se bousculèrent et s'organisèrent afin de brancher sous perfusion ce qui restait de l'homme tandis que le Chef des Rebelles réclamait qu'on lui administre une dose d'un produit contenu dans une seringue.

Simuald et Kazimor croisèrent mon regard pétrifié et tentèrent de me rassurer mais rien n'aurait pu arranger mes doigts rongés par la peur, rien n'aurait pu ralentir ma respiration saccadée.

Soudain, alors que je contemplai les médecins et leurs outils fabuleux entre leurs mains pour peut-être découper la peau de cet inconnu décédé, tous s'immobilisèrent et l'un d'eux empoigna une longue seringue rempli d'un liquide qui semblait bouger et avoir sa propre conscience. Ce Zerkane planta d'un coup sec l'aiguille à travers le torse du corps putride jusqu'à atteindre le cœur inerte. Toutes les veines cachées sous la peau noire de l'inconnu se colorèrent d'un bleu azur intense et scintillèrent comme des vers luisants.

Puis, devant mes yeux dilatés comme ceux d'un félin enragé d'où certaines larmes coulaient encore, un immense silence se dévoila jusqu'à remplacer celui du vide spatial.

Plus aucun bruit n'était perceptible, que celui de respirations irrégulières çà et là qui rebondissait sur les murs vides de décorations.

Le médecin Zerkane, qui avait déjà retiré la seringue depuis une dizaine de secondes, leva ses yeux globuleux vers le Chef et se montra très dubitatif concernant la réussite de l'expérience.

Pour lui, et pour beaucoup d'ailleurs dans cette foutue pièce morne, la résurrection de ce corps inanimé n'allait se solder que par un échec et que ce soit Yuri ou non, cet homme ne pouvait plus être ramené d'entre les morts.

Trente longues secondes s'écoulèrent, de trop longues secondes durant lesquelles tout le monde commençait à gigoter et à bouger.

Certains parlaient entre eux et je n'aimais pas ça, j'avais besoin de m'assurer qu'un simple souffle, qu'un petit rejet de gaz carbonique allait sortir des poumons de ce monsieur.

Malheureusement, j'avais beau continuer de jeter un œil, de concentrer ma vision sur cet inconnu, je n'y voyais que la mort qui s'amusait à se moquer de mon espoir.

Sur cet échec, apogée de tous ceux que j'avais connu jusqu'à maintenant, et sur la mort de ma population, de ma planète, je m'abandonnai finalement au même sentiment que tout ceux présents dans cette infirmerie.

Certains sortirent de la salle afin de concentrer leurs esprits sur une autre activité tandis que moi, je restai là, l'air abattue, aux côtés de Simuald et de Kazimor en essayant de ne pas flancher.

J'allais fondre en larmes dans quelques secondes.

Alors que j'avais mis un pied vers la sortie de cette infirmerie, un étrange détail percuta mon esprit et me fit me retourner.

J'avais cru ouïr, d'entre les paroles de certains qui glissaient dans l'air, un petit sifflement.

- Chef, attendez ! s'exclama un des médecins encore présent dans la pièce.

Mes yeux s'ouvrirent en grand lorsqu'en face de moi le corps de cet inconnu brûlé grièvement heurta brusquement le sol comme si quelqu'un l'avait bousculé.

Tout le monde se tourna vers l'événement, certains doutèrent même de la non-implication du médecin dans la chute du cadavre.

Pour bon nombre d'entre eux, ce n'était que la main du médecin ayant maladroitement frappé ce corps mais ce dernier savait qu'il n'était en aucun cas impliqué là-dedans.

Et moi aussi.

Ce corps étendu sur le sol, comme un vulgaire déchet puant dont on aurait voulu se débarrasser, ne bougeait pas d'un centimètre quand tout à coup, Vekosse s'avança doucement.

- C'est quoi ça ? s'exclama Vekosse.
- On dirait qu'il... Bouge, affirma le cousin de Vekosse la bouche grande ouverte.

11.

LES PLEURS D'UN HOMME NAISSENT POUR GUÉRIR SON COEUR.

En effet, le cousin de Vekosse avait vu juste car j'avais aussi remarqué que le corps semblait trembler comme une feuille et reprendre délicatement le goût de la vie.
Et, alors que je fermais mes paupières le temps d'une seconde afin d'humidifier mes globes oculaires, les membres de cet homme meurtri par la douleur commencèrent à repousser à une vitesse si fulgurante que cela époustoufla l'ensemble de l'équipage présent dans la pièce.
Les cordes vocales de l'inconnu se tendirent afin de laisser s'échapper les mêmes grognements qu'un ours prêt à hurler de colère.
Il avait totalement recouvert l'usage de ses jambes et de ses bras, son corps s'était miraculeusement guérit en une fraction de seconde.
Les cicatrices fractionnant sa face à ne plus en reconnaître réellement son identité se résorbèrent sans trop de

difficultés et sa peau brûlée reprit sa forme, sa fermeté et sa couleur d'antan.

Alors que j'avais les larmes aux yeux, que mes lèvres hésitantes laissaient s'extraire quelques faibles mots de soulagement, je reconnus immédiatement mon meilleur ami Yuri.

C'était lui, j'en étais certaine et j'avais bien fait de demander au Chef des Rebelles qu'on le repêche.

Mon Dieu, je ne peux vous dire le soulagement que j'avais ressenti au moment où mon regard tétanisé croisa celui de Yuri plein de tristesse et de souffrance.

J'avais beau souvent le détester, j'étais si heureuse de le retrouver, lui qui avait abandonné la vie bien trop de fois depuis le début de notre aventure.

Je souris soudainement et tout mon visage fut pris d'une tension inégalable, mélangeant la tristesse, l'espoir, la colère, la joie...

Mes émotions furent trop immodérées pour que je ne puisse pas fondre en larmes et me diriger vers Yuri en le prenant dans mes bras.

Je saisis son corps encore sous le choc, lui qui ne comprenait rien à ce qui lui arrivait, lui qui ne savait pas où il était.

Lui qui avait tout perdu.

Simuald, de son corps immense, se mit à notre hauteur en s'agenouillant et nous rejoignit dans notre étreinte.

Kazimor, se sentant peut-être obligée à cause de l'acte de Simuald, fut prise d'un élan d'amitié et nous câlina à son tour.

Vekosse et son cousin, quant à eux, s'agenouillèrent vers Yuri pour l'accueillir et lui faire reprendre sa lucidité.

- Ça va mon garçon ? Prends ton temps, reprends tes esprits, dit Vekosse en posant sa main sur l'épaule de Yuri.

Je plongeai mon regard dans celui de mon meilleur ami, ressentant tout ce qu'il avait en lui, toute la peine et le désespoir qui comblaient son cœur mais également toute la gratitude qu'il avait envers nous, envers moi.

- Je suis content... De te revoir, lui affirmai-je d'une voix tremblante et la gorge nouée de chagrin comme si de vilains barbelés venaient arracher ma trachée.
- Je pensais que je n'allais jamais vous revoir... répondit difficilement Yuri avant de me prendre dans ses bras.

Il tenta de se lever doucement, alors que Simuald le soutenait avec ses puissantes mains, puis croisa subitement le regard du Chef des Rebelles Zerkanes.

Il marcha doucement, mais avec assurance, se tenant les côtes de sa main droite et titubant un peu, en direction de ce grand alien à la peau grise.

- Je sais que je vais me détester... En disant cela mais... Je... Je vais prendre part à votre guerre...
- Tu es sûr de toi Yuri ?
- Regarde-moi dans les yeux... Et dis-moi ce que tu vois.
- Un homme... Brisé.

Le regard de Yuri s'échoua sur le sol durant quelques secondes et je l'aperçus pleurer de sincérité pour la première fois de ma vie.
Il semblait si touché, si détruit, si... abattu.
Qu'avait-il vécu sur Yorunghem ces dernières semaines depuis son départ pour être dans un tel état ?
Yuri leva ses yeux et les plongea dans le regard du Chef en affirmant d'une voix vibrante d'émotions :

- Ils m'ont enlevé... Ce que j'aimais... Ma planète... Mes amis... J'avais même recueilli un chien... Ils m'ont tout pris. Je jure de tuer le Tyran et son Conservateur. Et... Je ne m'arrêterai devant rien.
- Je te comprends... rétorqua le Chef compatissant. Fais ce qui te semble le plus juste... Comme je te l'ai toujours dit. Mais s'il te plaît, n'écoute pas ta haine.

- Tu ne comprends pas... Je n'écoute pas que ma haine. Tout ce que j'ai en tête et que j'écoute encore ce sont les cris de ma chienne agonisant dans mes bras... Tout ce que j'entends encore... C'est cette musique que je lui chante pour qu'elle parte sans souffrir... Alors que je vois ma planète mourir devant moi, alors que je vois mon monde s'écrouler devant moi... Alors non, je n'agis pas uniquement par haine mais parce qu'ils doivent payer de leur vie celle qu'ils ont pris à ma chienne... À Miira. Je les poursuivrai jusqu'à la fin des temps s'il le faut. Mais que tout le monde ici en soit témoin... Je ne m'arrêterai que lorsque j'aurai ôté la vie à ces deux monstres.

Le Chef se tut quelques instants et réfléchit longuement alors que Yuri laissait couler de grosses larmes le long de ses joues.

- Très bien, c'est entendu. Mais pour cela, il te faut ton costume, répondit le Chef en observant Yuri de haut en bas. Si tu veux combattre comme ça c'est ta responsabilité mais tu sais que tu y perdras la vie. As-tu ton costume au moins ?
- Perdu, aux confins de la galaxie, affirma Yuri. Je ne l'ai plus revu depuis que nous avons été capturés et emmenés à Mesyrion.

- Il t'en faut donc un nouveau...
- Ouais, ça prendra combien de temps ?
- Je ne peux pas le faire ici comme par magie. Ton ancien costume était un artefact rare construit par une population ancienne sur une planète éloignée de ce système stellaire.
- Oh... Sérieux pourquoi il faut toujours que vous trouviez un moyen de compliquer l'histoire ? C'est si difficile de faire un costume ici ?
- Il n'est pas question de ça... Ton costume est imprégné d'une certaine magie provenant d'une ancienne civilisation. Ces êtres sont appelés les Hallréens, issus du Royaume d'Hallreim sur une planète lointaine. Ce sont les seuls qui peuvent te confectionner un costume qui annule ta masse lorsque tu uses de ta super-vitesse. Ce sont eux qui ont mis au point ton ancien costume.
- Oh... Ok bon... Bah on y va alors !

Yuri se dirigea soudainement vers la salle des commandes lorsque le Chef l'arrêta net.

- Ce n'est pas la meilleure des solutions, rétorqua le Chef froidement. Il nous faut un plan et bien établi alors je te conseille de me suivre ainsi que toute ton équipe. On va discuter d'un plan avant d'agir et ce sera beaucoup mieux ainsi.

Yuri acquiesça difficilement et nous atterrîmes tous dans la salle des commandes afin de délibérer d'un moyen d'aborder les événements.

- Comme vous le savez, ajouta le Chef des Rebelles, Gontran a été capturé par le toutou du Tyran et depuis, malgré nos recherches... Nous n'avons pas de nouvelles de lui et de l'endroit où il aurait pu être emmené. Mais... Il y a quelques jours, nos troupes de résistants ont suivi le Conservateur qui survolait des champs inhabités... Bizarre non ? D'habitude il sait où il va mais là... Il semblait perdu... La plupart du temps le Tyran envoie d'abord des troupes pour nous espionner et trouver nos repaires... Puis il envoie son chien pour massacrer nos alliés... Là, ce n'était pas le cas. Et devinez quoi ?
- C'est long... dit Yuri en perdant patience.
- Du calme, répondis-je. Ça va aller.
- Le Conservateur s'est rendu dans une grotte dissimulée, une ancienne planque d'armes de nos alliés qu'il a découvert il y a de cela des semaines. Ce malade mental a... Il a tué tous nos alliés de sang-froid, continua le Chef en contemplant une carte holographique de Zerk. Mais... Pourquoi se rendrait-il encore dans un endroit comme celui-ci alors qu'il n'y a plus rien depuis ? C'est la raison

pour laquelle je pense qu'il est judicieux de commencer notre enquête par là pour peut-être mettre la main sur des indices et retrouver Gontran.
- Donc on commence par cette grotte c'est ça l'idée ? demandai-je soudainement.
- Mais... Parce qu'il y a toujours un mais dans l'histoire... Il ne faut pas oublier que... Tu dois absolument avoir ton costume pour pouvoir te battre à nos côtés et vaincre le Conservateur, Yuri. Sans ça, tu sais très bien les risques que tu encours... Alors je propose une chose. Que ceux qui veulent enquêter sur l'enlèvement de Gontran se joignent à nous. Que ceux qui souhaitent aller sur Hallreim avec Yuri se joignent à lui. Faites votre choix judicieusement.

Soudain, tout le monde devint silencieux et le Chef des Rebelles regarda intensément Yuri comme s'il attendait de lui qu'il fasse quelque chose de précis.
Yuri soupira, il semblait préoccupé et distant, comme s'il se battait contre son propre stress.
Alors, en prenant son destin entre ses mains et en acceptant dorénavant la mission que les Zerkanes lui avaient assignée dans sa jeunesse, il s'avança vers le centre de la salle des commandes en contemplant le sol.
Il cessa de marcher et prit une grande inspiration avant de parler d'une voix hésitante.

- Je sais ce que vous pensez de moi, ce que vous voyez quand vous me regardez. Durant toute ma vie, je n'ai jamais cessé de refouler mes émotions… Je n'ai jamais été à la hauteur de vos espérances, je n'ai jamais fait ce que vous attendiez de moi. J'ai passé mon temps à vous décevoir, surtout toi Gavrol… Et un seul "*désolé*" ne fera jamais l'affaire. J'ai brisé ton cœur en écoutant mes propres envies. J'ai blessé ceux qui me sont chers en ne pensant qu'à moi. Et je n'ai fait que vous mettre en danger…

Une larme au bord de ses yeux se développa. Elle souhaitait couler mais il la retenait comme il le pouvait.

- J'ai honte de ce que j'ai pu vous faire ressentir, reprit-il d'une voix tremblante d'émotions. Mais je sais que… Mon dernier séjour sur Yorunghem m'a fait prendre conscience de mes erreurs… J'ai rencontré un chien abandonné… Et pour la première fois de ma vie… J'ai sauvé une vie sans agir par pur égocentrisme. J'ai voyagé avec elle sans me soucier de ce qui était aux alentours, je l'ai chéri, j'ai aimé sa compagnie… Et pour la première fois depuis très longtemps… J'ai ressenti en moi autre chose que de la colère.

La larme qui grossissait à vue d'œil finit par s'extraire de la paupière de Yuri et glissa jusqu'aux poils de son bouc. Il n'arrivait pas à contenir ses émotions et sa gorge semblait se nouer à mesure qu'il racontait ses péripéties.

- J'ai compris que je pouvais être autre chose, que je pouvais inspirer d'autres émotions dans le cœur des gens que seulement celles que j'avais en moi jusque maintenant, affirma-t-il en levant ses yeux vers nous. Vekosse, Kazimor... Simuald... Gavrol... Je vous demande pardon, je n'effacerai jamais le mal que j'ai pu vous faire... Je veux juste vous dire que je partirai quoiqu'il arrive vers ma destinée... Si vous décidez de prendre un autre chemin, je ne vous en voudrai pas, je finirai par vous rejoindre. J'ai trop longtemps mis de côté mes problèmes... Je m'enfuis depuis trop longtemps... À partir d'aujourd'hui, je vais affronter mes peurs et mes doutes et devenir l'homme que mes parents ont toujours voulu que je sois. Je suis un Jörkenheim et j'honorerai la mémoire de mes parents peu importe les épreuves. Et je vengerai ceux qui sont morts de la main du Tyran et du Conservateur. Et je vengerai ma chienne... Miira.

Yuri baissa les yeux et pleura quelques lourdes larmes pleines de peine.

Tout le monde fut scotché par son discours, je n'avais jamais vu Yuri dans un tel état.

Jamais il n'avait parlé avec un cœur si dépourvu de défenses, de barrières.

Il paraissait si différent, si changé.

Et je le sus au moment où le mot "*Jörkenheim*" était sorti de sa bouche.

Lui qui faisait taire n'importe qui lui disant cela.

Au premier abord, cela semblait être une insulte pour lui mais ce n'était qu'un mot signifiant "*Terrien*" dans la langue Yorune.

Je savais que s'il avait osé dire ce mot, c'est qu'il ne souhaitait plus ignorer son passé.

Alors, empli d'un grand chagrin et d'émoi, les jambes flageolantes et la conscience incertaine, j'effectuai un premier pas vers Yuri comme pour lui faire comprendre que je ne voulais plus qu'il redevienne comme avant. Comme pour lui dire *"ne t'inquiètes pas, je suis là et je ne t'abandonnerai pas"* puis, d'une voix remplie d'émotions je déclarai :

- Je viens avec toi.

Une voix grave et puissante, venant de mon côté droit, rétorqua :

- Moi aussi, je viens avec toi.

Ce fut Simuald qui, après avoir été touché par le discours de Yuri, avait décidé d'annoncer cela et de me suivre dans ma démarche.

- Moi aussi, affirma Kazimor en s'avançant d'un pas.
- Je te suis gamin, répondit Vekosse en souriant à Yuri.
- Moi aussi ! s'exclama le cousin de Vekosse soudainement.
- Nous sommes avec toi Yuri ! dirent les soldats Zerkanes en levant leurs poings. Nous sommes tous avec toi !

Et, alors que tout le monde criait et que bon nombre d'entre eux semblaient ravis que Yuri revienne pour les sauver, je m'avançai encore plus vers mon ami jusqu'à l'atteindre.
Simuald, Kazimor et Vekosse ainsi que son cousin vinrent à mes côtés et, tandis que le temps paraissait se ralentir pour nous laisser apprécier nos retrouvailles, je pris Yuri dans mes bras.
Simuald, immensément réjouit, nous serra à son tour en prenant garde à ne pas être trop brutal.
Vekosse, gêné comme pas possible, s'abandonna malgré tout à nos gestes amicaux et se joignit à nous avec son cousin.

Yuri, qui pleurait et paraissait souffrant, colla sa tête contre la mienne et me regarda dans les yeux en tenant mes mains.

- Tu m'as manqué, me dit-il en souriant.
- Toi aussi, mon Jörkenheim, répondis-je en souriant également.

Il en arrivait presque à rire de ce que je lui avais dit puis, les larmes heurtant douloureusement le sol, il contempla subitement Simuald.

Je tournai mon regard vers cette grande brute et aperçus alors que les pierres au centre de ses trois têtes brillaient d'un jaune orangé somptueux.

Soudain, tandis que tout le monde commençait à danser de joie, de petites spores lumineuses sortirent des pierres de Simuald et caressèrent l'air du vaisseau. Tout le monde fut subjugué, et moi aussi d'ailleurs, par la beauté de ce que pouvait faire Simuald.

Je ne savais pas si cela était son seul pouvoir mais ces spores, semblables à de petits pétales de fleurs, remplissaient les lieux d'une odeur de nature si agréable qu'on se serait cru dans un jardin floral aux doux effluves de rose et de lavande.

Nous appréciâmes ce moment si fort en émotions, ce moment de calme, car nous savions qu'il n'allait durer qu'un temps avant que la bataille pour Zerk ne commence.

Alors, après avoir savouré nos retrouvailles, nous partîmes tous nous vêtir d'une combinaison de combat Zerkane.

Elle avait pour but de nous protéger des dangers extérieurs qui se trouvaient sur Hallreim et de nous permettre de respirer correctement sur cette planète dont l'air pouvait nous être fatal.

Elle était de couleur blanche avec des reflets or.

Le casque, qui nous permettait de respirer, avait une énorme bulle de protection en verre blindé et la totalité de la combinaison était parsemée de filaments de lumière rougeâtre.

Après avoir pris toutes les précautions pour se protéger de la planète où nous allions mettre les pieds, nous partîmes reprendre le vaisseau de Vekosse et nous décollâmes, Yuri, Simuald, Vekosse, son cousin, certains soldats Zerkanes et moi-même, vers Hallreim.

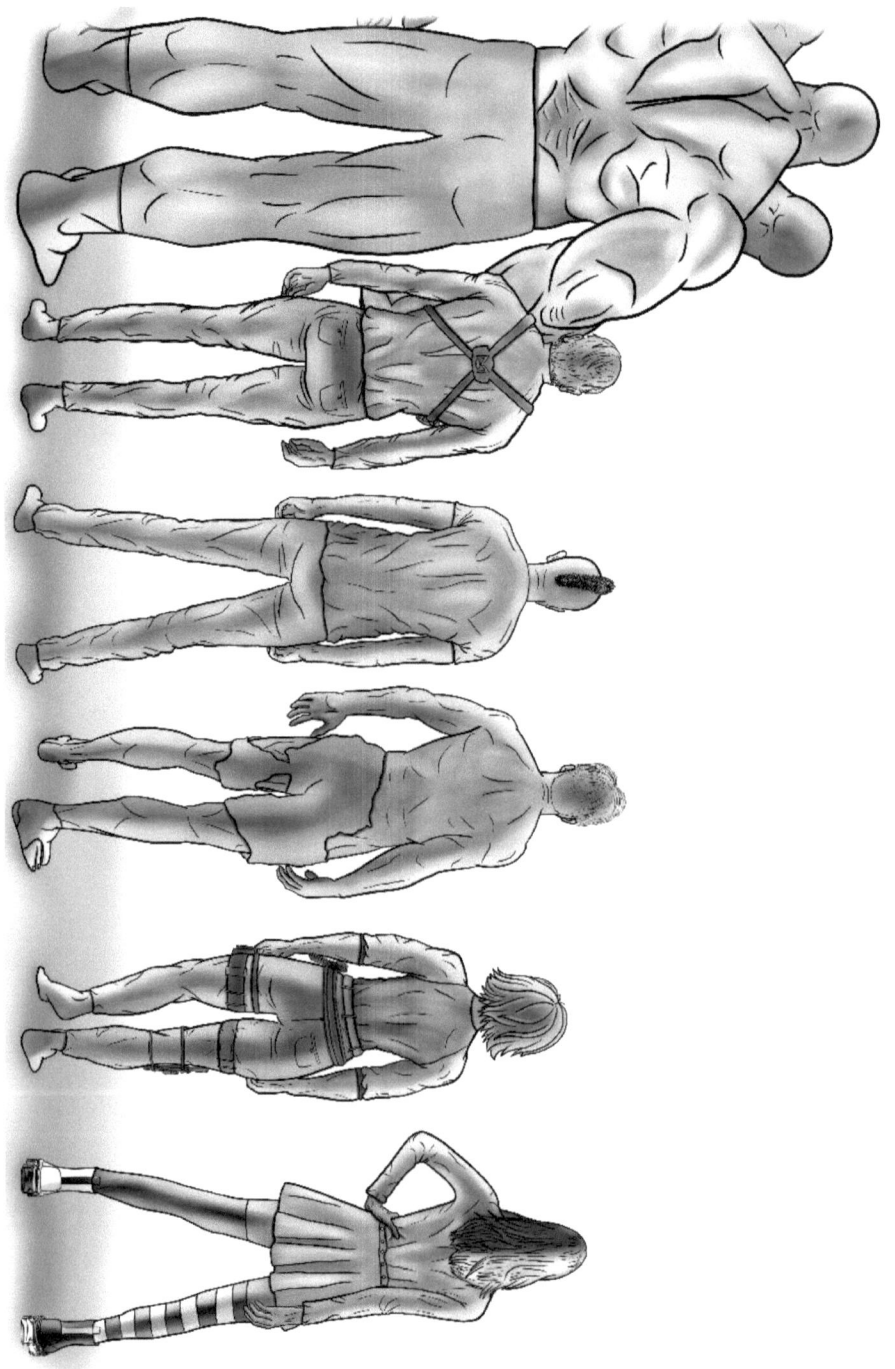

12.

UN COUP MORTEL.

Pendant ce temps, du côté de Gontran.

J'étais attaché, les mains liées par une corde qui avait tant frotté ma peau que celle-ci menaçait de s'arracher à quelques endroits de mes poignets.
Ma peau grisâtre s'était tant asséchée qu'elle s'était ouverte à certains endroits.
Je n'en pouvais plus, j'avais renoncé sans aucun doute à voir mes amis apparaître dans un coin de cette grotte pour me sauver.
Après tout, Yuri n'allait pas être mon sauveur non plus vu comment il se comportait... Cet égoïste.
Le Conservateur était revenu il y a quelques secondes seulement et semblait discuter dans le tunnel qui menait à la pièce où je me tenais.
J'avais la trouille.

En réalité, j'étais même mort de peur à l'intérieur et si mon cœur avait pu transpirer lui aussi, je pense qu'il l'aurait fait.

Mon imagination allait dans tous les sens à l'idée que je me faisais du Conservateur prit d'une immense rage, lui que j'avais totalement mené en bateau.

Pour tout vous dire, je n'avais plus la pierre et ça... Je n'avais pas menti.

Mais je ne l'avais pas envoyée à un collectionneur... Au diable cet énergumène horrible qui convoite toutes les ressources de tous les peuples.

Non.

Avant que le Conservateur ne débarque sur Ultrag et nous batte tous à mort, je l'avais donnée à Gavrol. Elle l'avait gardée précieusement dans une des poches de son pantalon.

Soudain, alors que je souffrais de mes plaies ouvertes et de mes ongles arrachés, le Conservateur hurla et j'entendis plusieurs os se briser sous ses coups.

Après cela, un grand silence s'abattit.

J'essayais, dans un élan de détresse, et sous le regard des gardes se tenant près de moi, de me débattre pour m'enfuir mais ce fut peine perdue.

J'avalai difficilement ma salive, elle qui n'arrivait plus à lubrifier ma pauvre gorge séchée par l'angoisse, et contemplai la porte blindée devant moi s'ouvrir si violemment qu'elle heurta le visage d'un des gardes.

Son crâne ouvert en deux s'écrasa brutalement sur le sol mouillé et gelé, et du sang imprégna les fentes de la pierre qui jonchait nos pieds.

Il succomba à ses blessures quelques secondes plus tard.

Le Conservateur, de sa splendeur maudite, se tint devant moi et marcha d'un pas excessivement sauvage jusqu'à m'atteindre.

Il hurla que je n'étais qu'une petite vermine insignifiante et que je n'étais plus d'aucune utilité dans ce monde avant de me rouer de coups.

Comme il l'avait si bien dit, j'étais sans défenses et acceptais ma destinée en fermant les yeux et en faisant grincer mes dents les unes contre les autres au rythme des frappes qu'il m'assénait.

Ce fut si atroce que ma mâchoire s'engourdit subitement, je n'étais plus qu'un vulgaire sac de frappe sur lequel il essayait de faire passer sa haine et son humeur vengeresse.

Mes yeux, si gonflés par les attaques de mon agresseur, ne me permettait plus d'apercevoir l'unique et mince lueur de la pièce.

Mes dents, quant à elle, s'étaient presque toutes brisées et s'étaient heurtées si violemment à mes lèvres que ces dernières s'incisèrent de douleur.

- Tu m'as humilié ! Tu m'as souillé petit insecte sans importance... dit le Conservateur en s'arrêtant de me battre et en reprenant son souffle. La pierre

n'était pas là-bas... Je n'ai fait que perdre mon temps.
- Elle était là-bas... Je ne peux pas t'en dire plus, rétorquai-je très difficilement. Je... Je ne sais pas... Où elle est.
- J'ai perdu assez de temps avec toi... Je vais en finir une bonne fois pour toutes.

Soudain, le Conservateur posa son regard sur le mien et, d'un coup bref, il m'asséna un coup dans le ventre si brutal que mes os explosèrent et que ma peau se rompit.
Mon abdomen accueillit alors la main trémulante de mon ennemi et cette dernière chatouilla mes organes internes, provoquant une souffrance si sévère que ma conscience abandonna mon corps.
D'une dernière parole très faible, je fis un vœu aux cieux.

13.

UNE PLANÈTE BIEN TROP ÉTRANGE.

Du côté de Yuri, arrivé avec son équipe au Royaume d'Hallreim.

Me voilà revenu à la vie, accompagné de ceux que j'aimais, afin de me confectionner un nouveau costume sur mesure.

Nous étions arrivés sur cette planète nommée Hallreim et avions posés le vaisseau de Vekosse un peu plus loin aux abords d'une forêt que nous devions emprunter car le peuple que nous recherchions était caché de la plupart des autres habitants de cette planète.

Ce Royaume, dissimulé à travers les feuillages épais et les arbres abîmés par l'air toxique des environs, allait bientôt nous ouvrir ses portes alors que nous discutâmes tous ensemble de la manière dont on allait s'y prendre pour sauver Gontran.

Force est de constater que ce petit être colérique et vicieux me manquait beaucoup et je ne souhaitais pas qu'il soit mort des mains du Conservateur.

Gavrol ne semblait plus en colère contre moi, j'avais peut-être réussi à lui faire comprendre ce que j'avais réalisé sur Yorunghem durant mon séjour solitaire.

Bon dieu que Miira me manquait... Je pensais à elle toutes les heures qui pouvaient s'écouler depuis que j'étais revenu d'entre les morts et les souvenirs de son dernier soupir me hantaient.

Je ne souhaitais qu'une chose : ôter de mes mains la vie de ce Tyran et de son chien de Conservateur.

L'équipe et moi-même prîmes la route vers ce Royaume caché et passâmes dans un petit chemin en terre battue où les chants des oiseaux volant ici-bas résonnaient puissamment.

J'observai les lieux, contemplant les arbres aux formes singulières et presque humaines, remarquant les quelques sculptures taillées et posées là par les voyageurs se perdant en ces bois.

Alors que j'enfonçais mes pieds dans le sol quelque peu vaseux et que je me perdais dans mes pensées, à ressasser ma vie d'avant et les choix les plus sournois et égoïstes que j'avais pu faire, de subtils craquements vinrent chatouiller mon audition.

Toute l'équipe se retourna, Vekosse fut le premier à demander si quelqu'un avait remarqué ces formes étranges se baladant entre les arbres.

Je n'avais pourtant rien vu de tel, je n'avais pu qu'apercevoir certains animaux très timides qui s'étaient cachés de moi.

De petits êtres similaires à des écureuils, possédant deux queues touffues et des oreilles pointues, aux longues griffes et au pelage d'un doré somptueux s'étaient dévoilés à nous et se demandaient ce que de vilains inconnus comme nous pouvaient venir faire en ces terres.

Mais je savais que ce n'étaient pas de leurs petites pattes fragiles qu'ils avaient pu provoquer les bruits que nous avions entendu.

C'étaient de plus grosses bêtes, sûrement aux mauvaises intentions d'ailleurs, qui allaient se montrer d'une minute à l'autre et il fallait se tenir prêt.

- Je ressens quelque chose, dit Simuald alors que ses pierres commençaient à briller comme elles l'avaient fait sur le vaisseau Zerkane quelques heures plus tôt. Faites attention...
- Quoi mon grand ? demanda Vekosse en s'approchant de lui. Qu'est-ce que tu ressens ?
- Quelque chose s'approche de nous, restez sur vos gardes.

Alors que Simuald fermait les yeux pour comprendre ce qui allait nous arriver, nous entendîmes subitement de brusques cris traverser la forêt.

Ces rugissements me rappelaient ceux des cerfs lorsque j'explorais les forêts de Haute-Savoie avec ma mère quand j'étais jeune...

Soudain, alors que la mélancolie avait frappé mon cœur de plein fouet, des silhouettes descendirent des arbres et vinrent nous entourer en se cachant entre les feuillages des végétaux.

Une petite tête, aux yeux ronds et noirs entourés de poils doux et mi-longs d'un blanc très intense, se révéla à Simuald qui semblait réceptif.

- Doucement, dit Gavrol alors que Simuald souhaitait se rapprocher de l'animal.
- Ne t'en fais pas, ça va aller, répondit-il en marchant tout doucement.

Il tendit soudainement son énorme main orange vers le museau de cet animal et tout le monde se tut le temps d'un instant.

Cette bête sortit petit à petit des bois afin de renifler l'odeur de Simuald et de s'y habituer puis, alors que tout le monde semblait méfiant, elle se frotta miraculeusement contre ses doigts fébriles.

Simuald ne voulait pas faire du mal à un si petit être et souriait bêtement en contemplant le geste amical dont faisait preuve ce dernier.

Cet animal, à la fourrure rousse, à la posture similaire à celle d'un renard, à la queue épaisse et s'agitant de joie, fit des câlins aux jambes et aux mains de Simuald.

Au-dessus de ses yeux se dressaient deux grandes antennes très certainement utiles pour s'orienter dans cette gigantesque forêt et ses deux oreilles poilues arboraient une couleur blanchâtre similaire à celle qui entourait ses yeux.

Sur son dos, bien cachées sous son pelage, se trouvaient deux ailes qui lui permettaient de s'envoler dans les airs et de profiter de la somptueuse vue que leur offrait cette planète.

Cette créature délicate s'arrêta soudainement et hurla de toutes ses forces le même cri que l'on avait perçu plus tôt. Alors, le restant de l'équipe et moi-même remarquâmes des dizaines et des dizaines de ses congénères sortir d'entre les bois pour nous entourer.

Je n'étais pas rassuré, quelque chose ne tournait pas rond et je ne savais pas vraiment si c'était une très bonne idée de perdre du temps ici...

- Simuald, il faut pas qu'on traîne ici, dis-je.
- Du calme... Ils ne nous veulent aucun mal, répondit-il en fermant les yeux.

- Oh je ne suis pas si sûr...

Alors que je regardai ces bêtes nous encercler, Simuald posa sa main sur le crâne de l'animal et ses pierres commencèrent à briller encore plus intensément.
Et, tandis que tout le monde commençait à paniquer, les oreilles blanches des animaux se colorèrent tous d'un somptueux jaune similaire à celui des pierres de Simuald. Ils se tournèrent d'un coup les uns vers les autres, communiquant entre eux en usant de leurs petits mugissements subtils puis se dirigèrent en groupes afin de se réunir devant nous.
L'un d'eux vint jusqu'à moi et se frotta à mes jambes.
Je me baissai vers ce petit monstre, plus jeune que les autres, dont les oreilles scintillaient et vibraient, puis je me plongeai dans ses yeux.
Il dégageait quelque chose de différent, il agissait avec plus de sincérité, d'amour.
Il avait en lui un cœur qui voulait se lier au mien.
Je voyais en lui quelque chose...
Ou plutôt une présence.
C'était comme si Miira m'appelait, comme si je sentais qu'elle était avec moi et qu'elle m'avait envoyé ce petit être si spécial pour que je ne l'oublie jamais.
Mes yeux, apeurés au premier abord, se remplirent de larmes qui glissèrent le long de mes joues et stagnèrent dans mon casque.

Je me retins de lâcher le reste de ma tristesse afin de ne pas me noyer à l'intérieur même de mon casque.

Ce petit être mignon à souhait mit ses deux pattes avant sur ma cuisse et contempla mon visage en faisant des petits ronronnements.

Je le pris dans mes bras, le serrai fortement contre moi en repensant à ma chienne partie aux cieux et le posai sur mon épaule droite avant d'écouter Simuald.

- Nous devons les suivre, ils vont nous montrer le chemin vers le peuple que nous sommes venus rencontrer, dit Simuald en recommençant à marcher.
- C'est nouveau ça ? demanda Gavrol en le suivant.
- Comment ça ?
- Comment fais-tu ça ? questionna Kazimor à son tour.
- Mes pierres sont très sensibles à certaines choses, je ne les contrôle pas assez bien pour pouvoir les comprendre réellement mais je sais que je suis capable de bien plus que d'être une simple brute.
- Tu les as compris ?
- Ils ne parlent pas notre langue, ils communiquent entre eux. Je ne fais que recevoir et envoyer des signaux, des émotions, des sentiments, des envies... Ils ne sont pas méchants, ils veulent nous aider.

- D'accord... Et tu sais faire autre chose avec tes pierres ? répliqua Gavrol interloquée.
- Je ne sais pas encore... Nous le découvrirons bien assez vite. C'est ici que nous devons nous arrêter...

Soudain, les animaux cessèrent de nous guider et semblèrent contraints de ne plus bouger. Ce fut comme si un rideau, un mur bloquait leur balade et les empêchait de continuer l'aventure.

L'animal qu'avait caressé Simuald, qui paraissait d'ailleurs être le meneur de ce groupe de renards aliens, hurla de toutes ses forces un seul et unique braillement très long.

À l'image des loups poussant leurs cordes vocales au plus loin pour faire comprendre aux autres animaux qu'un territoire leur appartient, toutes ces bêtes suivirent le chef de la meute et hurlèrent à leur tour.

Mon petit renard cria de toutes ses forces mais son hurlement n'avait rien d'exceptionnel car il n'arrivait même pas à me faire mal aux oreilles contrairement aux autres.

Là, alors qu'ils s'étaient tous mis d'accord pour crier à en faire trembler la planète entière, une vive secousse se mit à nous faire tituber.

Des gueules de ces animaux sortirent des ondes brisant le mur du son, faisant s'abattre un filtre invisible qui protégeait l'intimité d'une population cachée de tous.

Un colossale village, habité par des êtres humanoïdes à la peau d'un orange foncé, se dévoila face à nous.

Ces êtres, se tournant en notre direction et se demandant ce qu'on pouvait bien venir faire ici, parlèrent entre eux et ne bougèrent pas d'un poil.

Les renards de cette planète, pris d'une subite envie de rejoindre les nuages, s'envolèrent tous brusquement.

Le petit être que j'avais sur l'épaule se mit à déployer ses ailes mais tomba au sol la tête la première.

Ni une ni deux, je m'agenouillai et le pris entre mes mains pour le caresser et le porter dans les airs.

Il croisa mon regard et, avec ses yeux remplis d'empathie et de gratitude, me remercia en faisant un petit caquètement avant de reprendre son envol.

Il me laissa seul avec mes amis et rejoignit sa famille pour vivre d'autres aventures que celle que j'allais expérimenter en ce Royaume.

J'analysai ce village construit au centre de ce qui paraissait être un gigantesque arbre massif, grand de plusieurs centaines de mètres et remarquai qu'il paraissait posséder un visage et des bras.

Je ne comprenais pas bien si cela résultait juste de la propre volonté des habitants de cet endroit qui avaient voulu rendre hommage à une personnalité importante en la sculptant dans le bois ou si un géant dissimulé résidait en ces lieux…

Peu importe.

Le plus important était de trouver le chef de cette tribu pour qu'il confectionne mon nouveau costume.

Nous avançâmes vers le village, tous pris d'une importante assurance mais fûmes arrêtés par des soldats venus du ciel en armures boisées et entourés d'une énergie rougeâtre qui paraissait être la source de leurs pouvoirs.

Ils avaient entre leurs mains des fusils mitrailleurs constitués d'un bois semblable à celui de l'immense arbre central qui auraient pu tous nous mettre à genoux.

- Arrêtez-vous immédiatement et déclinez vos identités ! affirma l'un des soldats en nous tenant en ligne de mire.
- Oh doucement... Nous venons en paix... De la part des Zerkanes. Je m'appelle Yuri Santana et je viens pour parler à votre chef. Il est le seul capable de nous aider à arrêter la guerre Zerkane, dis-je soudainement en ayant les mains levées.
- Reculez ! Que personne ne bouge ou je tire !
- Ça va aller Onion, déclara une voix rauque naissant d'entre les soldats. Vous pouvez baisser vos armes.

Onion, quel drôle de prénom, surtout lorsque l'on s'attarde sur son visage qui possède finalement tout d'un humain normal, aux grandes oreilles arrondies et aux lèvres presque aussi grosses que celles d'une femme s'injectant des seringues de botox pour contrer un complexe bien ancré.

Seulement, à la place de sa masse capillaire, une énorme boule similaire à un chapeau qui n'était autre qu'un gros oignon, que j'aurais voulu éplucher, se tenait là.

Son physique si disgracieux, je dois l'avouer, me dégoûtait et le regarder dans les yeux me donnait envie de rire de sa situation.

Soudain, Simuald qui se retenait jusqu'à maintenant, éclata de rire et pointa son doigt vers le soldat qui ne savait pas quoi faire.

Tous les mercenaires se tournèrent les uns vers les autres en parlant et en essayant de savoir pour quelle raison Simuald rigolait et personne ne semblait comprendre qu'un homme oignon qu'on nomme Onion était tout sauf banal.

Enfin bref.

Quand le calme fut revenu, le chef nous accueillit à bras ouverts.

Il possédait, comme tout ceux résidant dans ce village, une peau d'une couleur orangée similaire à celle d'une carotte et n'était pas si différent que cela des humains de ma terre natale.

Ces habitants détenaient deux jambes tantôt musclées, tantôt faibles, deux longs bras allant parfois jusqu'à atteindre leurs genoux, des cheveux et des poils pour la plupart teintés d'un bleu marine intense et des yeux quelques fois marrons bien que plus rares que ne l'étaient leurs yeux verts scintillants.

Ce qui m'avait pourtant d'abord happé, concernant leur physique, était la présence d'une étrange paille en bois qui traversait, pour chacun et chacune, leurs nez afin de s'introduire dans leurs bouches avant d'en ressortir sans aucune douleur par leurs lèvres inférieures.

Le dégoût et l'admiration, se mélangeant en moi comme un tourbillon contradictoire, fit émerger une seule et unique question : *À quoi pouvait bien servir ce dispositif ?*

Le chef de cette tribu avait, sur la quasi-totalité de son corps et de ses mains, de magnifiques tatouages encrés d'un noir profond dont je ne pouvais pas deviner la signification car il s'agissait d'une langue qui m'était inconnue.

Il était bien différent des autres villageois du fait de son style et de son look aux allures nobles, un peu excentrique sur les bords, lui qui arborait de longues boucles d'oreilles et des piercings à la langue et sur ses imposants sourcils similaires à deux morceaux de moquette bleu.

Le haut de son crâne ridé n'était pourvu plus que de quelques fins poils qui valsaient au gré du vent dans une harmonie presque dérangeante.

Il ressemblait étrangement à un moine d'abbaye et sa longue toge qui accompagnait ses gestes extravagants renforçait l'impression mystique que j'avais de lui.

- Yuri Santana... Il y a des années que tu n'es pas venu ici, affirma le chef de la tribu en s'approchant de moi et en m'observant de haut en bas.
- Je ne suis jamais venu... Ce sont les Zerkanes qui vous ont demandé un costume pour moi, répondis-je subitement un peu agacé.
- Bonne mémoire... J'ai tendance à oublier... Avec l'âge les fonctions cognitives déclinent peu à peu... Jusqu'à ce que le corps finisse par abandonner la vie...

Pourquoi étais-tu soudainement contrarié par le comportement du chef, me demanderiez-vous ?
Et bien, la raison était simple.
Cet homme inquiétant au collier de barbe touffu et mal taillé me tournait littéralement autour et paraissait sentir de ses narines une odeur ou une présence comme l'aurait perçue un chien affamé.
Il s'arrêta soudainement en tournant son regard vers le côté pour contempler Gavrol quelques vives et brèves secondes avant de revenir devant nous.
En tendant ses deux bras cassants vers le ciel, il hurla d'une forte voix irritée par la fumée qu'il inhalait sûrement tous les jours :

- Bienvenue au Royaume d'Hallreim !
- Il est vraiment bizarre ton pote, affirma Gavrol.

- C'est pas mon pote mais oui... rétorquai-je en me méfiant de l'attitude de ce vieux monsieur.
- Quelque chose ne tourne pas rond ici... Je sais pas quoi mais faites attention, déclara Vekosse en analysant les gens autour de nous.
- Ils nous regardent tous comme si on était des animaux, dit le cousin de Vekosse en chuchotant.

En effet, la plupart des habitants nous observaient en ouvrant grandement leurs bouches et leurs yeux et en marmonnant des phrases insensées entre eux.

Je ne savais pas quoi penser de tout ça mais j'espérais juste être sur la bonne voie pour récupérer un costume afin d'affronter le Conservateur.

Le chef de la tribu nous emmena vers le centre du village et plus précisément devant l'immense arbre d'où naissait un squelette prodigieux et un visage dénué de toute vie.

Cet arbre vieilli, aux branches transperçant les cieux et aux colonies d'animaux volants se perchant là-haut, s'était lié à cet être de plus de cents mètres et était devenu un véritable lieu de recueil et un sanctuaire où les villageois se rendaient chaque matin et chaque soir pour prier.

Le chef, subitement pris d'une mélancolie en revoyant ses souvenirs de jeunesse, nous conta l'histoire de ce Royaume et de son peuple.

- Personne ne sait donc qui est cet être ? questionna le chef en contemplant l'arbre.
- Pourquoi ? On devrait être au courant ? répliqua Vekosse d'une voix stoïque.
- Oui, je pense que vous devriez... Il est d'une importance cruciale que ceux qui osent mettre les pieds sur ces terres sachent ce qu'il s'est passé ici.
- Qu'est-ce qu'il y a eu ? demanda Simuald interloqué.

Le chef devint silencieux quelques longues secondes. J'observai le visage de Gavrol qui en disait long sur ce qu'elle pensait de ce lieu.
Personne n'avait envie d'y rester trop longtemps pour ne pas se faire absorber par les paroles de cette secte mais il me fallait mon costume.

- Il y a bien des histoires qui parcourent l'Univers depuis des milliers... Des milliards d'années, reprit le vieillard en posant ses yeux sur le haut de l'arbre. Certains racontent qu'ils ont été en contact avec des êtres aux capacités hors du commun... Qui dépassent l'imagination. Des êtres venant de très loin dans l'Univers. Mais pour parler honnêtement, rares sont ceux qui ont réellement eu la chance d'observer ces êtres. Ils ont vécu, certains sont morts, certains se sont endormis en espérant revoir

la lumière du jour, d'autres... Quelques-uns sont peut-être encore en vie à l'heure actuelle.
- Qu'est-ce que ça a à voir avec nous ? demanda Kazimor qui semblait touchée par ces histoires.
- Laissez-moi reprendre... Bien... Mon peuple a longtemps vécu dans l'ignorance, en tentant de survivre comme il le pouvait avec les ressources disponibles sur cette planète... Jusqu'à ce qu'un jour, au beau milieu d'une matinée embrumée, une météorite s'écrasa ici-bas et causa la mort de presque la totalité des Hallréens. Mais en observant cela de plus près, quelque chose s'était produit, quelque chose d'incroyable. Ce n'était pas une météorite qui s'était écrasée mais un être magnifique et d'une force monstrueuse. Un véritable don de la nature... Comme nous aimons tant les nommer... Parmi nous s'était échoué... Un Dieu.

Toute l'équipe plissa les yeux, certains ne comprenant pas bien comment un Dieu aurait pu s'écraser ici.
Kazimor paraissait spécialement attentive aux paroles du chef et avait grandement ouvert sa bouche comme si quelque chose l'avait frappée de stupéfaction.

- Des siècles durant, nous avons appris de cette divinité, vivant à ses côtés afin qu'elle nous enseigne ses leçons, ses manières de chasser, de manger, de vivre paisiblement, ajouta le chef. Nous avons tout appris de cet être, nous nous sommes développés avec lui. Ce Dieu n'avait qu'un seul vœu en échange : Ne jamais divulguer notre existence à l'Univers, ne jamais donner signe de vie en essayant de communiquer avec d'autres peuples. Alors nous avons rendu notre village invisible aux yeux des autres, afin que personne venant du monde extérieur ne puisse nous trouver… Et… Le trouver lui. Selon ses dires, deux de ses frères l'ont pourchassé dans tout l'Univers pour avoir osé les trahir et il a choisi cette planète aux allures insignifiantes pour se cacher d'eux.

- Ces êtres divins… Ils ressemblent à quoi ? questionna Kazimor.
- Je n'ai que peu d'informations à leur sujet. Tout ce que je sais, c'est que ces deux êtres qui poursuivaient notre sauveur possédaient une peau très pâle avec des inscriptions et des tatouages noirs sur leurs corps… Et… Qu'ils ont mené leur propre peuple à la mort en les traquant jusqu'au dernier.
- Mais… Attends c'est pas la peinture qu'on a vue sur Yorunghem 80-B ? demandai-je à Gavrol en repensant soudainement à cet être à la peau blanche.
- Si… Ça y ressemble fortement, déclara-t-elle.

- On a vu une peinture sur une planète en allant chercher une pierre... rétorquai-je vers le chef. Ça ressemblait vachement à ce que vous dites... C'était quoi son nom déjà... Ah oui ! Delka !

Soudain, après avoir prononcé ce nom, le chef de la tribu se retourna nerveusement vers moi et vint coller son index sur ma bouche pour me faire taire.
Les villageois, femmes, hommes et enfants exclamèrent leur ahurissement en fronçant leurs sourcils.
La totalité du village se tut durant un instant et seul le chef haussa le ton face à mes paroles qui paraissaient déplacées.

- Hors de question que tu prononces ce nom ici ! Pas en ces terres !! Depuis la venue de notre Dieu, personne ne le prononce au risque d'y perdre la vie.

Il se mit en colère et postillonna sur ma face en contemplant le ciel et les nuages, comme si quelque chose allait s'abattre sur eux et les détruire.
Comme si ce Dieu d'horreur allait s'éveiller en un instant afin de déverser son jugement infernal sur ce peuple.
Personnellement, j'avais du mal à y croire et je ne voulais pas y croire.
Les Dieux, si puissants et majestueux puissent-ils être, n'étaient que de viles légendes créées afin de contrôler les

mentalités et les âmes dénuées de libre-arbitre et je n'en étais pas une.

Loin de là d'ailleurs, personne n'allait me manipuler au risque de subir ma colère.

Le vieillard reprit son calme et soupira un instant en baissant de nouveau ses yeux vers nous puis observa les habitants en leur faisant un petit sourire d'apaisement.

Il reprit son discours en nous expliquant l'origine de cet arbre grandiose.

- Ce Dieu, qui nous a tant aidé, a malheureusement rejoint les cieux un soir et son corps fait de chair et d'os s'est étrangement changé en bois ferme et froid... Son funeste sort a malencontreusement plongé notre peuple dans une grande dépression et beaucoup se sont suicidés aux pieds de notre sauveur. À notre grande surprise, les corps de nos frères et de nos sœurs se sont décomposés et ont réussi à entrer en contact avec les racines de cet être... Et au fur et à mesure que le temps passait, son corps inerte a commencé à grandir et à se changer en un arbre d'une beauté inégalable... C'est un cycle éternel. Les Dieux viennent au monde et meurent pour nourrir l'Univers. Cet arbre... Notre Dieu... Est depuis la source de notre bonheur et de notre épanouissement. Grâce à lui, nos terres n'ont jamais été aussi fertiles et nous n'avons plus jamais

manqué de vivres. Dès sa mort, mes ancêtres, qui gouvernaient le village depuis des générations, ont décidé d'ériger un temple à ses pieds en creusant dans la souche de cet arbre...
- Comment s'appelle ce Dieu ? demanda Kazimor.
- Il s'appelait *Kirugan*. Venez, je veux vous faire découvrir le temple, déclara le chef en marchant en direction de l'arbre.

En effet, taillé dans le bois de cet arbre de la vie, un splendide temple, dont l'entrée était entourée d'écritures d'or scintillante en langue Hallréenne, se dressait là et nous priait de venir le visiter.

Toute l'équipe fut ébahie par tant de beauté, de luxe et tant d'offrandes faites par les villageois.

L'organisation de ce temple ressemblait à celle d'une église, avec des chaises en bois posées devant un autel, des peintures, tout autour de nous, collées aux murs et vantant les mérites et les bienfaits de ce Dieu nommé Kirugan.

Des bougies ainsi que de l'encens s'évaporant avaient été posés autour de l'autel et sur les quelques marches menant à une statue blanchâtre, et enveloppaient l'air d'un doux parfum d'épices.

Effectivement, de ce que je pouvais remarquer, ils avaient érigé une statue à taille humaine de cet être divin en un matériau similaire au marbre et l'avaient scellée sur un piédestal derrière l'autel.

En me concentrant un peu plus dessus, j'avais constaté la présence d'un collier singulier.
Ce collier en forme de fleur, plus précisément d'Althéa, entourant la gorge de cette statue, détenait en son centre une petite pierre d'un rouge menaçant, vif et sombre.

- Ah bordel...

Simuald jura en tenant ses trois têtes entre ses mains tandis que ses pierres s'affolaient et vibraient.
Le chef continua de marcher vers l'autel, en adoptant une attitude encore plus mystérieuse puis, en posant un pied l'un après l'autre entre ses fidèles venus adorer leur Dieu, il affirma haut et fort :

- À ce que je vois... Vous avez donc trouvé la Pierre de la Foi... Sur Yorunghem 80-B... C'est ça ?
- Comment vous...

Gavrol cessa de parler durant plusieurs secondes et baissa son regard vers l'une des poches de son pantalon.
Dans l'une d'elle, la pierre qui dormait paisiblement jusqu'à maintenant venait d'ouvrir les yeux et rugissait des ondes qui nous inquiétaient tous.

- Savez-vous ce que sont ces artefacts ? De quoi ils sont capables ? Percevez-vous seulement les voix qu'ils murmurent dans vos esprits ? reprit le chef.

Cet homme étrange plongea son regard dans celui de Kazimor, comme s'il savait qu'elle était fortement sensible aux pouvoirs de la pierre.

- Oh oui tu les entends... N'est-ce pas ? questionna le chef en se mettant derrière l'autel tandis que ses serviteurs s'étaient tous agenouillés.
- Ne le laisse pas rentrer dans ta tête, dit Vekosse en s'approchant de Kazimor.
- Ces... Fragments... Laissez-moi vous dire qu'ils ont un plus grand pouvoir que vous ne pouvez l'imaginer, dit le vieux fou en posant ses mains sur la statue de son Dieu adoré. Ce sont les témoins d'un ancien monde... D'un ancien Univers... Les derniers vestiges de cette civilisation d'êtres divins qui peuvent réduire la galaxie en poussières mais également créer des miracles que jamais vous et moi ne pourrons réaliser.
- Je m'en fous de vos histoires, déclarai-je en essayant de contrôler la situation. Nous sommes venus dans l'unique but de me créer un nouveau costume comme vous l'aviez fait avant.

Je pouvais remarquer du coin de mon œil gauche que Kazimor paraissait attirée par le collier détenu par ces tarés religieux et restait immobile.

Simuald tenta de la raisonner mais rien n'y faisait, elle n'était plus elle-même, on avait réussi à entrer dans sa tête. Alors que Vekosse souhaitait calmer la situation avec moi, la pierre que Gavrol protégeait se mit à vibrer et à scintiller davantage, essayant de communiquer avec l'artefact que possédait ce peuple.

Le vieillard, ce barjo totalement dévoué à une religion qu'il avait certainement inventée, agissait très étrangement et nous étions tous certains qu'il allait péter un câble d'un moment à l'autre.

Il commençait à déblatérer des propos dans sa langue natale en s'orientant vers ses fidèles puis siffla comme le faisait un serpent en sortant sa langue fourchue avant d'attraper une proie.

Ce malade, d'un mouvement bref de la main, pointa la pierre que Gavrol détenait et s'exclama d'une voix graveleuse :

- Mes fidèles...

14.

AUX ORIGINES.

Le vieux avide de pouvoir se tourna vers son collier, l'ôta du cou de la statue et le déposa autour du sien.

S'égosillant d'un cri perçant nos tympans, il contempla les chaînes du bijou chauffer jusqu'à se teinter d'un orange ardent.

Une odeur de cochon brûlé envahit le temple.

Le métal des chaînes s'ancra progressivement dans sa peau et fusionna avec son corps tandis que la pierre, rayonnant d'un rouge sang, s'était scellée à lui à tout jamais.

Ce chef corrompu aux yeux devenus rouges vit son physique, déjà disgracieux, changer du tout au tout jusqu'à lui donner une allure démoniaque.

- C'est ce qu'on appelle... *Le Collier de la Destruction* ! Et c'est exactement ce que j'ai envie de faire... Tout détruire, hurla le chef d'une voix devenue diabolique, excessivement grave et sourde.

Ses tatouages noirs s'étaient colorés d'un rouge sang qui luisait et d'atroces défenses s'étaient extirpées de sa peau.
Il en possédait sur les coins de sa bouche, son crâne, ses bras et ses jambes et du sang coulait le long des trous creusés dans sa peau.
Un vrai petit diable qui allait donner du fil à retordre à notre équipe mais j'avais confiance en eux, en nous.
Il fallait juste éviter que ces satanés religieux réussissent à briser la vitre de nos casques ou l'air toxique pour nos poumons allait vite nous emmener à la morgue.
Les fidèles saisirent fermement leurs armes qu'ils cachaient vicieusement sous leurs robes de prière et nous tirèrent dessus avec haine et férocité.
Tout le monde criait dans le temple, y compris le cousin de Vekosse qui flippait et ne savait plus quoi faire, lui qui était juste venu en aide à Vekosse et n'avait jamais demandé à être embarqué dans une aventure comme celle-là.
Un des fidèles, que je n'avais pas remarqué si proche de nous pourtant, s'était mis derrière le cousin de Vekosse et s'apprêtait à tirer une salve de balles.
J'usai de mes pouvoirs et courus aussi vite que possible vers ce vilain lorsque mon corps traversa le sien.
Du sang souillant les peintures s'était étalé partout dans les environs et les entrailles du villageois s'étaient écrasées sur les cheveux et la face du cousin de Vekosse.

Il brailla subitement comme un cochon effrayé et partit en courant dans tous les sens.

Je le pris alors par son armure et le jetai contre un banc pour le protéger des tirs meurtriers afin qu'il ne périsse pas ridiculement.

- Doucement, du calme mec, dis-je au cousin de Vekosse. Villael c'est ça ?
- Euh... Oui... Villael, répondit-il en essayant de reprendre son souffle.
- Franchement, je ne te connais pas beaucoup, Vekosse m'a rarement parlé de toi... Mais ce que je sais, c'est que si tu es avec nous... C'est pour une bonne raison.
- Non… Je sais pas, j'ai juste voulu suivre Vekosse... C'est lui qui m'a emmené dans ces conneries...
- Peu importe. Écoute, tu as fait ton choix et tu ne peux plus reculer au risque de te faire tuer. Alors ressaisis-toi ! Tu veux être quelqu'un dans la vie ?

Villael, le cousin de Vekosse, plongea son regard dans le mien durant quelques secondes avant de le planter désespérément au sol.

Ce pauvre type, qui n'avait rien demandé de plus que d'être tranquille sur sa planète, m'affirma d'une faible voix :

- Oui je veux être quelqu'un... Je veux être quelqu'un d'important. Je veux arrêter de boire et de fumer des pétards dans mon canapé...
- Bien, très bien même ! Tu sais qui je suis ?
- Tu es un Jörkenheim.
- Oui, mais je suis surtout comme toi, je veux être quelqu'un et j'ai compris que pour l'être il faut faire face à ses peurs, affronter ses problèmes sans les refouler au fond de soi, tu comprends ?
- Ouais... Ouais !
- Je suis peut-être mal placé pour donner des leçons... Mais tu peux être qui tu veux ici, regarde ! Tu as un colosse avec trois têtes, une fille qui est vieille mais qui est une excellente guerrière, une autre qui peut manipuler les esprits, un Vekosse bourré d'envies de meurtres et d'alcool aussi... Et on a un alien dégénéré et hystérique à sauver... Et on t'a toi ! Tu es plus important ici que tu ne peux le croire. Alors qui que ce soit que tu souhaites être... Fais en sorte de le devenir pour de bon. Si tu prends cette arme au sol, tu la prends une bonne fois pour toutes... Et tu nous défonces ces saloperies !
- Ouais ! Je peux être qui je veux... Je peux être qui je veux !!

Il se sentit pousser des ailes à la suite de mon discours et saisit l'arme que le religieux avait laissé tomber par terre pour tirer sur nos ennemis.

D'une voix portante, il hurla : "*Allez en Enfer bande de saloperies !!*".

Une larme à l'œil, un discours percutant ses émotions et son âme, il envoya des salves contre nos adversaires et en fit tomber plus d'une dizaine.

Sa motivation pour devenir quelqu'un de meilleur parlait au travers de ces gestes et il se rua d'abris en abris afin de laisser dépasser son fusil pour abattre les vilains de ce village.

C'était l'hécatombe.

Nos ennemis avaient d'ailleurs réussi à abattre tous les soldats Zerkanes qui m'avaient rejoint.

Quelques secondes plus tard, Villael se fit arrêter par le chef diabolique du village qui lui fonça dessus avec ses pouvoirs afin de l'envoyer contre un des murs du temple. Ainsi, ce taré démoniaque pouvait planer dans les airs accompagné d'une aura rougeâtre.

Il se dirigea vers moi après avoir martyrisé Villael.

Je savais qu'à utiliser excessivement mon don j'allais me mettre en danger mais je n'avais pas le choix.

J'usai alors de ma super-vitesse et lui assénai quelques coups dans les côtes et dans le visage avant qu'il ne puisse m'atteindre puis lui brisai une de ses vilaines cornes qu'il possédait sur le haut de son crâne dépourvu de cheveux.

Ce dernier s'affaissa sur le sol et hurla de toutes ses forces en priant pour que l'on meurt, il ne voulait désormais rien d'autre que nous achever.

- Je vais tous vous tuer un par un !! hurla-t-il en tenant son crâne de ses mains ensanglantées. Je vais vous envoyer en Enfer pour...

Simuald, venu là pour en finir avec cette créature, posa sa grosse main veineuse et tâchée de sang sur la bouche du Chef de cette tribu et lui arracha presque sa mâchoire à mesure qu'il resserrait ses doigts contre sa peau fripée.
Le vilain cria à plein poumon de douleur et sentit qu'il allait bientôt s'évanouir alors, dans un dernier geste désespéré, il enfonça sa main dans l'une des pierres de Simuald.
Simuald grogna de souffrance et envoya le corps de ce démon vers l'autre extrémité du temple tandis que tous ses fidèles n'en démordaient pas pour obtenir la pierre de Gavrol en s'agglutinant et en montant presque les uns sur les autres.
Kazimor avait tenté de créer une barrière de protection mais sa fatigue, après avoir réussi à s'extraire du contrôle qu'avait Le Collier de la Destruction sur elle, l'empêcha de tenir plus longtemps.
Moi, j'ouvris grand mes yeux lorsque ce que je redoutais se produisit.

Le chef de ce village bondit sauvagement, frôlant doucement Gavrol et je ne pouvais rien faire d'autre que d'utiliser mes pouvoirs afin d'empêcher sa main d'empoigner la pierre que Gavrol tentait de protéger depuis tout à l'heure.

Le temps, ralentissant alors son emprise sur la réalité, me donna l'opportunité de courir jusqu'au chef de la tribu qui touchait de son index la poche du pantalon de Gavrol.

Les entrailles s'écrasant douloureusement jusqu'à atteindre mon bas-ventre, j'arrivai alors aux pieds de ma meilleure amie.

Je sautai comme un chat, les mains en avant et les doigts prêts à se refermer sur ceux de mon ennemi au sourire satanique.

Le vieillard, les yeux imbibés de sang, la gueule démontée, les pupilles dilatées, bavait à l'idée d'enfin avoir la pierre bleue entre ses mains.

Mais heureusement, c'était peine perdue pour lui, j'étais arrivé avant et je pus dévier ses doigts qui venaient d'agripper le bas de Gavrol.

Il était hors de question que je puisse laisser cette pierre à quelqu'un d'aussi odieux et de voir mon équipe se faire décimer sans rien y faire.

Sans plus attendre, je poussai le corps de ce démon hors de la vue de Gavrol et glissai sur le sol un peu plus loin avant que le temps ne reprenne son écoulement normal.

- Yuri putain ! T'as déchiré mon...
- Quoi ?! m'exclamai-je alors que Gavrol venait soudainement d'arrêter de parler.

Avais-je bien entendu Gavrol me dire ce qu'elle venait de me dire ?
Déchirer ?
Je me mis aussitôt sur mes genoux, concentrant mon attention sur mes mains transpirantes et ma respiration saccadée, et perçus de mes oreilles le ricanement de notre adversaire en posant mes yeux sur le pantalon arraché de Gavrol.
Je pouvais contempler, d'un regard éberlué, la peau détendue et ridée de Gavrol.

- Ah ! Bien tenté... Mais tu n'as pas été assez rapide... affirma le chef satanique en essayant d'articuler difficilement.

Je plissai les yeux, fronçant d'incompréhension mes sourcils avant que Kazimor ne prononce mon nom pour me faire comprendre que je devais me tourner vers notre ennemi.
L'impensable s'était réellement produit.
J'orientai mon regard vers le chef, lui qui rigolait comme pour se moquer de mon acte.
Comment avais-je pu commettre une telle erreur d'inattention ?

Comment cela s'était-il produit ? Je ne comprenais rien. Comment avait-il pu s'accaparer cette foutue pierre alors que je l'avais dégagé de là ?

Étais-je devenu fou ? Je n'en avais aucune idée.

- Vous savez... Ces pierres sont tellement puissantes... Et rares... Que seuls les plus forts peuvent maîtriser leurs pouvoirs sans être réduits en cendres, continua-t-il en se levant difficilement.
- Arrêtez, dis-je en me levant également. Ce n'est pas vous ! Les pierres vous contrôlent, ne faites pas ça, vous allez le regretter !
- Oh... Justement... Je n'ai jamais été autant... Moi-même !

Il se délecta de cet événement mémorable et retira la Pierre de la Foi de la poche arrachée de Gavrol puis de son sac de protection pour la mettre dans la paume de sa main droite.

Alors que les fidèles avaient cessé de se battre, que tout le monde contemplait les actes de ce chef cupide, ce dernier gémit de douleur en remarquant que la pierre bleu azur s'enfonçait peu à peu dans sa chair.

La peau de son bras se teinta d'un noir profond comme si elle avait entièrement brûlé jusqu'à son épaule et de petits filaments d'un bleu clair naquirent entre ses fibres musculaires.

Ce démon tomba au sol, les genoux heurtant péniblement le plancher.

Il tint sa main droite avec son autre main en convulsant de souffrance puis hurla de toutes ses forces contre les cieux à en faire trembler les murs et les vitraux du temple.

Tout le monde s'était bouché les oreilles et admirait le terrible spectacle qui allait peut-être marquer la fin de notre voyage en ce monde.

Je savais que je n'allais rien pouvoir faire face à cet être, il était devenu bien trop fort et s'il arrivait à maîtriser la puissance des deux pierres, jamais nous n'allions revoir la lumière du Soleil.

Soudain, alors que les grognements du Chef avaient cessé, tous les fidèles se mirent à genoux et prièrent en leur langue les Dieux.

Ce démon, que j'avais en face de moi, n'avait désormais plus aucune pupille, il arborait des yeux totalement blancs et la totalité de son corps s'agitait en essayant d'absorber et de contenir la puissance des pierres.

Alors, sous un dernier rayon de soleil qui illuminait les vitraux du temple, alors que les oiseaux s'étaient envolés pour de bon, laissant les cieux vides, alors que plus personne n'osait parler, le chef se raidit comme un cadavre mirant le sol froid et granuleux.

Pendant plus d'une dizaine de secondes, j'observai toute mon équipe en ne sachant quoi faire.

- On doit se casser d'ici et vite ! s'exclama Gavrol apeurée.
- Elle a raison, il faut se barrer avant qu'il ne se passe quelque chose, répondit Kazimor.
- On va faire ça doucement, ok ? rétorquai-je. On se lève tranquillement et on part comme si de rien n'était.
- Ouais, c'est mieux comme ça, ajouta Vekosse en se levant doucement avec son arme entre les mains.
- Oh fait chier !

Villael suivit son grand cousin mais, maladroit comme il pouvait l'être, il fit tomber son arme sur le sol.

Une munition mortelle sortit du canon et passa au travers du crâne d'un des religieux.

Ce dernier s'éclata sur le sol et des petits bouts de son cerveau caressèrent la joue de son voisin de gauche.

Mais, à notre grand étonnement, il n'y eut aucune réaction de quiconque.

Aucun fidèle n'avait levé les yeux vers nous.

Ce fut comme si tout s'était figé dans le temps, comme s'ils étaient devenus de vulgaires statues de pierre inanimées.

Alors, nous nous dirigeâmes vers la sortie, abandonnant pour de bon l'idée qu'ils auraient pu me confectionner un véritable costume.

- Donne-moi ton arme espèce d'imbécile ! chuchota Vekosse énervé.
- Désolé... Quand je stresse je mouille beaucoup et parfois ça...

Vous me connaissez... À l'écoute de ces paroles, je me retournai vers Villael en lui faisant un clin d'œil et en souriant grandement.

- Je... Je mouille des mains hein, dit Villael arborant un air dégoûté.
- Coquin, répondis-je en riant.
- T'es vraiment dégueulasse Yuri ! s'exclama Gavrol fatiguée de mes blagues.
- Oh ça va ! C'était pour rire...

Là, les pieds posés presque hors du temple, je me tournai instinctivement vers le chef et remarquai qu'il me suivait étrangement du regard.
Ces yeux, d'un blanc opaque presque lumineux, me terrifiaient.

- C'est pas vrai... annonçai-je abattu par les événements.

Un violent hurlement sortit de ses poumons et nous paralysa tous un par un.

Puis, accompagné de cet épouvantable son, un voile blanc jaillit des yeux du démon et engloba toute la pièce en nous aveuglant au passage.

Tout le monde criait en se tenant les yeux, certains voulaient savoir où je me trouvais mais je ne savais pas moi-même où j'étais.

Gavrol bafouillait mon nom, étourdie par ses cinq sens qui ne fonctionnaient presque plus, quand tout à coup, je pus enfin rouvrir mes paupières.

Ce rideau qui m'avait désorienté avait disparu et semblait aussi se dissiper chez les autres membres de l'équipe quand soudain, quelque chose se dessina devant nous.

- Oh non... Non non pas ça ! s'exclama Simuald en s'approchant de ce que j'avais cru voir.

Là, au centre du temple où tous les fidèles arboraient désormais des yeux blancs, s'était agenouillée Kazimor face au chef de ce royaume.

Il semblait s'être connecté, grâce aux pouvoirs des deux pierres, à l'esprit de Kazimor.

Elle, qui avait déjà voulu ressentir le pouvoir de ces artefacts et entendait des voix lorsqu'elle s'approchait de la Pierre de la Foi, n'avait dorénavant plus aucun contrôle sur son corps.

D'ailleurs, je ne savais pas pour quelle raison mais la Pierre n'avait plus aucune emprise sur moi et pourtant Dieu sait à quel point j'avais aussi entendu ces voix.

Peut-être cela avait-il un lien avec mon développement personnel et l'équilibre psychologique que j'avais enfin réussi à trouver.

Allez savoir.

Quoi qu'il en soit, l'heure était au sauvetage de Kazimor.

Un petit filament bleuté s'était extrait hors de son crâne et se frayait un chemin jusqu'à celui de notre ennemi.

Je n'avais aucune idée de ce que Kazimor faisait là, je ne savais pas comment la sortir de cet état et tout le monde accourait vers elle pour la secouer mais rien n'y faisait, elle était prise au piège.

- Kazimor, Kazimor tu m'entends ?! hurla Simuald en la secouant. Si tu m'entends, il faut que tu sortes de là, tu ne dois pas écouter les pierres !! Elles ne sont pas là pour ton bien, elles te contrôlent, tu dois t'échapper de cet état ! Kazimor !!
- C'est trop tard... Sim... Elle n'est plus parmi nous, affirma Vekosse.

Simuald cria son nom, espérant qu'elle puisse d'elle-même s'extirper du contrôle mental que le chef exerçait mais ce fut peine perdue.

Du sang commençait à couler le long de ses yeux et de ses narines.

Simuald secoua un peu plus longtemps son corps mais ce n'était plus qu'une coquille vide.

Mes doutes quant à son sauvetage grandissaient de plus en plus.

- Simuald... C'est tout, je pense qu'il faut qu'on la laisse, dis-je en prenant son bras.
- Non ! rétorqua-t-il en décalant son bras. Je ne la laisserai pas s'en aller !
- Simuald, elle est déjà partie !
- Je peux la sauver ! Je vais le faire ! Je ne peux pas la laisser mourir. Si vous le voulez, vous pouvez partir... Mais je vais la sauver.

Je regardai intensément les yeux de Simuald noyés de chagrin et observai toute la tension qu'il avait en lui, tout l'amour qu'il nous portait.

Il n'était plus une simple bête comme lorsque nous l'avions rencontré au début de mes aventures, c'était devenu quelqu'un de sensible et de touchant.

Alors, en espérant qu'il ait raison, j'affirmai que j'allais l'aider à la sauver.

- J'espère que tu fais le bon choix Simuald, déclara Gavrol en s'approchant de Kazimor.

- Je peux le faire, je sens que je peux... répondit-il alors que ses pierres entre ses yeux commençaient à scintiller.
- Tu as intérêt à réussir, dit Vekosse en nous rejoignant.
- Allons-y alors... affirma Villael en ayant décidé de nous suivre malgré tout.
- Ensemble, nous sommes plus forts, nous l'avons toujours été, continua Simuald avant de fermer les yeux. Prenez la main de votre voisin et fermez les yeux... Et laissez-vous guider.

Je fermai les paupières et soudain, alors que j'avais saisi la main de Gavrol, je me réveillai dans un espace blanc comme si le paradis m'avait ouvert ses portes.

Tout le monde était à mes côtés sauf Simuald qui avait déjà commencé à marcher.

Alors, nous nous dirigeâmes tous en sa direction et plus nous avançâmes, plus le voile blanc se dissipait pour nous laisser apercevoir une petite maison en pierres construite en plein milieu d'un champ où le Soleil commençait à se fatiguer et souhaitait partir se reposer.

De petits rayons orangés d'une douceur inégalée s'étalèrent sur nos visages tandis que nous aperçûmes quelques silhouettes se dessiner dans cet espace chaleureux.

Nous étions tous en train de marcher dans un petit coin de campagne sur une planète où deux lunes se tournaient autour comme deux tourtereaux lorsque Simuald atteignit un groupe de deux jeunes enfants.

Ils possédaient une peau très blanche et des cheveux noirs comme le charbon du feu qui se consumait dehors.

Les deux adultes présents semblaient s'aimer d'un amour inconditionnel et rassemblaient des bûches afin d'entretenir le brasero sur le sol pour que tout le monde puisse commencer à faire griller les viandes qu'ils avaient précédemment préparées.

L'un des enfants, une petite fille sensible et réservée, aux yeux d'un vert hypnotisant et prononcé, approcha sa main des flammes mais son père, dans une langue inconnue, lui interdit de faire cela.

Le deuxième enfant, qui courait autour du feu, poursuivait ce qui avait l'air d'être un petit animal domestique aux caractéristiques proches de celles d'un chien mais ne possédant pas de globes oculaires pour s'orienter.

Ce petit garçon, probablement plus âgé que la fille de deux ou trois années, rigolait et s'amusait à pourchasser l'animal tout en faisant des bruits avec sa bouche aux lèvres totalement noires.

Le coucher du soleil s'était mis en route depuis quelques minutes que les premières étoiles commençaient déjà à s'allumer telles de petites torches entre les nuages violacés.

La famille s'était réunie autour du feu.

Les parents s'embrassèrent devant leurs enfants manifestement dégoûtés de cette marque d'affection puis croquèrent dans une cuisse bien grillée.

La petite fille, qui n'avait grignoté que quelques bouts de protéines insignifiants, pointa son regard vers le ciel presque plongé dans une nuit somptueuse.

Je levai mes yeux à mon tour, contemplant le cadre idyllique qui se dévoilait devant mes paupières fatiguées, lorsqu'une étoile filante inonda les nues de sa lumière éphémère.

Elle se dirigeait vers moi, avec une énergie toute particulière, et cachait la vue que j'avais de la galaxie voisine visible à l'œil nu depuis ma position.

Je n'eus le temps que de cligner des yeux quelques maigres secondes avant que les cieux ne soient intégralement couverts par une étrange forme glissant jusqu'ici.

Cette ombre, aussi grande qu'une montagne, aussi volatile que l'était un postillon lâché par un vieux gâteux demandant de l'argent avec insistance, nous menaçait et grondait de sa voix caverneuse qu'il était l'heure, pour la famille, du jugement dernier.

Il fallait qu'ils se mettent à genoux, qu'ils prient et qu'ils mettent les mains en l'air en direction de ce vaisseau en répétant un seul et unique mot à chaque fin de leurs phrases.

Celui que j'avais vu dans cette grotte lors de mes précédentes aventures...

Delka.

Alors, sans attendre, les poils hérissés comme des piques prêts à s'enfoncer dans le sol, les genoux plaqués sur l'herbe fraîche et veloutée d'un soir d'été, la tête baissée afin de ne pas apercevoir la moindre partie de celui qu'on pouvait nommer "*Le Tout-Puissant*", cette innocente famille s'exécuta.

Les parents savaient ce qui allait se dérouler en ces lieux, ils étaient parfaitement conscients que sonnaient leurs derniers instants de vie.

Et moi, je contemplais, avec toute l'équipe, la scène d'un regard interrogateur.

Les pupilles dilatées, les lèvres devenues sèches et craquantes, les joues imbibées de sang, j'avais fini par comprendre que personne n'allait sortir indemne de cet événement.

Et elle, cette petite fille candide aux yeux émeraude et au souffle précipité, aux mains tentant de reproduire les gestes de ses parents, caressa du regard le visage interloqué de son frère avant d'examiner le vaisseau jusqu'au plus infime détail.

Elle retint les courbes des réacteurs résonnant dans son crâne, les flammes jaillissant de l'arrière et du dessous de la coque et qui brûlaient grièvement certains rapaces émigrant d'effroi vers d'autres contrées.

Les souvenirs de cette dernière soirée s'étaient à tout jamais gravés dans un coin de sa petite tête fine recouverte de cheveux sombres.

Et, alors que j'apercevais la gueule de ce monstre volant s'ouvrir dans un vacarme retentissant en cette douce campagne, la fillette et son frère tentèrent de percer à jour l'identité de celui qui allait en sortir.

Les parents, remarquant ce geste apparemment déplacé venant de leurs rejetons, ordonnèrent qu'ils baissent immédiatement les yeux.

Je jetai un œil vers le véhicule volant et considérai une vague silhouette glissant entre les nuages.

Cet être aux motivations hostiles s'écrasa lourdement sur le sol, laissant une vague de poussières empiéter sur la vision qu'avaient la famille de la scène.

Il s'approcha d'eux, ne dévoilant pas son visage à cause de la pénombre et s'agenouilla devant les parents pour discuter.

Personne ne comprenait ce qu'il disait, pas même Simuald ou Gavrol mais j'avais bien vu que Simuald commençait à devenir instable de terreur.

Ses mains bougeaient dans tous les sens et ses dents grinçaient les unes contre les autres ce qui me donnait la chair de poule.

L'être mystérieux effleura le visage de la femme qui avait laissé quelques larmes tomber sur l'herbe puis s'approcha de la fillette.

Il la dominait de toute sa hauteur et sa noble posture mettait en valeur ses muscles sous son long manteau noir.
Le feu perdait peu à peu de sa douceur, confronté à la menace de cet homme qui étouffait les lieux.
La fille immergea son regard dans celui de son ravisseur et tout devint subitement silencieux.
Le temps s'était mis en pause durant quelques secondes et personne ne souhaitait parler, plus aucun animal ne souhaitait faire de bruit.
Finalement, ce fut cet inconnu qui perdit la bataille et dévia son regard afin de se reculer, soudain devenu presque perplexe.
Il semblait interloqué, comme si quelque chose s'était passé sous ses yeux, comme s'il avait pu observer un détail que personne d'autre n'avait remarqué jusqu'à présent.
Dans un mouvement de colère, presque de haine, il empoigna le cou de la mère de famille et, sous les yeux tétanisés du mari et des enfants, ôta sa vie en l'étranglant. L'être mystérieux jeta le cadavre de la mère plus loin derrière la fillette.
Ses yeux s'étaient déjà vidés de toute once de vie, ses mains alors teintées d'un violet se glacèrent petit à petit.
Le père, déchiré par le désespoir, armé de son instinct primaire de survie, d'adrénaline et de rancœur montant jusqu'à son cerveau, lutta en envoyant ses plus beaux coups de poings vers son ennemi mais rien ne pouvait arrêter la mort qui s'était échouée ici-bas.

Chaque coup que le père dirigeait n'arrivait même pas à atteindre sa cible.

C'était comme si son ennemi pouvait deviner ce qui allait se passer, comme s'il pouvait voir dans le futur et prédire chaque mouvement que l'homme endeuillé allait effectuer.

La fillette et son grand frère rampèrent comme de petits asticots vers leur mère afin de lui faire un dernier câlin lorsqu'un hurlement poignant atteignit leurs oreilles.

Ces enfants, leur regard tourné vers l'horreur, vers l'impensable, constatèrent que leur père s'était fait dominer par l'ennemi.

Ce mystérieux individu, la main enfoncée dans l'abdomen de son adversaire comme un marionnettiste jouant son spectacle, lui donna la mort.

Le père s'agenouilla une dernière fois sur l'herbe, un sourire aux lèvres, des yeux contemplatifs envers ses descendants.

Il s'écrasa dans la prairie, la bouche ouverte laissant passer un dernier filet de bave chaude qui s'était accroché à quelques brindilles fragiles.

L'être mystérieux s'approcha des orphelins et pencha son visage du côté du feu pour que l'on puisse admirer qui se cachait sous cette capuche.

Un homme, assez jeune, ne possédant qu'une mince moustache brune avec des reflets blonds et des cheveux mi-longs de la même couleur, se présenta à eux.

Même si ces derniers pleuraient encore la mort de leurs parents, l'homme jugea bon de regarder les yeux de la jeune fille en s'y plongeant une ultime fois avant de prononcer dans une langue que tout le monde comprenait :

- Tu ne sais pas ce que tu es... Mais pour avoir été mise au monde par un pêcher, tu mourras dans la douleur.

Alors, cet homme saisit la jeune fille par la gorge et serra de toutes ses forces afin d'aspirer sa vie mais son frère, grognant comme un animal enragé, bondit sur lui et le roua de coups au visage.
Il lui arracha un morceau de peau au niveau de la joue droite en rugissant comme un lion quand tout à coup, une féroce vague d'énergie s'échappa du corps du garçon et l'éjecta au sol un peu plus loin.
Ce jeune homme semblait avoir un pouvoir qu'il ne soupçonnait même pas et la manifestation de ses dons l'avait emmené, contre son gré, faire un tour dans les airs. L'être mystérieux profita que les deux enfants soient désorientés pour attraper le garçon afin de l'immobiliser.

- Alors toi aussi... Tu es comme elle... Vous êtes des anomalies... Je vais m'assurer que vous rejoigniez vos parents... Bande de monstres insignifiants...

Le jeune garçon cria tellement plus fort que son ennemi en devint sourd.
Je remarquai que quelque chose avait changé en lui.
Son corps s'était entouré d'une aura violette et ses yeux s'étaient teintés d'un orange clair qui luisaient comme des lanternes.
Ce n'était pas un garçon normal... Et la fille, qui semblait ne manifester aucune capacité, ne savait plus rien faire que de demeurer inanimée comme une statue de cire.
Sous son regard perdu, entre deux petites larmes fraîches s'écoulant hors de ses paupières, elle contempla son frère sous les mains puissantes de leur adversaire.

- Cette nuit... Sera votre dernière à tous les deux !

En affirmant cela, l'homme souleva le corps du garçon qui n'arrêtait pas de se débattre et saisit de sa main droite l'une de ses jambes et de sa main gauche l'un de ses bras et tira si fort qu'un dernier et effroyable gémissement émergea des entrailles de l'enfant.
Son bassin, sous une tension si intense, se déchira et son corps fut coupé en deux dans une violence inouïe.
Une impressionnante onde de choc se répandit dans cet espace et fut si redoutable que l'air se pigmenta d'un violet profond.

Un incendie aux flammes magenta prit de court la petite fille qui n'arrivait plus à bouger et dévora ses vêtements avant de s'immiscer dans sa chair.

Elle hurla de toutes ses forces et de ses cordes vocales s'échappèrent quelques ondes brisant le mur du son.

L'un de ses yeux prit la couleur de ceux de son frère, se teintant d'un orange lumineux tandis que les flammes atteignirent son visage jusqu'à grimper dans ses cheveux.

La moitié de sa masse capillaire devint totalement blanche, désormais dénuée de toute pigmentation.

— Cette nuit... Marque le début d'une nouvelle ère ! Tous les Dieux de l'Univers disparaîtront... Sous mon commandement... Moi... *Haethios*, Le Serviteur de Delka !

La petite fille, essayant encore de comprendre qui était Haethios et pourquoi il était venu là pour détruire sa famille, fut si souffrante que son corps abandonna la vie et ses yeux se fermèrent pour de bon.

Son corps s'échoua sur l'herbe brûlée alors que toute sa famille avait péri d'une des pires façons qui soient, des mains d'un être aux motivations étranges et venu de très loin dans l'Univers.

Toute l'équipe resta bouche bée face à cet événement et comprit qu'il ne s'agissait pas de n'importe quelle histoire...

Un dernier voile de questions demeurant sans réponses s'abattit devant nos yeux mouillés.

Tout le monde se demandait où Kazimor pouvait être en ce moment-même.

Simuald, des larmes coulant le long de ses joues, remarqua notre amie agenouillée devant l'horreur qu'elle nous avait permis d'observer.

Cette vision, que l'on avait eue jusqu'à maintenant, avait été rendue possible grâce à la Pierre de la Foi car Kazimor s'était connectée à cette dernière en voulant entrer dans l'esprit du Chef du Royaume d'Hallreim.

Elle, qui n'avait comme souvenir que de s'être éveillée un matin d'hiver dans un lac presque entièrement gelé, avait pu se remémorer un petit fragment de sa jeunesse.

Malheureusement, la suite de sa vie restait encore un mystère à élucider mais pour l'heure, tout le monde se ruait vers Kazimor pour la soutenir et lui faire comprendre qu'il fallait qu'elle s'extirpe de là avant qu'il ne soit trop tard.

En effet, même si la pierre permettait de retrouver la mémoire, elle avait un gros défaut : celui de vouloir dévorer l'âme de tous ceux et toutes celles osant entrer en contact avec elle.

Et ça, je ne l'avais que trop bien compris lorsque j'avais moi-même été manipulé par cet artefact sur Ultrag.

Alors, remarquant que la prairie commençait à s'entourer d'une pénombre menaçante comme un nuage toxique essayant de nous atteindre, nous tentâmes de faire revenir notre amie à la raison.

Kazimor, ses mains caressant le sol enflammé, ses bras fins comme des brindilles cassantes allant d'avant en arrière comme pour rattraper ce souvenir pour l'avoir à tout jamais en elle, ne souhaitait rien d'autre que rester avec sa famille pour toujours.

Simuald vint à son niveau, prenant ses doigts comme son père l'avait fait auparavant pour qu'elle ne se brûle pas sur le feu ardent, et lui annonça qu'elle n'avait plus rien à craindre, qu'il fallait qu'elle écoute et qu'elle s'en aille d'ici avec nous.

Kazimor, la vision confuse par l'émotion, tenta de comprendre la situation dans laquelle elle était et répondit d'une voix fluette presque imperceptible :

- J'avais... Une famille...
- Ce n'est qu'un souvenir, la pierre te contrôle Kazimor... Il ne faut pas l'écouter, reprit Simuald en essayant de capter son attention.

Cette dernière, totalement meurtrie, désarmée dans l'épreuve la plus dure de toute sa vie, leva les yeux vers un son qui lui avait paru familier et que nous avions tous entendu également.

Et là, entre la brume noire qui nous encerclait et l'incendie consumant ce beau coin de campagne, une voix pénétra l'air et gronda jusqu'au plus profond de la terre.

- Tu n'aurais jamais dû voir le jour... Kazimor... Tu comprends désormais pourquoi la Pierre de la Foi t'a appelé ? questionna cette voix profonde sortant de cette nuée toxique qui s'approchait encore.

Tandis que la fumée s'étendait jusqu'aux cadavres des parents de Kazimor, une silhouette fit son apparition et continua à argumenter :

- La Pierre capte les gens déséquilibrés... Les gens qui ont commis des pêchers... Elle n'a fait que faire surgir en toi des souvenirs que ton inconscient a choisi d'enterrer... Mais tu comprends désormais... Ta place n'est pas ici, auprès de tes amis. Tu n'as jamais eu ta place nulle part, tes parents n'auraient jamais dû te concevoir... Il y a bien longtemps que tu aurais dû être tué par Delka !

15.

VAINCRE OU ÊTRE VAINCU.

Le vieillard à la gueule diabolique, chef du royaume d'Hallreim, se tint devant nous fièrement en arborant ses deux pierres incrustées en son corps écorché.
Il tentait de renverser la situation, de faire comprendre à Kazimor qu'elle devait abandonner tout espoir de revenir dans le vrai monde, que tout ce qu'il fallait faire pour voir ce cauchemar cesser était de s'abandonner aux pouvoirs de la pierre.
Il était hors de question de perdre un membre de l'équipe, c'était ma famille, la seule que j'avais réellement pu avoir et qui m'ait réellement aimé ces dernières années.
Sans réfléchir, dans un instinct de survie et en voyant la brume noire se vêtir de petits éclairs souhaitant nous électrifier, je partis vers Kazimor et m'agenouillai devant elle.

- Kazimor, ne l'écoute pas, ce n'est qu'une illusion rien de plus, dis-je en prenant l'une de ses mains alors que Simuald réfléchissait.
- J'avais... Une famille... Un frère... Je... Je ne peux pas les laisser mourir, répéta-t-elle en pleurant.
- Je sais ce que ça fait... De perdre ceux que l'on aime... Mais ce ne sont que des souvenirs ! Tu ne dois pas te laisser consumer par ta tristesse et je sais que je suis le moins bien placé pour te dire ça mais écoute-moi Kazimor...
- Tu ne peux plus rien pour elle Yuri, déclara le chef en faisant résonner sa voix dans tout l'espace nous entourant. Elle vient de comprendre que le seul moyen de s'échapper de ça est d'accepter son sort... Elle vient de comprendre... Sa véritable place !

Le vieux taré ricana intensément en me voyant secouer Kazimor. Je ne voulais pas la laisser périr dans cette fausse réalité.

- Kazimor... N'écoute rien de ce qu'il peut te dire ! m'exclamai-je. Tu peux être qui tu veux ! Tu n'as pas besoin de l'avis d'un vieux connard pour te dire ce que tu dois faire ! Ne te laisse pas avoir par ses belles paroles ! S'il te plaît ne baisse pas les bras...

Je tournai ma tête après avoir perçu que la brume s'était encore rapprochée de nous.

Des voix graves, aiguës, tantôt stridentes tantôt caverneuses sortirent des tréfonds de cette nuée comme si des êtres démoniaques étaient sortis des Enfers afin de nous cueillir joyeusement comme de jolies fleurs.

Gavrol, Vekosse et son cousin Villael nous rejoignirent et ensemble, nous essayâmes de convaincre Kazimor de reprendre ses esprits.

Mais rien ne fonctionnait, Kazimor ressassait en boucle les souvenirs de ses parents et répétait encore et encore qu'elle avait une famille.

Soudain, alors que la fumée allait toucher le bout de mes orteils et que le vieux diable nous expliquait pourquoi nos tentatives étaient vouées à l'échec, Gavrol saisit la main de Kazimor à son tour et la brume se figea comme si elle s'était vêtue d'un manteau de glace l'empêchant de gagner du terrain.

- Kazimor… Je sais que tu nous entends… Et que tu es là avec nous, dit Gavrol en la regardant dans les yeux. Je sais ce que tu ressens, nous le savons tous ici car… Et bien… Nous avons tous perdu des proches que l'on aimait du fond du cœur… Je sais ce que tu ressens, quand tu vois tes parents mourir devant toi. L'impression d'être trop jeune, trop faible… Trop… impuissante… Mais je sais aussi que tu ne veux pas rester ici, je le ressens. Nous ne voulons pas te perdre… Mais nous ne voulons pas

non plus que tu renies ton passé. Tu as découvert aujourd'hui ce qui fait de toi une femme si unique... Alors ne gâche pas cette force en toi et sers-toi-en pour faire de bonnes choses...
- Je suis d'accord avec Gavrol, déclara alors Vekosse. Ce n'est jamais facile de perdre des gens qu'on aime. Personne n'y est réellement préparé et ça prend du temps pour s'en remettre. Mais le plus important, c'est de ne pas baisser les bras et de continuer à avancer.

La brume se remit en marche, tentant de picorer un peu de vie à mes pieds alors que je faisais tout pour me décaler et me coller un peu plus à l'équipe.

- Je... Je ne sais pas si je peux parler...

Nous regardâmes tous Villael, stupéfaits de voir que lui aussi voulait ouvrir son cœur et parler sans jugements mais que sur son visage, le doute naissait.
Simuald, plongeant ses yeux dans ceux du cousin de Vekosse, lui fit un grand sourire.

- Tu peux parler, tout le monde est libre de le faire, répondit Simuald.
- Je... N'ai jamais eu l'habitude de faire part de mes émotions avec ma famille... Et Vekosse le sait. Lui et moi, nous sommes très différents et nous n'avons

pas été élevés de la même manière, même si on se voit très très souvent... Mais... Ah merde je me perds dans ce que je veux dire...
- Doucement, prends ton temps, affirma Gavrol.
- Ce que je veux dire, c'est que nous sommes tous différents, les uns comme les autres. Et c'est ce qui nous rend fort, notre force vient de l'intérieur, c'est à nous et à nous-même de comprendre et d'apprivoiser cette force intérieure... Je n'ai pas toujours été présent pour Vekosse... Ni pour personne dans ma famille d'ailleurs... Je suis trop timide, trop peureux, pas assez viril, pas assez entreprenant... Mais aujourd'hui... Avec vous, j'ai ressenti en une seule journée à vos côtés des choses que je n'avais jamais ressenties avant. Avec vous, je peux enfin être qui je veux... Je peux rattraper le temps perdu... Je n'ai jamais vraiment eu d'amis à part Vekosse... Mais aujourd'hui j'ai le sentiment... Que vous êtes mes amis.
- Kazimor, même si tu as l'impression d'être submergée par tes émotions, que tu te sens dépassée par les événements, nous sommes tous là pour toi aujourd'hui... Et demain aussi, continuai-je pour essayer de la faire revenir.

La nuée toxique s'approcha tellement dangereusement de nous que nous nous collâmes les uns aux autres dans un dernier réflexe de survie.

- Tu sais où est ta place, repris-je difficilement. Tu l'as toujours su, nous ne t'abandonnerons jamais et nous serons toujours là pour toi, pour te relever quand ça n'ira pas comme tu l'as fait avec l'équipe quand ça n'allait pas de mon côté... J'ai fait énormément... D'erreurs... Dont je ne suis pas fier et... Gavrol peut en témoigner... C'est la seule personne qui comptait dans ma vie... Et maintenant que je vous ai trouvé, toi, Simuald, Vekosse, Villael et... Gontran... Je sais quel est mon but... Alors trouve le tien... Ne gâche pas ta vie.
- J'avais... Une famille... répondit Kazimor une fois de plus alors que ses yeux étaient devenus opaques comme l'étaient ceux de ses parents.

Du fond des entrailles de ce nuage mortel, des hurlements apparurent et vinrent doucement caresser mes deux jambes qui avaient commencé à pourrir.
Je gémissais de souffrance et tous les autres membres de l'équipe voyaient eux aussi leurs chairs se faire avaler par la perversité de la pierre.

Simuald, dans un dernier élan d'optimisme, posa sa main sur la joue de Kazimor et enleva les larmes s'écoulant de ses paupières d'un seul geste.
D'une faible voix, alors que le vieillard se léchait déjà les doigts à l'idée de contempler notre mort, Simuald déclara :

- Oui... Nous sommes ta famille... Et nous le serons... À jamais... Ne nous laisse pas mourir... Kazimor !!

Je fermai les yeux, essayant de contenir mes cris alors que je sentais mes os se faire gangréner par la toxicité de la pierre.
Nous étions littéralement en train de partir en fumée au contact de cette nuée brûlante d'un noir imitant les profondeurs des ténèbres.

- J'avais... Une famille... dit une dernière fois Kazimor en pleurant. Une... Famille... Et... Je l'aurai toujours... Auprès de moi. Je ne suis pas faible comme tu oses le dire... Je mérite de vivre ! Et eux aussi !!

J'ouvris mes lourdes paupières et contemplai les magnifiques iris de Kazimor qui s'étaient colorés d'un violet luisant comme des étoiles dans la nuit.

Elle grogna de toutes ses forces et usa de ses pouvoirs afin de repousser le nuage toxique qui n'eut bientôt plus aucune emprise sur nous.
Nos membres, partis en poussières, revinrent à la vie et la santé investit nos corps à nouveau.

- Tu as raison, déclara Kazimor déterminée en se levant face au vieux malfaisant. Je sais où est ma place... Et elle n'est pas ici, elle ne l'a jamais été.

Kazimor empoigna ma main avec énergie et me fit signe de prendre celle du voisin.
En une seule seconde, nous nous tînmes tous la main et nos yeux se teintèrent d'un violet presque effrayant.

- Comment... Comment tu fais ça ?! demanda le chef sidéré par la force d'esprit de Kazimor.
- Ma place est avec eux, c'est ma famille ! Et jamais... Jamais... Je ne te laisserai y toucher !
- Qui es-tu réellement ?!
- Mon nom... Est Kazimor ! Retiens-le la prochaine fois que tu voudras t'en prendre à ceux que j'aime !

Après ce beau discours, elle hurla si fortement qu'une immense vague d'énergie s'éjecta hors de son corps et nous toucha un par un.

Moi, ressentant un pouvoir hors du commun me submerger, je perdis le contrôle quelques secondes mais laissai Kazimor me guider.

Nous poussâmes alors un cri guttural.

Une onde de choc naquit et vint souffler la peau du démon si furieusement qu'elle partit en lambeaux à de nombreux endroits et laissa ses fibres musculaires s'afficher au grand jour.

Notre adversaire manifesta sa souffrance en tombant au sol avant de se faire complètement contrôler par les pouvoirs de Kazimor.

Elle avait réussi à prendre le dessus, nous étions entrés dans l'esprit de notre adversaire en un instant.

Et, alors que nous aurions pu faire de lui notre marionnette, chacun des membres du groupe ferma les yeux.

Moi, je les rouvris en premier et remarquai que nous avions enfin pu nous échapper du contrôle de la pierre.

Nous étions revenus au temple des adorateurs, nous étions enfin nous-mêmes.

Kazimor, surplombant de sa hauteur le chef du royaume qui s'était mis à genoux, ordonna à ce dernier de mettre fin à ses jours.

- Delka... Viendra... Te chercher...

Le chef, annonçant cela d'une faible voix, apposa sa main droite sur son front.

La pierre, encore incrustée dans sa paume, se fraya un chemin dans l'entièreté de son corps en réduisant tout sur son passage.

Ses veines se colorèrent d'un bleu fluorescent et le sang à l'intérieur de ces dernières bouillit si puissamment qu'elles explosèrent.

La conscience de ce vieux fou fut emportée au rythme de ses globules rouges s'évaporant au travers de ses pores.

En un claquement de doigts, ce vil personnage n'était plus qu'un macchabée gisant sur le parquet de son lieu d'adoration.

- Qu'il vienne. Je l'attends, répondit froidement Kazimor.

Nous avions enfin retrouvé Kazimor et, même si je doutais de pouvoir obtenir un nouveau costume, j'étais fier de ce que l'équipe et moi-même avions accompli.

Simuald posa sa main sur l'épaule de la jeune fille aux cheveux mi-blancs mi-noirs et déclara qu'il était heureux de la revoir.

Kazimor acquiesça, rétorquant qu'elle aussi était contente d'avoir pu nous sauver et se sauver elle-même.

16.

TROUBLES DE L'ESPRIT ET DE L'ÂME.

Au même moment, du côté de Gontran, lui qui souffrait le martyr et venait de reprendre conscience.

J'ouvris péniblement les yeux, espérant et croyant dur comme fer que je venais d'atteindre un endroit bien plus calme et paisible que celui dans lequel j'étais enfermé depuis tant d'heures.

La lumière éclairait faiblement la pièce et m'empêchait de réellement voir ce qu'il se passait, surtout que ma vision n'aidait pas non plus puisqu'elle était hasardeuse, floue et que les couleurs s'estompaient petit à petit.

Devant moi, sans grand étonnement de ma part, se tenait le Conservateur qui contemplait les gardes panser ma plaie ouverte à l'abdomen.

Le Conservateur, qui m'avait tant fait souffrir en enfonçant son poing au travers de mes entrailles, fit signe aux gardes de se reculer.

- Bon... C'est la dernière fois que je suis clément avec toi, dit le Conservateur en s'approchant de mon visage après s'être baissé à ma hauteur.
- Toi ? Clément ? Laisse-moi... Rire, répondis-je laborieusement en bavant du sang.
- Confie-moi la position de la pierre, qui la détient, et je te libère d'ici.
- Je te l'ai déjà dit... Je ne suis au courant de rien...
- Dis-moi où elle est... Dis-moi.

Le Conservateur posa ses deux mains sur chaque côté de ma tête comme un père le fait lorsqu'il tente de raisonner son enfant, et me regarda au travers de son masque.

- J'ai besoin de cette pierre tu comprends ? affirma-t-il d'une voix presque nouée d'émotions. Je... J'ai besoin d'elle... Je dois retrouver la mémoire, je dois me souvenir de qui j'étais avant de devenir... Ça !
- Tu veux que je te dise... Qui tu étais... Avant ?
- Tu n'as aucune réponse à me donner, la pierre me les donnera toutes.
- Tu étais... Yuri Santana !

Soudain, alors que j'avais prononcé le nom de mon ami, le souffle chaud du Conservateur passant au travers de son masque se coupa net.

Ses poumons ne semblaient plus se gonfler et sa conscience paraissait s'être subitement perdue quelque part.

Il prononça alors très faiblement des mots et marmonna en grognant avant de se relever en se tenant le crâne.

- Yuri... Yuri Yuri Yuri... Santana ! Pourquoi... Pourquoi ça me fait du mal !! hurla-t-il en se tenant fermement la tête.

Mon ennemi fut pris de violentes convulsions et heurta le sol avec rudesse tandis que les gardes s'étaient empressés de venir l'aider à se relever.

Il respira un grand coup, comme si tout l'air de cette pièce lui était enfin revenu dans les narines, et se leva en adoptant une attitude totalement différente de ce que j'avais l'habitude de voir.

- Où... Où suis-je ?! demanda-t-il aux gardes inquiétés par son comportement.
- Monsieur... Votre Altesse... Vous êtes...
- Arrêtez de m'appeler comme ça ! Où suis-je ?!

Le Conservateur s'exclama en empoignant la veste d'un des gardes puis se tourna doucement vers moi comme si j'étais, à ses yeux, un total étranger.

- Bordel... Je suis dans un rêve... Qui es-tu ? questionna-t-il en me pointant du doigt.
- Je... Qu'est-ce qu'il t'arrive ?! répondis-je en ne comprenant pas bien pourquoi mon tortionnaire agissait de la sorte.

Le Conservateur était devenu si différent, si... Incertain.
Que s'était-il passé en son esprit qui fut si dévastateur pour qu'il en vienne à douter de sa situation ?
Il n'était plus lui-même, il avait perdu la tête et bien comme il faut.
Mon ennemi avait l'air d'être devenu une tout autre personne, absolument inconsciente de sa situation et de sa propre vie d'ailleurs.
Il paraissait ne pas se reconnaître à travers ses actes, son costume, son âme...
C'était comme si deux consciences se disputaient un seul et même corps et que, sous le nom de Yuri Santana, l'une des deux personnalités refaisait totalement surface.

- C'est... C'est toi Yuri ? rétorquai-je en plissant un peu les yeux.
- Yuri... Yuri... Oh mon dieu Yuri... Il me manque tellement, affirma Le Conservateur en se mettant à genoux au sol en pleurant presque. Où est-il ?
- Je ne sais pas... Je ne peux rien te dire, je ne l'ai pas vu depuis longtemps...

- Écoute-moi, reprit mon adversaire en s'approchant de moi après avoir marché à quatre pattes jusqu'à ma position. Je... Je suis à la recherche d'une pierre... Je dois la retrouver... Car... J'ai... Oh mon Dieu... J'ai perdu la mémoire ! Je ne me rappelle de rien !!
- Du calme... Du calme c'est normal... Tu n'es pas toi-même, le clonage... Ne réussit pas à tous les coups.
- Comment ça... Le clonage ?

Le Conservateur se releva, me dominant de toute sa hauteur, et m'observa en penchant la tête.
Je savais que sous le masque du Conservateur se cachait un clone de Yuri.
Je l'avais découvert il y a quelque temps déjà lorsque j'avais réussi à accéder à des fichiers classifiés que détenait Hezaard, le Chef des Résistants.
Jamais je n'avais osé l'avouer à Yuri, de peur qu'il se mette en colère et me colle une balle dans la tête.
Et jamais je n'avais eu la certitude que ce que j'avais vu dans ces fichiers était vrai mais lorsque, sur Ultrag, Yuri et Le Conservateur se sont battus... J'ai su qu'ils étaient similaires en tout point.

- Je suis un clone ? Comment ?! Oh... Non... Non Yuri... Je dois le retrouver... Retrouver la pierre... Retrouver la mémoire... Qui je suis ?!
- Tu es... Celui que l'on nomme Le Conservateur.

- Le Conservateur ?

Il doutait de tout et de lui-même, et tournait en rond dans toute la pièce en marmonnant avant de se tourner de nouveau vers moi.

- Je ne te veux aucun mal, je ne veux de mal à personne, je ne suis pas comme ça, je ne pourrais jamais tuer...
- Oh ça... C'est vite dit, dis-je ironiquement en lui coupant la parole.
- Dis-moi où je peux trouver la pierre... Elle seule peut me faire retrouver la mémoire. Je l'ai perdue, je compte bien me rappeler d'où je viens et qui je suis réellement sous ce masque.
- Je te l'ai déjà dit... Tu es Yuri Santana ! Et la pierre, je n'ai aucune foutue idée... D'où tu peux... La trouver !!

Je criai de toutes mes forces ces paroles en usant de mes dernières ressources pour qu'il comprenne que je ne pouvais l'aider lorsqu'une violente alarme retentit dans la caverne.

La seule minuscule ampoule éclairant mon corps fragilisé se teinta d'un rouge qui n'arrêtait pas de clignoter.

Et, tandis que la lumière s'éteignait et se rallumait en boucle, le Conservateur se tint le crâne et hurla de douleur comme si une bataille spirituelle avait éclaté en lui.

Il se mit à genoux en grognant et frappa de ses poings le sol en tremblant avant de s'immobiliser.

La lampe, quant à elle, cessa de scintiller et illumina la pièce d'un faible rouge vif éclairant les muscles de mon ennemi.

Il se leva, bien déterminé à agir, et attrapa un de ses gardes par la gorge avant de le jeter violemment contre le mur.

- Allez voir qui ose m'interrompre... Sous-fifres, ordonna-t-il aux gardes.
- Qui es-tu ? demandai-je intrigué.
- Je suis Le Conservateur, me répondit-il en s'avançant vers moi. Et toi... Tu restes bien au chaud ici, je vais vite revenir afin de t'achever.

Ce connard excentrique aux troubles dissociatifs me laissa en paix avec moi-même et partit en chasse afin de trouver ceux qui avaient osé s'aventurer en ces lieux.

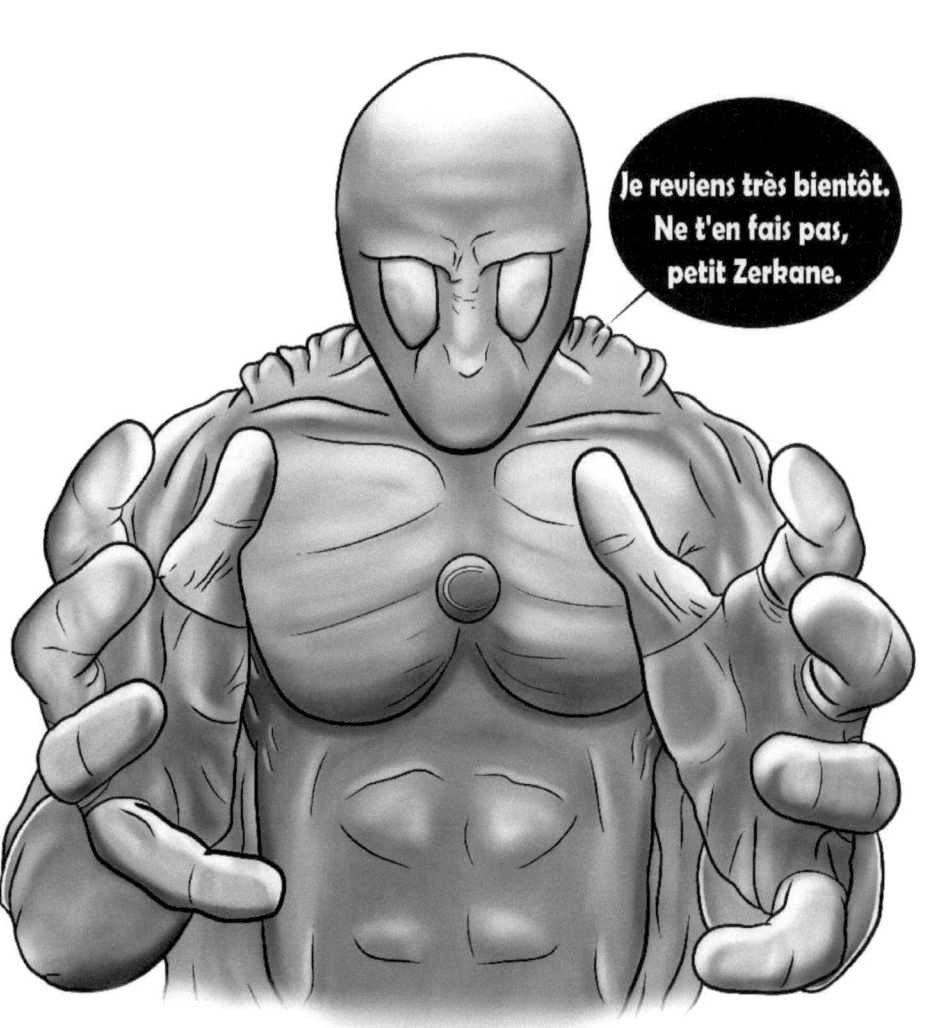

17.

POURVU QU'IL SOIT ENCORE VIVANT...

Du côté du Chef des Rebelles Zerkanes.

C'est moi qui vous parle, le Chef des Rebelles Zerkanes.

Nous avions toutes les informations nécessaires afin de mener à bien notre expédition sur Zerk et de délivrer Gontran.

Tout ce que j'espérais, c'était que Yuri puisse trouver la personne capable de lui confectionner un nouveau costume car le temps que nous avions avant la guerre commençait à se faire de plus en plus court.

Je savais que la tension était à son comble entre Rebelles et Serviteurs du Tyran.

Je ne savais pas vraiment si nous allions retrouver Gontran en temps et en heure mais j'avais une piste : la grotte à quelques minces kilomètres au Nord du Royaume du Tyran.

Cette grotte avait été spectatrice d'un massacre perpétré par Le Conservateur envers nos confrères et consœurs résistants et j'allais partir avec mon équipe afin d'enquêter sur ce mystère.

Après quelques longues minutes de vol au-dessus des nuages afin de ne pas se faire repérer par Le Conservateur, mon équipe et moi-même sautâmes dans le vide afin d'atterrir près de la cascade d'eau qui dissimulait l'entrée de la caverne.

Nous avions pris toutes nos dispositions afin de nous armer de la meilleure façon qu'il soit au cas où le contact physique avec notre ennemi se concrétiserait.

Armés de nos ceintures remplies de grenades et de munitions, protégés par une armure de combat Zerkane aux couleurs sombres, nous nous mîmes en chemin vers l'entrée du lieu du massacre tout en tenant en joue un quelconque mouvement d'une potentielle menace.

Nous avions pris avec nous un lanceur d'ondes, afin d'immobiliser les sens de notre ennemi, et nous tenions dans nos mains humides un gros fusil balistique aux munitions perforantes.

Chaque pas engendrait un stress supplémentaire, chaque battement de cœur devenait de plus en plus chaotique et immodéré, chaque bruit atteignant nos oreilles ne faisait qu'augmenter la pression que l'on ressentait.

Finalement, mon groupe de soldats surentraînés, se comptant au total à 20 têtes, finit par gagner les lieux et nous observâmes le carnage qu'avait commis Le Conservateur.

Il n'avait rien laissé en vie.

Sur les murs, du sang tâchait la roche et peignait les lampes qui clignotaient et avaient du mal à fonctionner.

Soudain, alors que je contemplais les restes d'un enfant éclaté contre les parois, que je remarquais qu'une tête arrachée de son buste et devenue pâle comme la mort s'était écrasée au sol, plusieurs silhouettes glissèrent le long de la caverne.

Tous se mirent à couvert, et moi, les yeux plongés dans mon viseur, les mains hésitantes, j'attendais que la mort me prenne peut-être en cet endroit macabre.

Trois Zerkanes, membres de la garde rapprochée du Tyran, se tinrent face à moi.

Immobiles comme des statues, venant de réaliser qu'on avait envahi les lieux en si peu de temps, ces enfoirés dégainèrent leurs armes et annoncèrent la fin de nos vies.

J'ordonnai qu'on contourne la menace par des tunnels secondaires creusés dans la roche mais quelques-uns d'entre nous furent envoyés à la morgue sans que je ne puisse avoir le temps de réagir.

- Alarme !! cria l'un de nos ennemis.
- Dans ce tunnel ! On se barre ! commandai-je à mes guerriers.

Et là, alors que nous étions en train de courir pour notre vie, les lumières qui nous aidaient à guider nos pas dans cet étroit passage s'éteignirent subitement, nous laissant alors remplis de doutes sur ce qui allait nous arriver.

Tout le monde avait le souffle saccadé, nous sentîmes une menace s'approcher tandis que nos bras et nos jambes engourdis avaient décidé de devenir flasques.

Certains me demandaient ce qu'il fallait que l'on fasse mais ne sachant pas où donner de la tête, le silence me gagna et je me figeai sur place.

Les lumières, qui avaient cessé de fonctionner depuis quelques longues secondes, se teintèrent soudainement d'un rouge presque pourpre et devant nous se dressa une importante figure massive.

Sa cape d'un rouge sang s'agitant au gré des courants d'air, ses bottes, ses gants ornés de globules rouges, son costume moulant d'un noir égalisant avec les tréfonds de cette caverne, je ne pus que reconnaître qui s'était mis au travers de notre chemin et je commençais à réaliser la gravité de notre situation.

- Repliez-vous tout de suite !! m'écriai-je à pleins poumons en courant de l'autre côté afin de passer dans un autre tunnel.

Nous nous précipitâmes tous vers l'un des nombreux autres tunnels afin d'échapper à notre adversaire.

Certains tirèrent quelques salves de lasers qui vinrent frapper le costume du Conservateur, lui qui demeurait immobile comme un démon glissant dans les ténèbres.

D'autres tentèrent même de réduire les sens de notre ennemi au silence en dégainant leurs lanceurs d'ondes mais périrent rapidement.

Plusieurs de mes frères furent égorgés sur place, éviscérés ou encore dépecés vivants par Le Conservateur, les emportant avec lui dans la pénombre de cette grotte aux échos horrifiques.

Mais leur sacrifice ne fut pas vain, car de leurs douloureuses punitions me vint la possibilité de suivre un chemin encore inexploré jusqu'ici.

Le Conservateur étant occupé ailleurs, à dévorer vivant mes collègues, je pus atteindre un lieu dont je n'avais aucunement connaissance.

Là, au fond d'un long et exigu couloir, une porte en métal nous empêchait de progresser.

Ni une ni deux, tous mes soldats se ruèrent vers la porte, apposant des explosifs aux quatre coins de cette dernière pour la réduire en morceaux, et la firent sauter dans un énorme tumulte.

Une détonation qui, cela ne faisait aucun doute, se faufilait déjà dans les profondeurs de cette caverne afin de toucher l'ouïe aiguisée du Conservateur.

Après quelques secondes à inhaler l'air chargé de poussières, à agiter nos mains afin de désépaissir la fumée qui embrumait nos yeux et nos idées, nous fûmes choqués de ce que nous étions en train de contempler.

Au centre de cette minuscule pièce cachée de tous se tenait tant bien que mal Gontran, respirant par à-coups, cachant ses plaies ouvertes en se tortillant comme un ver accroché par une fine corde reliée au plafond rocailleux.

Il n'était pas en parfaite santé, mais il était vivant et c'était déjà très bien comme ça.

Nous n'avions plus une minute à perdre et, tandis que mes hommes s'occupaient de détacher cette pauvre victime Zerkane, j'orientai mon regard au loin dans cette grotte.

Je m'approchai, peut-être trop dangereusement, de mes peurs et de ce qui me semblait être une silhouette évoluant dans l'ombre quand tout à coup, Le Conservateur apparut devant moi en ne s'éclairant que de la faible lumière de cette pièce microscopique.

Il me prit par la gorge et, alors que je n'arrivais plus à respirer d'aucune façon, m'envoya valser à travers la pièce.

Plusieurs de mes côtes se brisèrent.

Dans un mouvement de panique extrême, tous mes hommes se mirent à riposter.

Les lasers, qui éclairaient nos visages d'une lumière rouge intense et découpaient le costume du Conservateur, ne servirent qu'à le désorienter le temps de récupérer Gontran.

- On a Gontran, on y va !!

Je hurlai de toutes mes forces, alors que l'un des plus costauds de mes collègues portait Gontran sur son dos, que l'on déguerpisse vite fait de cet endroit maléfique et puant le sang pourri.

Mon équipe et moi-même courûmes aussi vite que nous le pûmes et rebroussâmes chemin afin d'extraire Gontran de son séjour cauchemardesque.

Le Conservateur, ayant fini par reprendre ses esprits, plana dans le long couloir que l'on avait emprunté, et explosa le crâne et les organes de plusieurs de mes soldats contre les parois.

Gontran ouvrit difficilement les yeux, essayant de comprendre ce qu'il se passait, puis décala sa tête sur le côté pour échapper aux griffes de notre ennemi qui était arrivé à sa hauteur.

Nous étions encore loin de la sortie.

Le Conservateur, éprit d'une rage grandissante envers moi, parvint finalement à m'atteindre et me plaqua contre le sol afin de m'étrangler.

Mon coéquipier, possédant Gontran sur lui, se retourna et hurla mon prénom en ne sachant que faire.

- Dégagez ! Je le retiens ! Sauvez-vous… Avant qu'il… Ne soit trop tard ! criai-je en essayant de me débattre comme je le pouvais.

- Hezaard ! Non !! rétorqua mon collègue en hurlant mon prénom comme si cela allait tout arranger.
- Dégagez ! Que mon sacrifice ne serve pas à rien !!
- Oui... Partez ! Je finirai par vous retrouver ! s'exclama Le Conservateur furieux.

Ils partirent, hésitant malgré tout après avoir effectué un dernier pas vers moi, en direction de la sortie.

Le Conservateur, me dominant de son poids dantesque et de sa force titanesque, ne paraissait avoir en tête que le souhait de me tuer.

L'idée que Gontran puisse s'enfuir ne lui plaisait certainement pas, mais il refusait de me laisser partir ou d'en finir vite avec moi.

Il voulait que je souffre et, me regardant droit dans les yeux en grognant comme un monstre, resserra l'emprise qu'il avait sur ma gorge et ma trachée.

Ma respiration ne servait plus à grand-chose, ni à alimenter mon cœur, ni à sauver mon cerveau qui paraissait s'éteindre un peu plus à chaque seconde qui s'écoulait.

Puis, il ricana et me compressa la gorge si intensément que ma vision, devenue rouge, faisait se dandiner les formes autour de moi comme de petites vagues en mer.

Au loin, je n'entendis qu'un seul mot rebondir sur chaque paroi de cette caverne avant de nous atteindre mon agresseur et moi... Un mot si significatif.

Et je fermai les yeux, ma conscience perdant peu à peu sa vigueur d'antan.

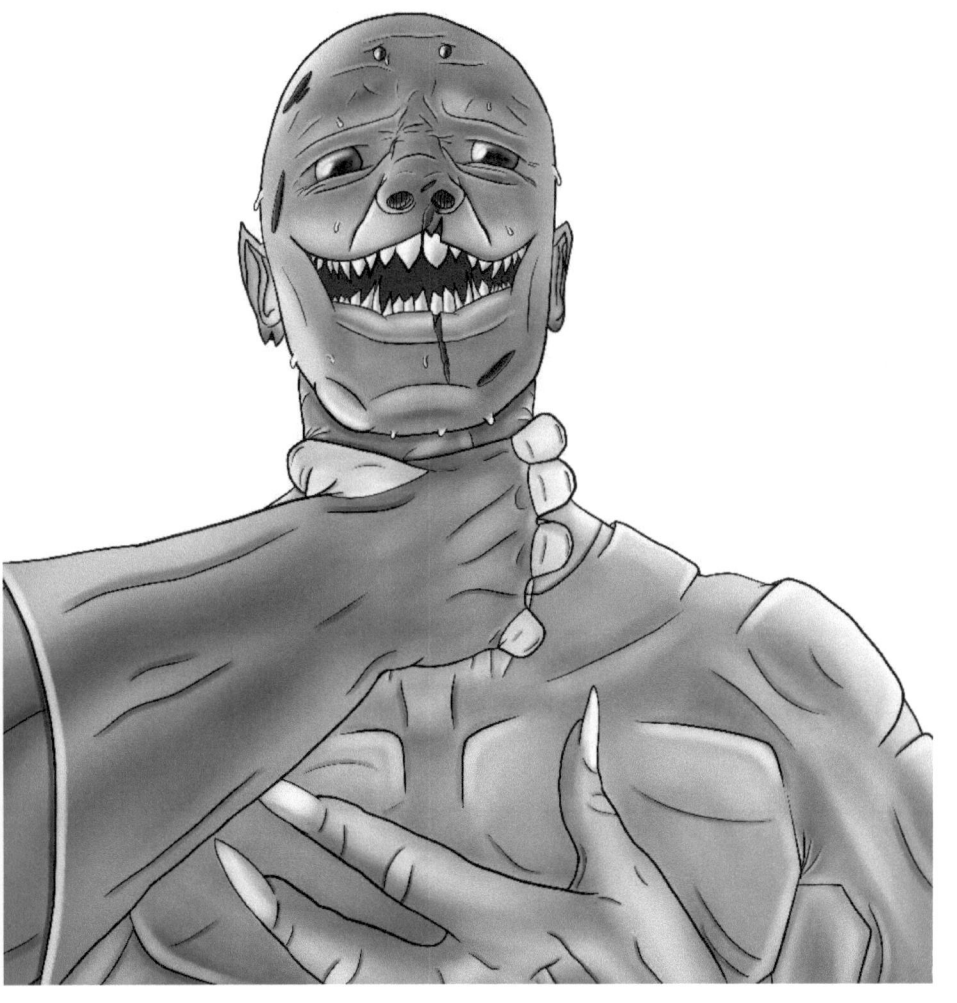

18.

DANS LE CIEL, DES OISEAUX TOMBENT PAR MILLIERS.

Du côté de Gontran.

Je levai douloureusement ma tête et remarquai que Hezaard était pris au piège entre les mains du Conservateur.
Une seule et unique solution me traversa l'esprit.
D'une voix rauque comme celle d'une vieille dame fumant clope sur clope, je criai :

- Yuri !!

Et là, alors que les doigts du Conservateur étaient presque en train d'estomper le dernier souffle de vie de notre commandant, notre ennemi fut pris de brusques convulsions et tomba au sol en soutenant son cerveau malade.

Hezaard toussa de toutes ses forces et inspira intensément en emprisonnant dans sa cavité buccale tout l'oxygène des lieux, puis se releva difficilement.
En tournant son regard, il perçut le corps du Conservateur onduler et remarqua que ce dernier criait en se bouchant les oreilles avec ses mains tremblotantes.

- Hezaard, ça va ? demanda celui qui me portait sur lui en allant aider son chef à se tenir sur ses deux jambes.
- Oui... Oui c'est bon, on se tire allez ! déclara-t-il en prenant la route vers la sortie de la grotte.

Alors qu'ils coururent avec vivacité et que j'étais en train de contracter mes abdominaux pour éviter que les secousses ne m'obligent à déguster des coups d'épaule de mon sauveur dans le ventre, je perçus de ma faible ouïe un petit haut-parleur s'activer aux alentours du Conservateur.

- Alerte ! Que tout le monde se tienne prêt, le Royaume est fortement menacé par plusieurs groupes de Rebelles ! Que tout le monde vienne apporter sa protection au Roi... Que Le Conservateur et le Roi règnent durant des siècles... Longue vie au Roi !

L'appareil grésilla de plus en plus jusqu'à ce que cette seule et unique voix d'homme ne soit remplacée par des crépitements distincts et assourdissants.

Nous laissâmes Le Conservateur, dévoré par ses démons du passé, dans cette piteuse grotte aux odeurs terribles de vomis et de déjections et perçûmes finalement la sortie de nos yeux.

- C'est bon... Ça va aller... dis-je à mon sauveur en essayant de me débattre pour retourner sur le sol.
- Fais gaffe ! Va pas te faire mal, je te tiens.

Je gigotai encore jusqu'à finalement retomber sur la terre ferme.

- C'est bon j'ai dit ! Merci de m'avoir sauvé mais je peux marcher... Tout seul... Jusqu'à...

Je gémis alors de douleur après avoir tenté de marcher une première fois.

Mes jambes si faibles n'arrivaient pas à soutenir mon poids, elles qui n'avaient servi qu'à me faire tenir en équilibre sur une corde rêche qui coupait ma circulation sanguine.

Je titubai, tentant de reprendre mon équilibre comme un combattant après avoir subi une commotion cérébrale, puis heurtai péniblement la roche.

J'avais une idée en tête pour me remettre d'aplomb.

Ici, à l'entrée de cet antre où avaient vu bon nombre de résistants périr des mains du Conservateur, se trouvaient encore quelques rares caisses d'approvisionnement laissées à l'abandon.

Et dans l'une d'entre elles devait s'y trouver un kit de premiers soins qui allait grandement m'être utile, si je ne m'abuse.

M'observant ramper comme un zombie au sol, l'un des soldats, qui avait remarqué que je pointais ma main vers une caisse en bois, accourut jusqu'au point donné et ouvrit avec férocité cette dernière en la fracassant d'un coup de crosse.

- Tiens, j'imagine que ça te sera utile, affirma le soldat en me lançant le kit de premiers soins.
- Bien joué... Mon gars, répondis-je en saisissant la trousse d'une main ferme.

Sans attendre, alors que le temps nous était compté et qu'à tout moment Le Conservateur pouvait sortir de son état d'inconscience, je saisis une seringue d'adrénaline et la plantai dans mon bras droit.

Je pris ensuite ce qui s'appelait ici un *"pistolet synthétiseur"* et pointai cet appareil en direction de mon ventre.

Ce dispositif était utilisé en cas de dernier recours par les combattants afin de cicatriser d'urgence une plaie ouverte pour éviter une hémorragie ou une quelconque infection.

Comme son nom l'indiquait, ce pistolet synthétisait les atomes et les molécules de mon corps pour les rediriger vers mon abdomen afin qu'après quelques secondes d'attente, ma plaie soit recouverte d'une seconde peau.

Magique n'est-ce pas ?

Armé de ma dose d'adrénaline, d'un abdomen refermé et d'un nouveau fusil aussi grand que moi, j'entamai l'extraction de notre groupe de rebelles bien décidés à détruire le Tyran et son armée entière.

Dehors, le monde tombait en lambeaux, je le constatais de mes yeux désemparés.

Les tirs allaient et venaient dans tous les sens et même les cieux étaient secoués d'une grande bataille aux grondements incessants.

Ce petit coin de campagne n'avait plus rien de reconnaissable, les villages et les maisons aux alentours se consumaient de l'intérieur à cause des incendies qui se propageaient.

Le bétail, qui servait aux habitants à produire leurs vivres, avait été décimé et plus aucun animal n'osait mettre une patte dans les champs sans être menacé de mort.

Les routes, les forêts, les chemins menant au Royaume du Tyran, tout avait été saccagé par une guerre qui allait déchirer mon peuple de l'intérieur.

Sur ma route, plusieurs troupes de rebelles se battaient contre les membres de la garde royale.

Même les honnêtes citoyens s'entretuaient, essayant de faire adopter à nos collègues résistants la vision qu'avait le Tyran de cette planète.

Je courus dans tous les sens, passant d'abri en abri, de couverture en couverture, marchant sur des cadavres avant d'écraser les derniers instants de vies de plusieurs de mes semblables.

Qu'était devenue cette planète que j'aimais tant ? N'aurions-nous pas simplement pu apporter la paix sans avoir à sacrifier autant ?

Si seulement mes amis pouvaient-être là... Simuald, Gavrol, Kazimor... Et Yuri, même si cet énorme enfoiré ne méritait pas mon amitié tant ses erreurs avaient été dévastatrices pour les personnes chères à mes yeux.

Au loin, derrière une motte de terre où j'avais trouvé refuge afin de reprendre mon souffle, je pouvais remarquer le château du Roi s'effondrer à quelques endroits.

Les tours les plus hautes s'étaient écrasées dans les pièces à vivre et avaient dû emporter avec elles plusieurs dizaines de vies.

En levant mes yeux vers les vaisseaux qui brûlaient mon crâne en passant très près du sol, j'aperçus soudain une silhouette naviguant entre les nuages.

Cette silhouette, qui n'aurait pu être personne d'autre que Le Conservateur, mit ses mains face à lui en volant et passa au travers d'un énorme vaisseau rebelle.

La détonation fut si colossale qu'elle nous fit trembler de la tête aux pieds.

Je contemplai ce pauvre véhicule volant se faire réduire en miettes, ces honorables vies s'éteindre, ces réacteurs cesser de fonctionner.

Il perdait peu à peu de son altitude et menaçait de nous écraser d'un moment à l'autre.

J'admirais cet abominable événement de mes yeux et, perdu alors entre la stupeur et le chagrin de voir mon peuple se faire dominer, je cessai de bouger, de penser, de manifester une quelconque réflexion logique et sensée.

- Bouge de là !! cria Hezaard en me tirant par la peau du cou.

Il me traîna, aussi fort qu'il le put, avant que je ne puisse reprendre mes esprits, mais c'était déjà trop tard.

Un grondement phénoménal envahit les airs et parvint jusqu'à mes oreilles.

Je repris le contrôle de ma conscience et contemplai le vaisseau heurter lourdement un groupe de résistants devant moi qui n'avait aperçu ce désastre que trop tard.

Une explosion exorbitante incendia les lieux et m'éjecta dans les airs, moi qui n'entendais plus qu'un vulgaire sifflement, comme le percevaient également les soldats autour de moi, après avoir contemplé ce véhicule détoner face à eux.

Les résistants restants aux alentours, qui avaient survécu par miracle, toussèrent violemment et se tortillèrent dans tous les sens.
Moi, j'étais étalé sur le sol, comme une souris morte sur le bord de la route.
Je restai là à observer le ciel.
Des oiseaux métalliques explosaient par milliers comme un feu d'artifice aux couleurs éclatantes.
Les nuages veloutés accueillaient les hémoglobines d'innocents périssant sous les sévices incessants du Conservateur.
Moi, j'avalai parfois de la terre fraîche expulsée par les chocs des cadavres s'écrasant au sol.

- Oh ! Gontran ! Tu m'entends ?!

Hezaard, qui avait réussi à s'échapper de l'explosion, m'avait retrouvé et tentait de secouer mon esprit embrumé.
En haut, dans les nuages, Le Conservateur allait de droite à gauche et continuait de tout détruire sur son passage, expulsant hors de leurs vaisseaux des pauvres Zerkanes qui ne souhaitaient que de se battre pour leurs nobles valeurs.
Certains abandonnèrent la vie en sautant d'eux-mêmes pour ne pas avoir à subir le courroux du Conservateur.

Il était si puissant, si imprévisible et la seule solution que j'avais trouvée pour l'arrêter quelques secondes dans ses actes monstrueux était de l'appeler par son prénom.
Il avait beau être le clone de Yuri, il semblait bien plus fort, plus dévastateur, plus grand et musclé, plus… Différent.

- Allez, faut qu'on se tire d'ici ! On doit se replier ! cria Hezaard en essayant de me lever.
- On n'y arrivera jamais. Il est trop fort, déclarai-je en observant les cieux, les yeux vidés d'espoir.
- Mais si, on va y arriver, tu vas voir ! Mais seulement… Si tu te lèves !

Le Chef des Rebelles me tira difficilement vers le haut, me faisant me lever sur mes deux jambes grelottantes, quand je réalisai soudain qu'il fallait de toute urgence appeler de l'aide.

- Où est Yuri ? Où sont mes amis ? demandai-je en regardant Hezaard dans les yeux.

19.

UN NOUVEAU DÉPART.

Du côté de Yuri et de son équipe, au Royaume d'Hallreim.

Tout était revenu à la normale et c'était bien mieux ainsi.

Kazimor, qui avait repris ses esprits et se sentait libérée d'un poids, se mit à genoux afin d'atteindre le Chef d'Hallreim et remarqua que les pierres incrustées dans son corps commençaient à s'extraire de sa peau.

Elles tombèrent alors sur le sol, chaudes comme la braise et fumantes comme un feu dévastateur, délaissées du vieux corps qu'elles utilisaient jusqu'alors.

Gavrol remit doucement la Pierre de la Foi dans son sac de protection et nous laissâmes l'autre au peuple d'Hallreim. Ce peuple d'ailleurs, ces fidèles serviteurs priant leur chef et l'être divin ayant créé cette société, semblait totalement différent.

Tous débordaient de bienveillance, de joie, de gratitude et se mirent à genoux devant nous en nous implorant et en pleurant à chaudes larmes.
L'un d'eux, qui décida de s'approcher de nous en ayant mis ses mains en l'air, s'arrêta face à Kazimor.

- Merci beaucoup madame, annonça-t-il en nous regardant tous les uns après les autres. Grâce à vous tous, à vos efforts, nous avons pu être libérés du contrôle du collier... Nous sommes enfin libres !
- Y'a pas de quoi, répondit Kazimor froidement avant d'essayer de se tourner pour s'en aller.
- Excusez-moi, reprit l'homme en saisissant le bras de Kazimor pour la retenir. Je suis désolé si je peux paraître... Trop... Tactile... Mais je me dois de vous remercier. J'ai cru comprendre, même si je n'étais pas moi-même jusqu'à maintenant, que vous cherchiez à concevoir quelque chose de particulier.
- Oui ! m'exclamai-je en regardant l'homme dénué de toute pilosité faciale. En effet... Nous sommes venus ici car... J'ai besoin de vous... Pour confectionner un costume... Vous me l'aviez déjà fait il y a quelques années sous les ordres de Hezaard.
- Ah... Hezaard... Sacré personnage. Bien... Je vois... Suivez-moi, dit-il en souriant.

Cet homme à la peau orangée se baladait dans les ruelles de ce petit village en claquant ses pieds sur le sol.

Ses sandales laissant ses orteils se rafraîchir et sa longue toge noire frottant presque sur le sol renvoyaient de lui l'image de quelqu'un de très respectable en ces lieux.

Ce petit hameau de paix, aux maisons tantôt clouées au sol, tantôt perchées sur des branches épaisses d'un marron foncé et éclairées par des lucioles emprisonnées dans des lanternes, me séduisait.

Mes a priori sur cet endroit, développées en moi par le règne d'un chef perverti par les pierres, s'estompèrent à mesure que l'homme devant nous avançait.

Je faisais glisser mes pieds sur les pavés verdis qui jonchaient les allées, toute mon équipe était ébahie par la beauté dont faisait preuve ce lieu-dit.

Nous passâmes devant des clôtures entourant des animaux poilus qui semblaient produire du textile pour que les habitants puissent se vêtir.

Cette ambiance forestière, cette civilisation en parfaite harmonie avec la nature dont elle en maîtrisait tous les aspects, nous impressionnait.

Soudain, observant sous mes yeux fascinés son nez transpercé par cette paille en bois, je demandai :

- Au fait, je suis désolé de vous demander ça comme ça mais... Ce que vous avez dans le nez... C'est quoi au juste ?

- Ah ça ? dit-il en pointant cet étrange morceau de bois intégré dans sa peau. C'est un rituel lorsqu'un nouveau-né sort du ventre de sa mère mais surtout... Ça nous sert à respirer.
- Vous ne savez pas respirer sans ça ? questionna Gavrol intriguée.
- Si bien sûr... Mais voyez-vous, cet immense arbre est de nature divine et plusieurs fois par jour, la décomposition du corps de ce Dieu relâche dans l'air des éléments très toxiques qu'on ne peut pas respirer sans mourir dans les minutes qui suivent. D'ailleurs, votre décision de porter cet uniforme Zerkane vous empêche également d'être atteint par cette toxicité. De ce fait, nous avons conçu ce dispositif qui passe de notre nez jusqu'à notre bouche et lorsque nous respirons l'air, les particules mortelles sont détectées par cette "paille" et directement désintégrées avant même qu'on ne puisse les inhaler, ça nous évite de mourir.
- Vraiment ingénieux, annonça Vekosse stupéfait.

J'étais moi-même ébahi par tant de génie, ce peuple avait su s'adapter parfaitement à son environnement.
L'homme qui nous faisait cette visite nous expliquait encore les vertus que l'être divin, métamorphosé en arbre, avait apportées à sa civilisation.

Toutes les plantes florissaient sans difficultés grâce aux hyménoptères poilus, d'un orange luisant dans la nuit, qui butinaient la sève de l'arbre de la vie.

Ces insectes volaient si vite que leurs ailes remplies de sève expulsaient cette dernière sur les pistils des fleurs, les faisant se développer.

Pour ce qui était du sol, traversé par d'immenses racines gorgées de minéraux à profusion, il prodiguait tant de vivres, de fruits, de légumes, que le peuple mangeait à sa faim et aurait pu nourrir Zerk tout entier pendant des siècles.

Grâce à la centrifugation, que les scientifiques appliquaient sur l'écorce extraite de l'être divin, les Hallréens possédaient un liquide similaire à du miel.

Tandis que l'homme nous racontait comment ce fluide avait changé les caractéristiques des espèces trouvées dans la nature, Vekosse reçut un signalement sur son portable qui lui annonça quelque chose de dramatique : la guerre sur Zerk avait débuté et rien ne pouvait l'arrêter.

Il fallait que l'on quitte cette planète en vitesse, que l'on récupère Gontran et que l'on sauve Zerk des terribles mains du Tyran et du Conservateur.

- S'il vous plaît, je suis désolé d'écourter vos récits… Mais Zerk est en grand danger, il me faut mon costume pour les aider.

- Ne t'en fais pas, nous sommes arrivés ! affirma-t-il en levant les mains.

Devant nous se tenait une grande fabrique érigée grâce aux fabuleuses écorces épaisses extraites de l'arbre de la vie.
Sur un panneau au-dessus de l'entrée était écrit : *La Forge d'Hallreim.*
Difficile de faire plus clair.
La plupart des fondations de ce village, des maisons, des usines, des véhicules et des armes avaient été construites grâce à l'immense bois et à sa sève aux propriétés magiques.
Elle pouvait guérir plusieurs maladies dégénératives, apporter vivacité et tonus si ce peuple la consommait et servait également à rendre le bois de leurs constructions aussi solide et durable que des métaux utilisés chez nous.
Nous entrâmes tous dans cet entrepôt où des dizaines d'hommes et de femmes travaillaient laborieusement afin de créer tous les jours de nouveaux équipements et armures.
Même si cette civilisation était tenue secrète, de très rares « élus » avaient connaissance de son existence et avaient conclu, par le passé, des accords afin de mêler leur technologie au savoir Hallréen.
C'est ainsi que Hezaard et ses troupes résistantes se fournissaient ici.

Cet homme chauve qui nous accompagnait, manifestement maître de la forge, fit un signe de la main et ordonna qu'on vienne écouter ma requête.

- Oui Monsieur ? Que pouvons-nous faire pour vous ? demanda l'un des travailleurs protégé par un casque robuste.
- Vous vous souvenez du costume créé spécialement pour Yuri Santana il y a quelques années ? répondit le maître de la forge.
- Ah oui ! Je vois lequel ! Celui avec le slip moulant rouge ?
- Non imbécile... C'est pas lui ça, c'est un autre mec... Non, Yuri Santana ! Jörkenheim !
- Attendez, vous me confondez avec un mec en slip moulant là ? rétorquai-je sidéré par la conversation.
- Désolé... Il a du mal à comprendre... Yuri Santana ! Space... Machin ! s'exclama le maître forgeron.

Gavrol, Kazimor, Simuald… Tout le monde se moquait de mon pseudonyme héroïque et contenait son rire.

- C'est Space-Lord... Mais c'est pas grave, dis-je dépité.
- Oh d'accord ! Oui ça y est, je me souviens ! affirma le travailleur. Bien... Avant de commencer, voulez-vous effectuer des modifications sur votre costume ou le laissez tel qu'il était ?

Le maître de la forge se tourna vers moi, un sourire aux lèvres, heureux de pouvoir travailler sur un vrai projet cool et qui envoyait du lourd.

Je fis un grand sourire et réfléchis quelques longues secondes avant d'annoncer :

- Euh... Je pense que je vais un peu le retoucher...
- C'est vous le chef ! dit le maître forgeron en me faisant un clin d'œil avant que l'on se dirige tous vers le centre de la forge.

Tandis qu'on me montrait plusieurs versions de mon costume, certaines possédants des griffes aux bouts des doigts, des lames sortant des avant-bras ou bien d'autres choses encore, les ouvriers s'activaient déjà à trouver tous les matériaux afin de concrétiser mes demandes.

Je ne savais pas vraiment comment modifier mes choix, mes envies, comment me renouveler.

Mon ancien costume me manquait, sûrement un des effets néfastes de la nostalgie qui nous empêche de drastiquement changer.

Mes bottes similaires à celles d'un cowboy, mes longs gants noirs, mon S peint fièrement sur mon torse, tout ça me manquait.

Alors, repensant à mes origines, à tout ce que j'avais vécu pour en arriver jusqu'ici, je décidai, malgré tout, de changer certains détails.

Plus de ceinture au pauvre look enfantin m'englobant la taille, plus de bottes et de gants amovibles... Et des couleurs plus pétantes qu'un simple rouge et noir.

- Mes gants, mes bottes et ma cape, vous pouvez les colorer en violet, affirmai-je aux travailleurs.
- Bien, c'est noté, répondit l'ouvrier. Autre chose ?
- Le S de *Space-Lord* sur ma poitrine... Vous pouvez le remplacer par un J dans le même style. Mais teignez-le en blanc... Et le dessous de mes bottes également d'ailleurs. Sinon ce sera tout.

Ils acquiescèrent et se mirent tous au travail, eux qui transpiraient des gouttes qui tombaient au sol sur un rythme étonnamment régulier.

- Tu sais... Je ne pense pas que Le Conservateur... Ce soit toi, annonça subitement Gavrol en admirant le sol de façon pensive.
- Comment ça ? répondis-je interrogé.
- Je veux dire, soyons francs... Oui il te ressemble, oui il semble copier tes mouvements, la façon que t'as de te battre, de marcher, de réagir... Mais il y a quelque chose... De différent en lui.

Je sentais que Gavrol se perdait dans ses pensées.
Mais je vous avoue qu'à ce moment, à part un clone de moi sous le masque du Conservateur, je ne pouvais pas

m'imaginer quelqu'un d'autre et pourtant... Une partie de moi paraissait d'accord avec ce que mon amie me confiait.

- Je sais qu'on dirait toi, continua-t-elle en levant son regard vers moi. Mais j'ai le sentiment que ton ami le Chef des Rebelles ne nous a pas tout dit et a beaucoup de secrets. Après tout, on entend tellement de choses sur les Zerkanes... Il semblerait vraiment que le Tyran de cette planète fasse des expériences sur des êtres vivants pour créer des super-tarés... Peut-être que Le Conservateur n'était que le début de ses plans, la partie émergée de l'iceberg.
- Gavrol a raison, rétorqua Kazimor froidement.

J'observai alors le visage de Kazimor, ses lèvres retroussées, ses sourcils froncés et son regard dubitatif me laissaient perplexe.

- Il ne t'a pas tout dit, ajouta Kazimor. Du moins c'est aussi l'impression que j'ai. Ton mentor... Ce Chef... Il est très étrange et c'est aussi pour ça que l'on a décidé de fuir son vaisseau avec Gavrol. Il ne voulait pas sauver Gontran et du jour au lendemain, parce qu'on te retrouve et qu'on réussit à te ressusciter par miracle... Il veut aller le sauver. Je trouve ça bizarre que ça soit spécifiquement toi qui doives arrêter Le Conservateur... Il y a des choses qu'on ne connaît pas, des mystères qu'on ne pourra peut-être jamais élucider... Mais une chose est sûre, il cache des choses. Je me méfie de lui.

Je ne savais pas quoi répondre sur le moment, tout ce que je pouvais faire était de regarder au loin afin d'analyser chaque mouvement calculé au millimètre près par les forgerons afin de confectionner mon costume.
Mais c'est vrai qu'en y repensant bien, en regardant de plus près les agissements et le comportement exécrable dont avait fait preuve Hezaard, je ne pouvais imaginer autre chose que des mensonges sortant de sa bouche venimeuse.
Après tout, c'était lui qui m'avait empêché de me venger de la mort de ma mère.
J'aurais pu faire mordre la poussière à ces enfoirés de jeunes drogués qui nous ont envoyés elle et moi dans un ravin mortel.
Mais non, il fallait que ces foutus aliens pointent le bout de leur nez.
De toute façon, si j'avais décidé d'arrêter la guerre sur Zerk, c'était avant tout pour me venger de tous ceux que j'ai aimés et que l'on m'a enlevés impunément avec un tel sang-froid que même le plus grand des tueurs en série aurait pu en être stupéfait.
Et puis quoi ? Donc ce salaud de Tyran aurait eu comme idée de créer encore plus de méchants avides de pouvoir

et encore plus déments que Le Conservateur pouvait l'être ?

Qu'est-ce que ce dictateur fou avait mis au point dans son château ? Qu'avait-il encore fait de pire que Le Conservateur ?

Je me le demandais très sincèrement.

Et, tandis que mes pensées les plus sombres et moroses refaisaient surface comme un cadavre pâle remontant aux abords d'une plage de sable fin, un bruyant cri me fit écarquiller les yeux à tel point qu'ils allaient sortir de leurs orbites.

- Oh !! Vous êtes là ?!

Le maître de la forge me fit signe de venir au centre de la forge où un énorme puits de lave en éruption faisait rage et servait à faire fondre les matériaux composant mon costume.

- Si je ne m'abuse... Vous pouvez faire repousser vos membres à l'infini ? questionna le chef des forgerons.
- Oui... Je peux, effectivement, répondis-je en fronçant mes sourcils d'incompréhension.
- Bien... Sur votre ancien costume, nous avions utilisé des filaments de Khlamatite, une espèce d'escargots qui, lorsqu'ils avancent, produisent une bave qui a des propriétés régénératrices. En clair, si l'on en

consomme régulièrement, nos organes peuvent se reconstruire. Mais cela prend énormément de temps et je pense que vous l'aviez remarqué. Votre membre repoussait déjà que le costume ne s'était même pas encore renouvelé.

- Oui, mon costume prenait du temps à se régénérer.
- Donc nous avons fait une petite modification. Ce nouveau tissu est composé à 99 pourcents de *Khlamatite Noire*, une sous-espèce de cet escargot génétiquement modifiée par nos génies scientifiques et cette fois… Vous ne serez pas déçu. Ça va peut-être vous paraître bizarre dit comme ça mais vous êtes techniquement… Immortel.
- Quoi ?! Comment ?
- Vous avez l'un des pouvoirs les plus puissants. Votre facteur d'auto-guérison est si efficace que si votre tenue se reconstitue de manière autonome et infinie et surtout si elle se reconstitue plus vite que votre corps ne se régénère, vous êtes immortel. Si l'on vous arrache un bras, une jambe, que l'on vous enlève votre peau, que l'on vous réduit au plus petit atome qu'il puisse exister… Si vous possédez ce costume… Il se régénérera et vous avec. Il faudrait détruire en vous chaque cellule, chaque atome, tout… Pour que vous ne puissiez plus être de ce monde. Vous ne pourrez pas non plus être tué par votre super-vitesse car, comme le costume

précédent, celui-ci désactive votre masse quand vous courez.
- Wow... C'est... Flippant. Je suis... Immortel !
- Sauf si vous enlevez le costume. Sans lui, votre corps ne sera plus protégé et subira tout, il n'aura plus la barrière nécessaire contre les attaques extérieures et vous pourrez être réduit à néant. Votre nouveau costume est comme... Une seconde peau, il fait partie intégrante de vous... Et améliore considérablement vos facultés.

Je contemplai alors mon costume, étalé puis plié soigneusement par les ouvriers sur leur établi en bois où de nombreux outils incompréhensibles à mes yeux avaient été posés là.
Il était sublime, intriguant, mystérieux et surtout... Il allait faire de moi le vrai héros de cette guerre sur Zerk.
Soudain, en repensant à Gontran, je me rappelai qu'il fallait à tout prix se dépêcher et retourner sur ladite planète pour sauver notre ami et venir en aide aux Résistants qui périssaient sûrement déjà sous les coups du Conservateur.
Un petit sourire en coin, une envie de revêtir mon costume de suite et l'impatience d'un enfant pressé d'ouvrir ses cadeaux d'anniversaire, toutes ces émotions nous portèrent mon équipe et moi vers la sortie du village.

Pris d'une gratitude immense envers ces êtres à la peau orange et à la fâcheuse habitude de prier un Dieu mort, je serrai la main au maître de la forge et lui fis un petit sourire afin de le remercier de nous être venu en aide.

Ni une ni deux, nous abattîmes le voile dissimulant l'entrée de ces lieux et courûmes jusqu'au vaisseau de Vekosse qui nous attendait impatiemment afin de partir explorer l'Univers et de sauver Zerk d'une autodestruction quasi certaine.

Vekosse, actionnant les manettes toutes neuves de son véhicule pour s'envoler, nous confia qu'il sentait une présence autour de nous, comme si quelque chose ou quelqu'un venait de s'introduire dans notre vaisseau.

Malheureusement, le temps nous était compté et nous ne pouvions plus nous arrêter en cours de route.

L'avenir de Zerk se trouvait entre mes mains et je ne voulais pas nous décevoir.

20.

TRAHISON ET BONIMENTS.

Au même moment sur Zerk, du côté du Conservateur.

J'arrivai vers le Royaume et observai dans quel état ce dernier avait été laissé par les Rebelles qui avaient réussi à l'investir comme de vulgaires parasites.
Je ne savais pas s'ils avaient atteint le trône du Roi mais j'allais les arrêter dans les quelques secondes qui arrivaient.
Je n'arrêtais pas de penser, malgré moi, à ce que Gontran m'avait avoué.
Et si j'étais vraiment ce Yuri dont il parlait tant ?
Pourquoi donc ce nom me faisait-il autant perdre la face ?
Malheureusement, je n'avais plus le temps de me questionner sur ces futilités et devais protéger mon Roi des troupes résistantes qui avaient pénétré dans l'enceinte du Royaume.

J'atterris prodigieusement dans la salle du trône et fis vibrer le sol sous mes pieds. De violentes nuées de poussières aveuglèrent les résistants qui tenaient en joue mon Roi et n'allaient pas hésiter à le tuer d'une seconde à l'autre.

Quelques membres de la garde royale se tenaient également là, prêts à nous protéger de nos ennemis, mais ça n'allait pas être suffisant.

En revanche, ma superbe et mes infatigables pouvoirs allaient être suffisants pour tous les envoyer six pieds sous terre.

Une voix retentissante vint réveiller mes humeurs sanglantes :

- Mon très cher Conservateur... Tue-les tous ! s'écria le Roi à pleins poumons.

Mais alors que j'allais agir, que j'étais fin prêt à bondir sur mes proies afin de jouer avec avant de les déguster du bout de mes doigts, une violente secousse empoigna mon crâne pour le faire s'écraser sur le sol.

Des flashs d'une vie d'autrefois ressurgirent subitement sous mes yeux ébahis et je fus pris d'émotions variées, de peur, de panique, de douleur.

Je n'entendis qu'une seule parole sortant de la bouche de mon Roi, qui fut abasourdi par mon comportement.

- Merde ! Sortez le projet Aarozz tout de suite !!

- Il n'est pas prêt mon Roi, répondit un de ses gardes.
- Je n'en ai rien à foutre, allez me le chercher maintenant !

J'ouvris douloureusement mes paupières, comme si j'avais été immergé dans une paralysie du sommeil de laquelle je tentais désespérément de m'enfuir sans succès, et observai mon Roi mettre l'un de ses fidèles devant lui pour l'utiliser comme l'on use d'un bouclier anti-émeute.

L'un des autres gardes partit en courant et se dépêcha de sortir de cette salle afin d'atteindre le laboratoire.

Qu'était-ce donc que cela ? Ces brèves paroles que j'avais cru ouïr ? Ce "*Aarozz*" ?

Car dans la langue Zerkane, Aarozz veut littéralement dire : "*Celui qui est né des Enfers*".

J'avais beau me questionner et remettre toute ma vie en doute, cela n'allait pas changer la situation alarmante dans laquelle mon Roi se trouvait.

J'avais remarqué que les rayons laser des armes de ces machiavéliques résistants allaient nous atteindre mon dirigeant et moi.

Plusieurs salves venaient de toucher le corps du garde qui servait de bouclier à mon Roi et lui avaient déchiré la peau, laissant ses fibres musculaires apparaître au grand jour avec une douleur qui paraissait atroce.

Je me concentrai alors quelques brèves secondes, afin que le temps s'allonge à ma guise et me laisse agir dans l'ombre.

Je me relevai, soudain pris d'une envie de sang et de brutalité, et esquissai un sourire mesquin sous mon masque en visualisant ce que je pouvais désormais concrétiser avec mes pouvoirs illimités.

Alors, comme un éclair traversant l'air pour frapper sa cible, je parcourus la terre afin de détruire ces nuisibles.

Ma main droite, apposée sur la joue du premier résistant, provoqua une telle secousse en lui que toute sa mâchoire fut réduite en miettes.

Ma main gauche, caressant son crâne, sectionna son cerveau en deux en un seul instant si court que sa vie s'était déjà achevée au moment où je voyais l'intégralité de son être se désintégrer.

Je courus en direction du deuxième et ne fis qu'une bouchée de son corps en plongeant en lui comme le faisait un professionnel de plongeons olympiques.

Lorsque je me relevai, sa moitié haute avait décollé lentement dans les airs tandis que ses jambes commençaient à perdre l'équilibre.

J'étais bientôt rendu à la moitié de mon acte, décapitant mes victimes en saisissant leurs colonnes vertébrales entre mes mains, empoignant les crânes des autres pour les éclater dans le mur comme le faisait un singe avec une noix de coco, lorsqu'une onde de choc immense apparut et m'arracha à ma super-vitesse.

Je fus projeté quelques mètres plus loin et atterris sur les débris d'une paroi détruite.

Là, dans la fumée qui avait investi les lieux, se distinguait une silhouette menaçante sur laquelle tout le monde concentrait ses tirs.

Chaque rebelle paniquait en remarquant que j'avais décimé la plupart d'entre eux mais tous se focalisaient sur l'origine de cette onde de puissance.

Il ne restait plus que huit résistants qui tremblaient sur leurs petites pattes et reculaient difficilement en manquant de trébucher sur les morceaux de pierres tombant du toit réduit en morceaux par mon arrivée.

J'entendis, au loin, mon Roi pousser un ricanement distinct en faisant les éloges de ce fameux Aarozz.

- Ah ! Vous ne pouvez plus rien contre moi maintenant ! Et toi... Le Conservateur... J'espère que tu es déçu de toi-même...

Je plissai soudainement les yeux sous mon masque en tentant de comprendre qui allait surgir de cette nuée de poussières tandis que tous les résistants avaient cessé leurs attaques.

Là, alors que la fumée se dissipait peu à peu grâce au faible vent venu de l'extérieur, cette ombre se révéla intégralement.

Un homme en armure de combat Zerkane, plus grand que moi de quelques centimètres, aussi costaud, aussi menaçant, se tenait là sans trahir la moindre émotion.

On aurait pu croire que c'était un robot, ou un monstre venu d'un endroit si sombre que moi-même je pensais le redouter.

Je ne savais pas ce qu'il possédait en lui, ni ce que ce Roi avait fait pour créer cela, mais une chose était sûre : Il n'avait rien d'un humain normal.

Ce Roi, qui avait l'habitude de passer ses journées dans son laboratoire, avait bel et bien créé quelque chose de redoutable...

Et cela ne faisait que confirmer les doutes que j'avais sur ma propre identité et sur mes origines que je cherchais depuis tant d'années désormais.

- Qu'est-ce que vous avez fait ? dis-je en contemplant l'œuvre de ce diabolique Zerkane.
- J'ai fait... Ce que personne n'a fait avant moi... J'ai créé... Un Dieu ! Aarozz... Détruis-les tous pour moi !!

Soudain, en percevant les paroles de son maître, ce chien incapable de penser par lui-même s'exécuta et disparut en laissant derrière lui un petit trou noir absorbant tout sur quelques mètres aux alentours.

Il réapparut un peu plus loin, devant les résistants débordants d'effroi.

- Bougez-vous ! Il peut se téléporter !! cria l'un des soldats rebelles.

J'observai la scène, estomaqué, et remarquai qu'il s'était encore téléporté à un autre endroit en laissant un petit trou noir prendre sa place.

Deux soldats se regardèrent durant une seconde très brève et comprirent qu'ils n'allaient pas en sortir indemnes.

Ils tentèrent de s'échapper mais l'attraction était bien trop forte pour eux.

Nous remarquâmes tous qu'un étrange phénomène que l'on appelle "la spaghettification" se produisait sous nos yeux ébahis.

Les corps de ces Zerkanes, dans une douleur terrible, firent le tour du trou noir en s'étirant tellement qu'ils pouvaient désormais voir l'arrière de leurs crânes avec leurs propres globes oculaires.

Puis, plus rien, rien que le silence.

Le trou noir disparut en emportant avec lui les cadavres désagrégés de ces pauvres victimes.

Aarozz apparut à différents endroits de la pièce en réduisant en morceaux les derniers rebelles avant de venir jusqu'à moi.

J'étais encore par terre, je ne m'étais pas relevé et j'avais admiré la scène de ma hauteur en ne sachant que faire.

Ce Roi démoniaque m'avait pris de court et m'avait devancé et maintenant, il ne souhaitait qu'une chose : me remplacer.

- Tu sais... Tu m'as beaucoup aidé... Tu m'as beaucoup servi, dit le Roi en se tenant un peu plus loin dans la pièce. Mais tu m'as aussi beaucoup déçu ces derniers temps. Je sais que tu n'es plus le même depuis que tu as eu connaissance de cette fameuse pierre... Je sais ce que tu souhaites et non... Tu ne pourras jamais savoir la vérité sur tes origines.
- Vous m'avez tendu un piège, vous saviez que je recherchais cette pierre alors vous avez créé ce... Monstre ? demandai-je.
- Je savais tout... Je te surveille depuis que je t'ai mis au monde. Et aujourd'hui... Je vais déclarer ma puissance à l'Univers ! Grâce à moi... Aarozz est né... Il est bien plus puissant que toi... Et aujourd'hui... Tu vas mourir !

Aarozz me saisit par mon costume et me leva avec une facilité déconcertante avant de disparaître avec moi.

Lorsque j'ouvris mes yeux, je n'étais plus dans le monde tel que je le connaissais.

J'étais comme plongé dans le noir total et entendais des voix susurrer dans mes oreilles qu'on me connaissait, que l'on savait tout de moi.

Soudain, mon ennemi apparut et me frappa violemment au visage sans que je ne puisse riposter.

Il m'envoya dans les airs et me décocha plusieurs droites dans mon abdomen si violentes que je crachai du sang dans mon masque.

Puis, il me prit par la gorge et me jeta dans un trou de lumière où je pouvais apercevoir le Roi qui rigolait sur son trône abominable.

J'apparus douloureusement d'entre les morts, revenant à nouveau dans le monde que je connaissais et compris qu'Aarozz m'avait fait voir l'autre côté des trous noirs qu'il créait avec ses pouvoirs.

Ce Roi mesquin, dont la gloire n'était pas légitime, qui ne méritait qu'une mort de mes mains puissantes, se délectait de me voir si faible, si terni par la virulence avec laquelle Aarozz m'avait envoyé dans sa réalité.

Lorsque je me relevai, tentant de garder la tête sur les épaules, mon ennemi sortit de sa cachette et apparut en face de moi.

Ce dernier, vêtu de son armure de combat royaliste aux couleurs grises et noires, protégé par un casque vitré et dévoilant son identité au grand jour, affichait des yeux mesquins et dénués de toute conscience.

Son visage d'adulte, scarifié par les expérimentations auxquelles il avait dû faire face dans ce laboratoire souterrain maudit, me paralysait de terreur.

Je concentrai ma vision durant quelques secondes pour comprendre que ses cheveux d'un blond pâle s'étaient effrités et cassés.

Des marques de brûlures se dévoilaient de part et d'autre de son crâne et l'un de ses deux globes oculaires, devenu opaque, présentait une énorme griffure qui avait dû rompre son iris.

Sa peau pâle au teint rosé, sa masse musculaire peu développée malgré sa grande taille, sa démarche certaine, tout me disait qu'il ne venait pas de Zerk mais bien d'ailleurs dans l'Univers.

Cet homme souhaitait me dévisager à coups de poing en me faisant entrer de nouveau dans sa dimension étrange.

Ce malade mental marcha en ma direction avec une attitude menaçante, tentant à plusieurs reprises de me faire tomber dans l'un de ses trous noirs jusqu'à ce que je puisse enfin de nouveau contrôler le temps à ma guise.

J'usai alors de ma super-vitesse et admirai ce tueur disparaître doucement dans son trou noir, lui qui avait la moitié de son corps subitement plongé à l'intérieur de sa réalité sombre et morose.

Et soudain, une idée de génie traversa mon esprit alors que j'observais ce maître de la téléportation presque intégralement coincé dans sa réalité alternative.

Il n'y avait plus que sa tête qui dépassait du trou noir et demeurait encore dans notre monde, elle qui n'avait aucune émotion et ne laissait rien transparaître.

Le Roi lui, ce traître usant de ma bonne foi et de mon obéissance depuis toujours pour me planter finalement un couteau aiguisé dans le dos, arborait un sourire qui s'étendait jusqu'à ses oreilles pointues.

Une petite satisfaction naquit d'entre mes lèvres alors que je me voyais déjà triompher de cette bataille.

Je pris le temps d'apprécier les environs, le Soleil brûlant qui voyageait et tentait d'entrer dans ce Royaume à la toiture détruite par les batailles, ces vaisseaux glissant dans les cieux éclaircis par la lumière et rongés par les flammes des lasers s'entrechoquant, ces soldats rebelles déchiquetés par mes soins aux entrailles étalées sur le sol poussiéreux de cette salle dans laquelle nous nous tenions tous.

Il ne restait rien du régime dictatorial de ce Roi et dans quelques secondes, il allait comprendre qu'il n'aurait pas dû trahir Le Conservateur.

Mais il n'était que trop tard pour les excuses et les regrets, le temps était au massacre et c'est ce que je savais faire de mieux de mes effarants pouvoirs.

Je courus alors, mettant une jambe devant l'autre en souriant davantage, et atteignis Aarozz en un claquement de doigts.

Les mains en avant, le corps désormais dans les airs comme si j'allais me sacrifier comme le faisaient les héros de films, j'empoignai férocement la tête de mon adversaire et tirai de toutes mes forces.

Mes yeux frétillaient, ma peau fébrile laissait les poils qui la recouvraient se tendre sous mon beau costume au look terrifiant, mes membres tremblaient en savourant ce moment si intense en émotions, si délicieux, si mémorable.

Je glissai soudain sur le sol et le temps revint à la normale. Lorsque je me relevai, je contemplai la tête déchirée et extraite du torse de mon ennemi et ricanai quelques secondes en admirant le silence dont faisait preuve mon Roi.

Il ne savait plus quoi dire, ni quoi faire, bien que sa raison l'implorât de fuir mes pas et ma présence.

J'avais réussi, j'avais décapité Aarozz en comprenant qu'il était vulnérable au moment où il entrait dans sa dimension pour disparaître de notre réalité.

C'était sa dimension qui le nourrissait, qui faisait de lui un être puissant, mais qui engendrait aussi toutes ses faiblesses corporelles.

L'un de ses yeux clignait encore et ses sourcils n'arrêtaient pas de se lever et de gigoter dans tous les sens comme des vers de terre.

Du sang frais coula le long de ses voies respiratoires qui caressaient le sol et mes bottes rougeâtres.

Je me tournai vers le Roi, lui qui n'en croyait pas ses yeux et bégayait en me voyant triompher de la situation, et jetai la tête de mon adversaire à ses pieds.

- Non... Non c'est... C'est impossible ! hurla alors le Roi en dansant d'effroi devant mes yeux humides de joie.

Plusieurs gardes, qui s'étaient péniblement frayé un chemin jusqu'au château afin de protéger le Roi, se mirent en travers de ma route et me tinrent en joue comme si cela allait m'impacter.

J'étais inarrêtable.

J'étais éternel.

J'étais infaillible.

J'étais Le Conservateur.

Je marchai alors en laissant pendre mes bras le long de mon corps, savourant chaque pas qui m'amenait un peu plus près de mes victimes, et laissai ces lasers brûlants me taillader la peau.

Ils avaient beau me rouer de coups, me découper la chair, m'arracher chaque membre un par un, rien n'allait m'arrêter désormais.

Tout allait repousser, tout allait me rendre encore plus fort, encore plus menaçant, encore plus destructeur que je ne l'étais déjà.

Je m'arrêtai devant deux de mes proies, souriant et penchant la tête d'un côté comme un prédateur avide de sang, et arrachai leurs cœurs en enfonçant ma main dans leurs torses.

Lorsque, d'un coup bref, je déracinai leurs pompes à sang hors de leurs carcasses, de violentes convulsions s'immiscèrent en eux et les firent tomber au sol en un instant très court.

Trop court pour moi peut-être qui souhaitais les voir souffrir encore un peu plus longtemps.

En lançant un regard vers mon traître de Roi, je jetai l'un des deux organes un peu plus loin au sol et en gardai un autre pour le mettre au niveau de mon masque.

Je tirai soudainement ce dernier, dévoilant alors seulement ma bouche à ceux présents dans la pièce, et sentis l'odeur du sang investir mes narines et mon cerveau.

Je fus subitement pris d'une brutale envie d'anthropophagie et souris à mon Roi avant de croquer violemment dans le cœur qui venait d'arrêter de battre et noyait mes gants de globules rouges.

J'arrachai un morceau conséquent et le mangeai en faisant des bruits de mastication qui terrorisaient mes ennemis.

- Tu es un monstre ! Un rat de laboratoire ! Je n'aurais jamais dû te mettre au monde ! s'écria mon roi en tremblant de panique.

Je lâchai alors le cœur, après avoir creusé en lui un trou qui n'allait jamais se résorber, remis mon masque à sa place puis saisis un morceau massif de toiture dans ma main droite.

Ni une ni deux, je me servis de ce bout aiguisé et mortel pour emmener les deux derniers membres de la garde royale à la morgue.

Ce bout rocailleux, que j'avais lancé de toutes mes forces, croisa la route de ces deux idiots qui furent déchiquetés en une fraction de seconde.

Sans attendre une seconde de plus, la colère pénétrant mon âme et l'envie de meurtre engloutissant tout sur son passage, faisant de mes pensées un véritable tourbillon mortel qui allait s'abattre dans quelques instants, je me laissai emporter par une vague de pulsions nocives et apparus devant mon Roi en un bref instant.

Je le pris par la gorge et l'élevai dans les airs, faisant de lui ma marionnette, mon objet, mon pantin.

Je plongeai mon regard dans le sien et admirai la peur se matérialiser en lui.

- Tu... Tu n'es rien... Sans moi, dit le Roi en déglutissant péniblement.
- Je suis... Ce que tu as fait de mieux pour les Zerkanes, répondis-je en souriant sous mon masque.
- Tu n'es qu'une pâle copie... Imparfaite... Tu ne tiendras pas longtemps... Avant de te faire dépasser... Par tes failles psychologiques...

Je reposai ce Roi au sol et contemplai sa misérable parure. Sa couronne aux bijoux dispendieux me donnait envie de vomir mon dernier repas.
D'une voix chevrotante, je lui posai une seule et unique question.

- Sais-tu qui je suis sous ce masque ?
- Oui... Tu... Tu es...

De mes mains puissantes, je saisis le corps frêle et cassant de mon Roi et le tournai afin qu'il soit dos à moi, l'empêchant de continuer sa phrase.
Il hurlait de peur, gigotant comme un rat tentant d'échapper au piège de la mort, en vain.
Moi, riant de sa situation désespérée, me moquant de l'effroi qui le submergeait, j'enfonçai lentement ma main droite dans sa nuque alors que je sentais ses pieds me frapper infructueusement les tibias.

Comme une raclure commettant une agression sexuelle dans une ruelle abandonnée, je couvris sa bouche de ma main gauche et plaquai son corps contre le mur puis, m'approchant de son oreille, je chuchotai :

- Je suis Le Conservateur.

De mes doigts vibrants au son de sa mort, j'attrapai sa colonne vertébrale et l'arrachai de son dos avec une telle violence que son cri de souffrance percuta chaque paroi de la salle.
J'avais réussi ma mission, j'étais devenu le seul et unique Roi de cette planète, de ce peuple.
J'avais extrait le squelette de mon créateur de son corps et sa conscience s'était éteinte à tout jamais.
Ses yeux imbibés de sang s'étaient vidés de toute émotion, ses membres débordant de vitalité n'étaient plus que de petites baguettes chancelantes qui allaient s'effondrer sur elles-mêmes, son souffle chaud cessa de rendre humide la paume de ma main et il s'effondra subitement sur le sol.
Celui qui m'avait donné la vie avait abandonné la sienne, en ne laissant qu'une larme coulant le long de sa joue comme dernier témoin de la souffrance que je lui avais causé.
Je m'envolai alors dans les cieux en tendant mes bras comme un Dieu ayant accompli son devoir, ayant jugé les

pêcheurs, et inspirai l'air frais de l'extérieur en souriant intensément à ma liberté.

Je m'élevai jusqu'à atteindre une bataille de vaisseaux, opposant les résistants aux membres de la garde royale, et entrai dans les réacteurs de chacun afin de les faire s'écraser mortellement contre le château et les plaines agricoles environnantes.

Je fus tout-puissant, infatigable, malgré les nombreuses ripostes de tous les vaisseaux aux alentours.

Les deux camps n'avaient plus d'importance, je n'avais désormais plus aucun attachement pour quoi que ce soit en ce monde.

Il fallait que tout le monde meure, il ne resterait plus que moi à la fin de tout.

Alors j'agrippai un véhicule volant et, de mes mains, l'envoyai se réduire en morceaux contre un autre avec une brutalité inouïe.

C'était un jeu d'enfant, j'étais en train de prendre mon pied, de m'amuser encore et encore en admirant les petites silhouettes insignifiantes courir en bas pour leur vie.

Beaucoup de résistants sentirent leurs visages se faire ronger par les flammes des réacteurs qui avaient explosé entre mes doigts.

Beaucoup de membres de la garde royale avaient observés les leurs périr sous les décombres, implorant que je vienne les aider.

Il n'y avait pas un seul endroit sur ces terres, sur cette planète, qui ne fut pas plongé dans le chaos des batailles.

Il n'y avait pas un seul petit Zerkane qui aurait pu manger tranquillement ce soir en famille sans avoir à mener un combat sanglant.

Tout était en feu, tout était réduit en cendres, tout tombait sous mes yeux, le règne de mon défunt Roi n'était plus.

J'allais m'asseoir sur les restes des cadavres de ce peuple et mener la planète d'une main de fer vers une nouvelle ère.

Et, comme un être divin tombant des cieux, je retombai sur le sol en explosant les corps de résistants encore en vie jusqu'ici et me laissai emporter par mes pulsions dévastatrices.

Je ne possédais plus aucune limite, j'avais détruit les dernières barrières psychologiques qui m'empêchaient de réellement devenir moi-même.

Le monde allait enfin comprendre qui j'étais réellement.

Le monde allait enfin goûter à ma puissance.

En plissant un peu mes yeux pour me concentrer sur ceux à qui j'avais affaire en face de moi, je reconnus cette petite silhouette marchant difficilement du côté opposé pour me fuir.

J'avais reconnu Gontran et mon envie de l'assassiner reprit le dessus sur ma raison.

Je pris mon envol et le plaquai au sol en glissant avec lui sur quelques mètres tandis que tous les soldats rebelles autour de nous nous tinrent en ligne de mire.

- Ne bouge plus ! s'époumona l'un des soldats en me menaçant avec son arme.

Nous étions encerclés par les forces résistantes qui tentaient de me repousser et de me persuader de cesser l'emprise que j'avais sur Gontran mais jamais je n'allais m'arrêter.

- Tu m'as fait perdre mon temps, je vais te tuer ! dis-je en immobilisant ce petit Zerkane de tout mon poids.

Je pris mes mains et fis mine de l'étrangler, non pas pour lui prendre sa vie mais pour comprendre ce qu'ils allaient tous faire si je menaçais mortellement l'un des leurs.
Ils se mirent tous en action et rechargèrent leurs armes avant de me pointer du bout de leurs canons.
Leur chef, que j'avais tenté d'étrangler dans la grotte, se tint devant moi et m'ordonna d'arrêter ce massacre en me disant qu'ils n'étaient pas mes ennemis.
Ce chef tentait de me faire revenir à la raison, de me faire comprendre que le seul fautif était le Roi et sa dictature diabolique.

Que c'était lui qu'il fallait tuer et non pas de pauvres résistants qui ne cherchaient qu'à survivre au régime malveillant instauré depuis des siècles.

- Assez ! criai-je vers le chef de ces résistants. Le Roi, c'est moi désormais... Et vous allez tous mourir de mes mains !
- Non attends... répondit Gontran alors que j'allais l'étrangler de toutes mes forces.
- Arrête tout de suite ! hurla le Chef des Rebelles en pointant son arme sur moi.

Il avait beau faire des manières et tenter de me faire comprendre que mes actions n'étaient pas les bonnes, j'en avais plus qu'assez qu'on me prenne pour un débile tout droit sorti de l'urètre d'un toxicomane.

J'étais leur Dieu, leur sauveur, j'allais faire d'eux mes disciples si seulement ils pouvaient comprendre mes motivations.

Si seulement ils comprenaient que je n'avais que la pierre en tête qui me chuchotait de la retrouver.

Je n'avais plus qu'un seul objectif dorénavant : retrouver la mémoire.

Retrouver qui j'étais.

Comprendre d'où je venais.

Cette pierre en avait le pouvoir.

Mais alors que je menaçais de rompre la trachée de Gontran, une violente foudre s'abattit dans les cieux et gronda sa colère jusque dans mes oreilles.
Un des soldats rebelles leva ses yeux et dit :

- Oh putain.

J'examinai le ciel à mon tour et remarquai qu'un énorme vaisseau, qui avait perdu l'usage de ses moteurs, allait nous tomber dessus d'une minute à l'autre.

- On se replie ! Vite ! annonça le chef de ces résistants avant de fuir l'endroit où je me tenais.

Après tout ce que cette petite vermine de Gontran m'avait fait, il m'était inconcevable de le laisser mourir d'une manière aussi absurde.
Je voulais l'assassiner de mes propres mains et contempler son sang couler entre mes doigts.
De ce fait, je le saisis et l'emmenai avec moi pour que l'on évite l'explosion imminente de ce véhicule sur la terre mais cette dernière se sépara sous mes pieds.
Ma voûte plantaire entra dans une faille et je perdis l'équilibre, emportant dans ma chute ce jeune Zerkane qui criait de panique.
Je n'avais pas pu nous sauver de cet événement catastrophique et remarquai que ma cheville s'était complètement brisée suite à mon erreur d'inattention.

Nous n'échappâmes donc pas au souffle chaud de l'explosion du vaisseau qui brûla douloureusement mon épiderme et nous fûmes éjectés plusieurs mètres plus loin. L'onde de choc fut si puissante qu'elle me rendit sourd quelques instants et me fit perdre la notion de l'espace.
Lorsque je rouvris mes paupières, Gontran était étalé sur le sol à quelques mètres de moi et tentait de se relever.
Sans plus attendre, je m'envolai vers lui avec une attitude menaçante et une envie dévastatrice de tout réduire à néant mais fus arrêté par le tir du chef de ces résistants.
Une sorte de colle visqueuse vint s'éclater sur mon crâne et un courant électrique caressa soudainement ma peau frémissante jusqu'à s'introduire en moi.
Mes organes liquéfiés ne me permettaient pas de rester debout et mes muscles endoloris ne tenaient plus la route. Je fus immobilisé, convulsant sur le sol en entendant une seule parole résonner en moi :

- Tu peux encore tout arrêter Yuri !

Gontran, manifestant sa volonté de me voir changer de vision, espérant que je devienne quelqu'un que je ne suis pas, m'appela par un prénom qui me rendait fébrile.
Je revoyais des événements d'une ancienne vie, comprenant même que je venais d'une planète nommée la Terre.

Ces flashs aveuglants, comme une lumière bien trop forte pour ma rétine, me paralysaient et m'empêchaient de reprendre pleine possession de mon corps.
Mais tout ça ne faisait que me ralentir.
Tout ça nourrissait en moi l'envie que j'avais de reprendre la pierre afin de connaître mon passé.
Lorsque l'électricité eut terminé de se frayer un chemin en moi, je pus enfin tourner ma tête afin de comprendre la raison de ce silence qui régnait depuis quelques secondes maintenant.

- C'est qui lui ? demanda le chef des résistants en regardant derrière moi.

Je tournai difficilement mon regard et mon corps vers ce que tout le monde semblait craindre actuellement et mes paupières s'ouvrirent grandement.
Je n'en croyais pas mes yeux.
Je ne pouvais pas y croire.
Comment cela était-il possible ?
Étais-je en train d'halluciner à cause de ce coup de taser que l'on m'avait envoyé ?
J'avais en face de moi celui que je redoutais et que j'avais pourtant décimé... Aarozz.
Il était là, immobile et me contemplait sans aucune émotion si ce n'était un mépris manifesté par ses mains serrées.

Il leva ses yeux vers les soldats et comprit qu'il n'était pas le bienvenu, qu'il était tout autant que moi un fléau pour cette population et que les Résistants n'allaient pas hésiter une seule seconde avant de faire feu.

- Je... Ne viens pas pour vous, affirma alors Aarozz d'une voix calme et grave qui résonnait dans son casque.

Il posa ses yeux sur ma personne.

- Je viens pour lui.

Il s'approcha de moi avec son attitude toujours plus nonchalante tandis que tous les soldats allaient nous tirer dessus d'une seconde à l'autre quand soudain, il fronça les sourcils et contempla les cieux.
Son regard subitement remplit d'incompréhension, de doutes et ses paupières plissées, comme s'il s'attendait à ce que quelque chose se manifeste, me faisaient m'interroger sur son équilibre mental et psychologique.
Mais, alors que le silence régnait en maître et qu'Aarozz semblait s'être perdu dans ses pensées, une ombre naquit d'entre les nuages et parvint jusqu'à nous avec un vacarme grandissant.
Un véhicule volant, bien différent de ceux qui sillonnaient les cieux depuis le début de la guerre, s'arrêta au-dessus de nos têtes.

Les réacteurs de ce vaisseau inondèrent les environs d'une nuée de poussières si épaisse que tout le monde commença à tousser et à se frotter les yeux en se plaignant. Moi, profitant de mon masque qui me protégeait de ces importantes particules, je remarquai que plusieurs ombres étaient sorties du vaisseau et s'étaient laissées tomber au sol.

Une silhouette arborant une longue cape bougeant au gré du vent s'écrasa sur la terre et, tandis que le voile de poussières s'était presque dissipé, deux yeux scintillants d'un violet menaçant vinrent percuter ma vision.

J'avais compris que, immobilisé là sur l'herbe jaunie d'un champ de bataille en tentant de triompher de mes ennemis, j'allais devoir mobiliser toutes mes ressources pour m'en sortir.

Car de l'ombre surgirent mes adversaires d'autrefois, car de cette nuée naquirent ceux que j'avais laissé pour mort sur Ultrag.

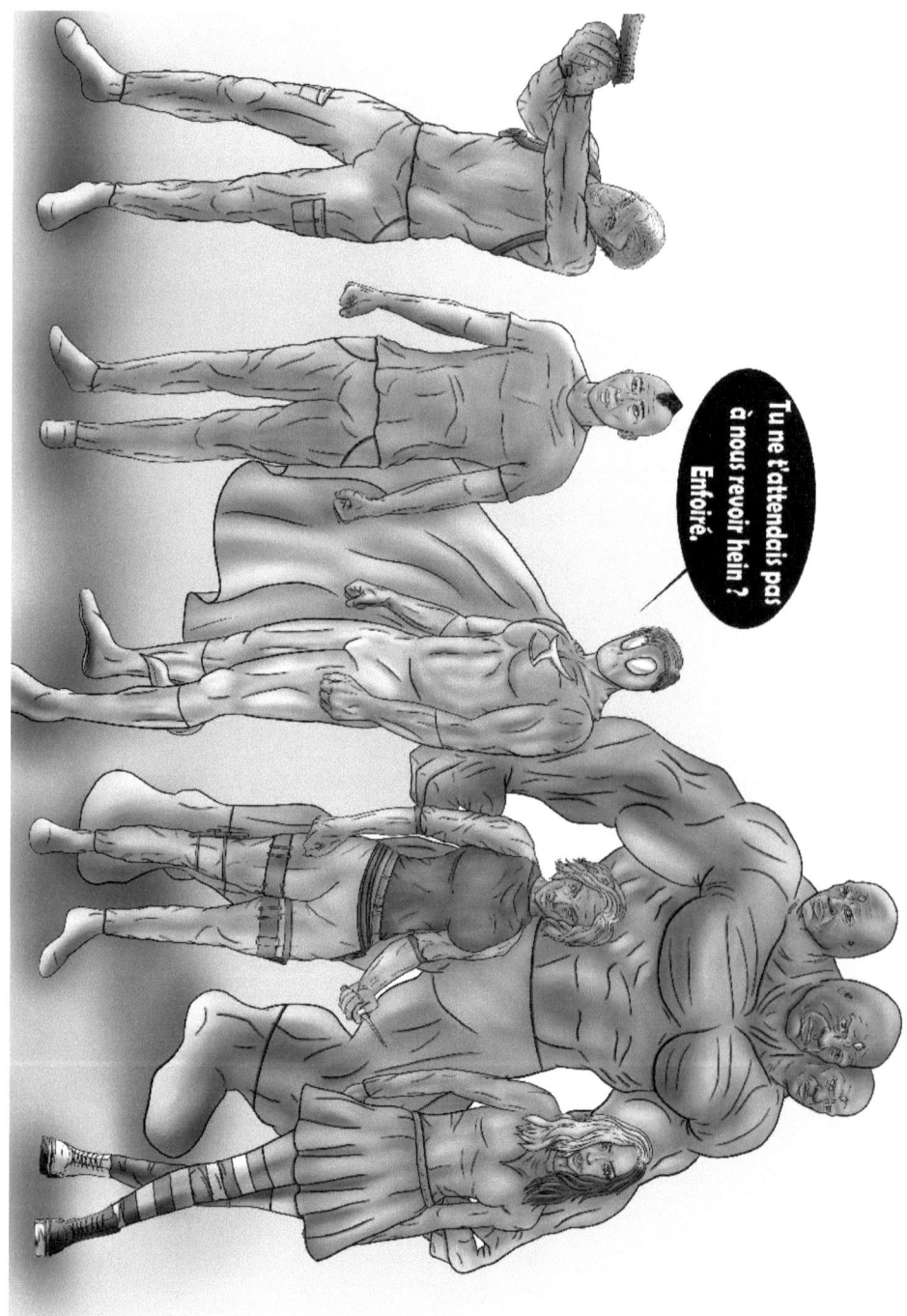

21.

LA GRANDE BATAILLE POUR ZERK.

Au même moment, du côté de Yuri Santana et de son équipe de guerriers prêts à en découdre.

J'atterris au milieu des décombres d'une civilisation en ruines, d'un peuple au bord de l'agonie, et observai les dégâts que ce satané Tyran et son chien de Conservateur avaient causé sur Zerk.
Le nuage de poussières s'était allégé à un point tel que je pouvais dorénavant contempler ce qu'il s'était passé ici.
Le Conservateur était au sol, déboussolé par ma présence et ne comprenait pas ce que je venais faire ici alors qu'il avait précédemment enfoncé sa main dans mon cerveau afin de me réduire au silence.
Devant lui se dressait un individu que je n'avais jamais croisé de toute mon existence et qui semblait avoir pris le dessus sur mon ennemi Le Conservateur.

Il était vêtu d'une armure Zerkane royaliste très certainement fournie par le Tyran et qui ressemblait fortement à celles que l'on s'était procurées auprès du Chef des Rebelles afin d'aller explorer le Royaume d'Hallreim.

Cependant, cette dernière avait des spécificités bien précises comme celle de maintenir en vie la personne la portant.

Et même si elle pouvait augmenter considérablement la force de cet homme à l'intérieur, elle n'arrivait pas à la cheville de mon costume actuel.

Et ce dernier allait m'aider à renverser la situation ici.

Je contemplai cet homme étrange.

Son regard s'interrogeait sur notre présence en cette contrée.

Ses pupilles dilatées et entourées de vaisseaux sanguins étaient prêtes à éclater, ses paupières tremblantes d'énervement et ses poings serrés envieux de nous décocher quelques frappes ne me rassuraient guère.

Je ne savais pas qui était cette personne, ni la raison de sa venue ici.

Ses motivations, bien qu'intrigantes, semblaient avoir mené Le Conservateur tout droit au sol, lui qui paraissait bien affaibli.

Je pus apercevoir Gontran derrière eux, blessé mais sain et sauf, qui avait de la peine à tenir debout après avoir réussi à survivre face à la chute d'un autre vaisseau.

Ce vaisseau d'ailleurs, appartenait à la garde royale et avait été abattu pile au moment où nous avions atteint l'atmosphère de Zerk.

J'avais admiré ses moteurs s'éteindre après que de lourdes salves de rayons laser aient arraché sa coque et tué ses pilotes.

Le sol, pourtant de mémoire toujours bien entretenu par les jardiniers employés par le Tyran, n'avait plus rien de reconnaissable.

L'herbe fraîche et toujours rasée de près n'avait plus rien de verdoyant mais s'était teintée d'un jaune désertique qui n'allait plus attirer aucun voyageur.

Les fleurs, quant à elles, avaient dû hurler de douleur après que du carburant, allumé par plusieurs braises, se soit agrippé à leurs pétales.

La terre s'était retournée et avait explosé dans tous les sens, expulsant hors de leurs tanières les quelques animaux qui ne souhaitaient que survivre à cette Apocalypse.

De nombreux soldats de la garde royale avaient atteint notre position et se tenaient prêts à nous encercler afin que l'on rende notre dernier souffle mais aucun de nous n'allait s'arrêter.

Je tournai mon regard ?

À ma droite se tenaient Gavrol, Vekosse et Villael, à ma gauche souriaient d'envie d'homicides Kazimor et Simuald.

Ils se léchaient les doigts à l'idée de dégommer tous ceux qui allaient se mettre en travers de notre route.

Dans les airs, le vaisseau de Vekosse, réglé en pilotage automatique, allait bientôt s'en aller lorsque d'un coup, la soute explosa inopinément.

Un violent rugissement envahit les cieux et nos âmes de terreur et une immense masse s'échoua sur le sol à nos côtés.

- C'est quoi cette merde ?! s'exclama Vekosse abasourdi.
- Oh non le vaisseau, dit Villael dépité en le regardant se détruire au contact du sol.

J'admirai ce monstre, sa carrure imposante rivalisant presque avec celle de Simuald, sa fourrure dense et rousse, ses grandes oreilles pointant vers les nuages et s'agitant au gré du vent, ses yeux pétillants de joie et me scrutant de haut en bas en se servant de son museau pour reconnaître ma signature olfactive.

Cela ne faisait aucun doute, j'avais devant moi mon animal préféré que j'avais précédemment rencontré sur Hallreim.

Ce grand renard aux longues antennes nous avait rejoints en se cachant dans le vaisseau de Vekosse.

C'était donc pour cette raison que Vekosse avait senti une présence autour de nous lors de notre départ hors du Royaume d'Hallreim !

Seulement voilà, cette bête reconnaissable entre mille avait grandi si vite qu'elle avait déjà atteint sa taille adulte en quelques heures seulement.

Ce gros monstre, aussi mignon que terrifiant, vint me câliner en me léchant, salissant mon nouveau costume au passage.

Je caressai le haut de son crâne, faisant passer mes doigts tremblants d'excitation entre ses oreilles velues, et me retournai vers mes amis.

- C'est l'un des animaux du Royaume d'Hallreim ! affirmai-je en souriant.
- Je pense qu'on avait compris... Il a détruit mon vaisseau putain ! déclara Vekosse, énervé.

Soudain, le véhicule volant de Vekosse heurta le sol à vive allure et explosa en mille morceaux.

Vekosse ouvrit sa bouche si grandement qu'elle aurait pu tomber par terre et, dépité, il frotta son front suant avec ses mains.

- Désolé... Elle ne contrôle pas sa force. Comment je vais t'appeler toi hein ?

Je réfléchis durant quelques secondes à un nom et hésitai entre plusieurs mais un en particulier m'attirait.

Je décidai finalement de l'appeler "*Abeille*".

Pourquoi simplement Abeille ? Je sais, c'était peut-être débile mais ses oreilles et ses antennes devenaient dorées lorsqu'elle se concentrait et je trouvais ça très mignon.
Et puis, ça lui allait très bien.
De l'autre côté, Le Conservateur se leva difficilement, essayant de calmer le jeu et de contenir la colère de son ennemi inconnu au bataillon.
Deux clans s'étaient conçus dans les entrailles de cette bataille et seuls les plus redoutables des guerriers, les plus féroces et dévoués des soldats allaient triompher et se dresser sur les cendres et les cadavres jonchant la nature de cette planète.
La garde royale avait fini de nous enserrer et attendait le signal, un seul petit mot, un seul geste venant du Conservateur, afin de commencer à nous envahir et à nous violenter avec des moyens toujours plus douloureux.
Simuald ricanait et essayait de canaliser son énergie, de contenir son impatience et son insatiabilité de sang alors qu'il observait toutes les petites silhouettes courir un peu partout avec leurs armes ridicules.
Heureusement pour nous, nous avions réussi à nous débarrasser de nos armures Zerkanes que nous portions au Royaume d'Hallreim et qui nous ralentissaient. J'avais pensé que nous pourrions en avoir besoin car l'air de Zerk est parfois chargé d'ammoniac et donc très toxique mais nous en avions eu la confirmation : la toxicité des lieux avait disparu.

Cet enfoiré de Tyran, ayant absorbé l'énergie de feu Yorunghem 80-C, s'en était servi afin de nettoyer Zerk de ses grandes impuretés.

Il allait payer pour toutes ces vies prises d'un tel sang-froid.

Soudain, tandis que j'attendais, que je me contentais du son des explosions dans le ciel, le Conservateur leva son poing vers les nuages et exclama toute sa colère en invitant ses soldats à commencer la guerre.

La bataille venait d'éclater.

Les membres de la garde royale, qui devaient se compter par plusieurs dizaines, assénèrent mon équipe de coups toujours plus brutaux et moi, j'utilisai toutes mes ressources et mon nouveau costume aux couleurs resplendissantes afin d'ôter la vie à ceux qui osaient se dresser contre moi.

Abeille et moi, on faisait la paire et on s'entraidait afin de tuer toujours plus de vilains.

Elle utilisait ses crocs aiguisés et ses griffes et envoyait des coups aussi puissants que ceux d'un ours enragé.

Le Conservateur, s'échappant de l'emprise de son nouvel ennemi, me fonça subitement dessus et m'emmena dans les airs en me frappant au foie et à l'estomac.

Mon dos heurta brutalement les dernières tours du château rongées par un incendie démesuré et nous fîmes le tour de l'énorme champ de bataille en se rouant de droites et d'uppercuts.

J'avais réussi à déboîter sa mâchoire et à lui briser le coude gauche mais tout en lui se régénérait à une vitesse aussi folle que celle que possédait mon facteur d'auto-guérison.

- Je sais... Qui tu es... Sous ce masque ! s'exclama Le Conservateur alors que j'avais mis ma main devant ses yeux pour le déstabiliser.
- Toi, tu n'es qu'une bête de foire ! Voilà ce que tu es ! répondis-je en l'étranglant.

Il me saisit à son tour par la gorge et me jeta comme une vulgaire ordure au travers de plusieurs habitations du coin ravagées par la guerre.

Dans ma chute, j'avais malheureusement réduit en bouillie les corps encore en vie de plusieurs adultes cachés là en attendant que la bataille s'achève.

Ils n'avaient rien demandé que la paix, ils ne souhaitaient que de s'enfuir une fois le calme revenu entre les plaines agricoles et je les avais tués dans mon combat contre mon plus grand ennemi...

Le Conservateur posa doucement ses pieds sur le sol, me surplombant de sa hauteur, et m'admira alors que je subsistais à genoux.

Les mains baignant dans le sang d'un rouge sombre, j'avais entre mes doigts les restes de Zerkanes innocents que jamais nous n'aurions pu identifier.

J'étais abattu, triste, submergé d'une amertume similaire à celle que j'avais ressenti lors de mon envol hors de Yorunghem 80-C avec Miira.

- Vous... Vous m'avez tout pris, dis-je les yeux rivés sur les paumes de mes mains sanglantes.
- Je n'ai fait que ce qui me semblait juste, rétorqua-t-il froidement.
- Vous m'avez volé ma vie...
- Tu sais... La mort n'est pas une fin en soi...
- Qu'est-ce que vous en savez ? Hein ?! Je n'ai jamais demandé à être ce que je suis ! Je ne voulais qu'une seule chose : être heureux ! Mais il a fallu que des gens comme le Tyran créent une copie conforme de moi... Je... Vous avez détruit ma famille, ma planète... Vous avez tué ma chienne Miira...
- Je suis désolé, je cherche également à comprendre ce que je suis… Le Tyran... Je l'ai tué de mes propres mains... Comme je vais le faire avec toi et tous ceux que tu aimes... Je ne m'arrêterai pas... Tant que vous ne m'aurez pas donné la pierre.
- Oh... Non tu ne vas rien faire du tout... Tu ne vas pas me tuer, ni moi... Ni mes amis.
- C'est ce qu'on va voir.

Je me levai d'un coup, faisant face à mon rival, tenant enfin tête à mon double maléfique qui venait de serrer fortement ses poings pour me décocher une puissante droite.

Je fis de même.

Comme deux cow-boys duellistes aux aguets d'un seul petit mouvement pour faire feu, nous restions imperturbables et nous nous regardâmes dans le blanc des yeux.

- Je vais te tuer, affirmai-je d'une voix ferme et émotive.

J'usai alors de toute ma puissance et tordis le temps à ma propre volonté afin d'agir avec une vitesse si époustouflante que j'eus l'apparence d'un éclair d'orage apparaissant lors d'une nuit mouvementée.

Le Conservateur fit de même, lui qui possédait exactement les mêmes pouvoirs que moi.

Chacun atteignit l'autre avec une animosité telle et une vitesse si affolante que la terre sous nos pieds se sépara et nous fit perdre notre équilibre.

Heureusement, alors que Le Conservateur m'avait frappé à m'en décrocher la mâchoire, je repris le dessus et le rouai de coups au visage et à l'abdomen.

Mes phalanges s'écrasèrent contre ses joues et arrachèrent un bout de son masque au niveau de sa pommette droite.

Effectivement, son costume, contrairement au mien, n'avait pas la faculté de se régénérer.

Je pus alors apercevoir la teinte de sa peau, qui ne ressemblait bizarrement pas vraiment à la mienne, mais fus arrêté par l'arrivée de cet étrange homme en armure Zerkane.

Il asséna un coup de pied dans le visage du Conservateur avec une force si imposante que je fus éjecté hors de ma super-vitesse.

Cet homme m'observa quelques secondes puis empoigna Le Conservateur par son costume avant de disparaître par magie.

Il laissa derrière lui un étrange trou noir avalant les débris sur son passage.

- C'est quoi cette merde ? m'exclamai-je en fronçant les sourcils en guise d'incompréhension.

Alors que je tentais de m'échapper de l'attraction de ce trou noir, un cri perçant m'atteignit.

Je me retournai, admirant avec effroi qu'il restait un jeune Zerkane encore vivant, âgé d'une dizaine d'années, arborant une ouverture au crâne d'où s'écoulait du sang jusqu'aux paupières.

Il pleurait et essayait de courir dans le sens inverse mais la gravité ne l'aidait guère à survivre.

Malgré ses efforts et sa volonté de vivre, il décolla dans les airs, ses mains cessant leur emprise qu'elles avaient sur les escaliers qu'il empoignait jusqu'ici.

Sans plus attendre, voyant ce petit être implorant qu'on vienne le sauver, je courus et bondis de toutes mes forces vers lui pour le sortir de là.

Je saisis son haut, collai son corps contre le mien et usai de mes pouvoirs afin de m'envoler le plus loin possible de ce trou béant qui avait bientôt aspiré les restes de sa maison. On atterrit enfin, dans un champ frappé par les batailles, et je confiai cet innocent à des Rebelles afin qu'ils le prennent sous leur aile.

- Mes parents… déclara-t-il en dirigeant sa main au loin vers le dernier souvenir qu'il avait d'eux.
- Je… Je suis sincèrement désolé, répondis-je en donnant ce petit à mes alliés. S'il vous plaît, faites tout ce que vous pouvez pour le protéger.
- C'est entendu, merci beaucoup, rétorqua un soldat rebelle en souriant. Allez viens mon grand.

Je décollai alors hors de cet endroit, admirant une dernière fois ce Zerkane qui avait frappé ma sensibilité, et fonçai dans les nuages afin de retrouver mon équipe qui se battait toujours plus férocement contre les royalistes.

Je pris alors part à ce combat dantesque opposant mes amis et plusieurs dizaines de résistants à toute la garde du Tyran.

- Yuri ! cria Gontran en me faisait un signe de la main.

Je rejoignis Gontran et Simuald qui s'étaient cachés derrière une butte en terre tandis que Vekosse n'arrêtait pas de tirer sur les Zerkanes ennemis.
Gontran, émotif et heureux de me voir en vie, hésitait à me prendre dans ses bras mais se recula malgré tout avant de poser ses doigts fuselés sur mon avant-bras gauche.
Sa main tremblait et je pouvais sentir sa sueur au travers de mon costume. Il paraissait affaibli mais ravi de me voir combattre à ses côtés.

- Je... Je suis content que tu sois revenu, dit-il en me souriant, gêné.
- Moi aussi Gontran... Heureux de voir que tu n'es pas encore mort, répondis-je ironiquement.
- Un jour peut-être... J'aurais voulu mais malheureusement... Je pense que ma mort devra attendre la fin de la guerre.
- Nous sommes désolés de t'avoir laissé aux mains du Conservateur, ajouta Simuald en posant son épais bras sur l'un des épaules de Gontran.
- Oh, je ne t'en veux pas mon grand gaillard... J'en veux surtout à Yuri... C'est pas lui qui m'aurait sauvé du Conservateur, hein ?

- Je... Je ne veux plus être comme avant, j'ai fait trop d'erreurs. Je sais qu'un désolé ne suffirait pas. Je... Je suis juste heureux que tu sois des nôtres... Et... Je ne vous laisserai plus tomber, promis.
- Gardez vos promesses pour plus tard, on se fait dominer là ! s'écria Vekosse en s'abritant à nos côtés.

Le combat continua de plus belle et fit rage en toutes contrées.

Je combattis aux côtés de mes amis en trucidant plusieurs gardes et en souriant à Gavrol qui paraissait s'amuser comme une enfant.

Kazimor usa de ses pouvoirs de contrôle mental afin de persuader plusieurs de nos ennemis de se tirer dessus. Vekosse et son cousin se serrèrent les coudes à coups de couteau et de rayon laser pour ne pas mourir tandis que Simuald lança ce petit Gontran armé jusqu'aux dents sur plusieurs soldats pour les griffer à mort et leur arracher la peau.

Abeille, quant à elle, ôta la vie de plusieurs soldats en leur arrachant leurs membres et, devant mon regard ébahi, lança des rayons d'énergie d'un jaune merveilleux qui sortait de ses antennes et de sa gueule ensanglantée.

Le combat durait depuis une éternité et notre vivacité ne faisait que diminuer au rythme des cadavres s'accumulant entre nos mains mais rien n'y faisait, les gardes du Roi augmentaient en nombre à vue d'œil.

Plus le temps passait, plus naissait en moi le doute de nous voir victorieux face à de tels affrontements.

Et plus le temps passait, plus je me demandais si Le Conservateur avait été assassiné par cet homme mystérieux aux pouvoirs de téléportation.

Et, tandis que nos ennemis s'accumulaient et devenaient de plus en plus nombreux et hargneux, ce qui semblait être un trou noir miniature se matérialisa devant nos visages interloqués et aspira quelques dizaines de royalistes.

Tout le monde se tut et cessa de combattre.

Certains, dont la peur avait envahi leurs tripes, lâchèrent leurs armes et fuirent dans la direction opposée mais furent malgré tout dévorés par ce trou mangeur d'hommes.

Lorsque ce dernier disparut, Le Conservateur et son opposant au regard vidé de toute émotion, au cœur vide de tout sentiment, refirent surface.

Le Conservateur, qui se débattait furieusement, déclara la guerre à son adversaire et brisa son casque vitré d'un coup de poing phénoménal.

Ce dernier suffoqua brusquement, saisissant entre ses mains sa gorge, et gigota péniblement au sol comme si l'air de Zerk s'immisçant dans ses poumons le faisait souffrir.

D'un seul coup, alors que je pensais qu'il allait rendre son dernier souffle, cet homme se releva et je pus remarquer que sa visière s'était miraculeusement refermée.

À l'instar de mon costume se régénérant de lui-même, son casque s'était totalement reconstruit et lui permettait de respirer de nouveau.

- C'est qui ce mec ? demandai-je interloqué soudainement.
- Bah Le Conservateur, répondit Gontran.
- Ahah très drôle… Non mais l'autre mec.
- Ah ! Aucune idée.
- C'est une nouvelle création sortie tout droit du labo du Tyran j'imagine, rétorqua Gavrol alors qu'on recommençait à se battre.
- Un autre Conservateur ?! Putain super… On est vraiment dans la merde, ajouta Gontran en explosant la tête d'un mec avec son fusil.
- Il a l'air de se battre contre Le Conservateur… On pourrait… Peut-être le rallier à notre cause, affirmai-je avant d'éclater le crâne d'un soldat contre celui d'un autre.

La bataille avait beau continuer, elle ne faisait que de nous rendre encore plus faible que nous ne l'étions déjà auparavant.

Malheureusement, à peine fus-je arrivé à ses pieds que je décollai dans les airs, étranglé par les mains puissantes du Conservateur.

Nous atterrîmes un peu plus loin, aux pieds de Gavrol et de Simuald à vrai dire, ma boîte crânienne percutant le sol au rythme des coups de mon agresseur.

Simuald attrapa la cape du Conservateur et l'éjecta hors des environs mais ce dernier s'envola avant de revenir en force pour coucher ce gros balourd.

Une onde de choc puissante souffla Gavrol un peu plus loin tandis que le sol sous mon dos se rompit en craquelant de partout.

De ces failles créées par mon ennemi jaillit de la boue qui allait tâcher mon beau costume et teindre ma cape de vilaines salissures marron.

J'étais allongé au sol, sonné par les événements et étonné de voir que même Simuald avait perdu connaissance face au Conservateur lorsque soudain, notre adversaire leva son regard et se figea instantanément.

Plus rien n'avait d'importance pour lui que son dessein et il n'allait pas s'arrêter, je le savais.

Difficilement, alors que mes côtes brisées m'abreuvaient d'une souffrance pénible que j'expulsais en grognant, je tournai mes yeux vers l'impensable.

Gavrol, étalée sur la terre ferme et déboussolée, ayant perdu la notion du temps et de l'espace, cherchait de sa faible main hésitante un petit sac en tissu blanc crème.

Le Conservateur se redressa, animé d'une seule mission de toute une vie, et pencha sa tête comme s'il entendait des voix s'immerger dans son cerveau dément.

Ma meilleure amie, qui faisait rouler ses yeux sous ses paupières car le monde tournait tout autour d'elle, réussit à saisir l'objet sacré.

Là, immiscée dans une faille creusée dans le sol par nos agissements animaux, La Pierre de La Foi scintillait de mille feux et priait que l'on vienne la chercher.

Mon souffle se coupa en une seule seconde si infime que je ne pus faire autre chose que d'user de ma super-vitesse afin d'arrêter ce malade mental.

Mes organes, par la peur se liquéfièrent et, descendirent jusqu'à presque sortir de mon être tandis que mon cœur, paralysé par la terreur de voir la pierre dans les mains d'un être si malfaisant, battait si fort qu'il aurait pu remplacer un concert orchestral tout entier.

Les soldats aux alentours, qui étaient si nombreux que jamais nous n'aurions pu en venir à bout même avec beaucoup de chance, tirèrent des salves de rayons laser sur nous tous.

Le temps ralentit subitement, se comprimant sous ma volonté, et les sons devinrent bien plus intenses.

Des échos frappèrent mon ouïe devenue très fine.

Je pouvais observer, que dis-je, admirer mon ennemi user lui aussi de sa super-vitesse afin de s'emparer de la pierre qui allait faire de lui un être suprême.

Les premiers rayons laser, chauds comme le Soleil, vinrent brûler les muscles de Gavrol et découper certains tendons de Vekosse et malheureusement, je ne pus rien faire d'autre que de contempler une fois de plus mes amis se faire tuer sous mon air prostré.

Mon cœur s'effondra au rythme des cris de mes amis atteignant mes sens aiguisés et je ne pus que pleurer en voyant comment nous allions tous finir.

J'étais presque arrivé aux pieds de Gavrol et observai les doigts de mon ennemi entrer quasiment en contact avec le petit sac contenant la pierre quand tout à coup, le temps se figea totalement sous mes yeux.

Un violent hurlement monstrueux, que j'essayais de contrer en bouchant mes oreilles, fit trembler le mur du son et l'espace-temps.

Du sang commençait à s'écouler hors de mes tympans et tâcha mon masque déjà quelque peu abîmé.

Les soldats s'étaient immobilisés dans leurs actions et leurs rayons laser, touchant bientôt presque mortellement les corps de mes amis, avaient complètement cessé de se mouvoir.

Les vaisseaux dans le ciel, que j'avais cru percevoir exploser, ne bougeaient plus et semblaient prisonniers du temps comme des animaux piégés dans la glace lors d'un hiver extrême.

Le temps n'était plus.

Je n'étais plus capable d'entreprendre un quelconque mouvement.

J'étais devenu l'esclave du temps… Mais pour quelle raison ?

Cet éclat de voix, ce grondement titillant avec une douleur indescriptible mes oreilles fragiles, créa une onde de choc d'une puissance inégalable et tout mon corps se mit à trembler comme une feuille, comme si j'allais me retirer de mon propre corps.

Et d'un seul coup, alors que le Conservateur allait presque prendre possession de la pierre, le temps reprit son écoulement normal sans que l'on ne puisse bouger pour autant.

Quelque chose venait de se passer, quelque chose de très étrange contrôlait nos corps et nous empêchait de prendre des décisions claires et précises.

Je tournai difficilement mon regard vers ce cri qui persistait, alors que le Conservateur s'était écrasé au sol sans pouvoir se lever, et remarquai qu'une onde violette naissait d'entre la masse de soldats cachant mes amis.

Cet écho d'un éblouissant violet se manifesta physiquement devant mes yeux comme une brise d'air frais et m'envahit l'esprit en un instant.

Je ne pus tourner la tête que d'un quart de tour mais ce fut assez pour admirer chacun des yeux des Zerkanes royalistes se revêtir de ce même violet brillant et menaçant.

Et là, alors qu'on avait reçu contre notre gré l'ordre de ne rien faire, toute la garde royale se mit à trembloter et à convulser en tenant fermement leurs armes.

D'un seul coup, la plupart des soldats, que l'on combattait vaillamment jusqu'ici, posèrent le canon de leurs armes sur leurs fronts en pleurant, en gigotant, en acclamant haut et fort la pitié de leur agresseur.

Mais ce fut peine perdue.

Chacun des crânes éclata, comme une pastèque dans laquelle un enfant aurait enfoncé un pétard dangereux, et leurs cerveaux furent expulsés si haut dans le ciel qu'ils auraient pu toucher les nuages humides en les tachant de rouge au passage.

Je compris en un instant, surtout après avoir admiré l'iris de nos adversaires changer de couleur, que Kazimor venait d'éclater de rage et d'utiliser ses pouvoirs sans limites afin de réduire en morceaux presque toute la garde royale.

Il ne restait presque plus personne aux alentours et les âmes de tous ces soldats quittèrent leurs corps pour les laisser s'écraser sur la terre fraîche.

Kazimor, essoufflée et très faible, s'allongea sur le sol en recouvrant ses blessures de ses mains et Vekosse vint péniblement à sa hauteur pour assurer sa survie.

Gavrol souffrait beaucoup car sa peau, mutilée par les lasers, se dévoilait à vif à de nombreux endroits.

Simuald venait de reprendre conscience et fut rejoint par Gontran qui n'avait miraculeusement que quelques égratignures.

Moi, je marchai doucement vers la pierre, tandis que le Conservateur reprenait son souffle et paraissait en moins bonne santé que moi.

Lorsque je posai mes doigts sur le sac contenant l'artefact luisant, le Conservateur tendit sa main vers moi en m'implorant de la lui céder, en m'expliquant que cela dépassait mon imagination d'adolescent.

- Je ne suis pas un adolescent, rétorquai-je en saisissant le sachet de ma main droite. Et je suis loin d'être un abruti.
- Tu ne comprends pas... Personne ne comprend ce que je veux... ajouta le Conservateur en essayant de reprendre ses esprits. Je ne veux que retrouver la mémoire, tu comprends ?! Je ne sais plus qui je suis... Parfois... Il m'arrive de perdre la tête... De me faire envahir par une autre personnalité... Je ne me souviens alors de rien et lorsque je me réveille, je comprends que je n'étais plus moi-même. J'ai besoin de cette pierre car elle peut me faire comprendre qui je suis...
- Non... Tu ne l'auras pas. Pour toutes les morts que tu as causées, pour toutes les vies que tu as prises de tes mains... Pour mon chien que tu as tué de

sang-froid avec ton Roi après avoir réduit ma planète à néant. Jamais tu n'auras cette pierre.
- Alors tes amis et toi allez mourir !

Le Conservateur se leva, soudainement pris d'une immense colère et grogna comme un loup sauvage en m'observant puis, bondit sur moi.
Et, alors que ses griffes allaient se refermer sur moi, Simuald le saisit par la gorge afin de l'empêcher d'atteindre son but.

- Nous ne sommes pas ses amis, dit Simuald en me regardant avec ses grands yeux joyeux. Nous sommes sa famille.
- Et on va te défoncer la gueule enfoiré, déclara également Gontran en rechargeant son énorme fusil Zerkane de ses mains moites.

Simuald éclata le visage de notre ennemi contre la terre et Gontran lui écorcha la peau à coups de rayon laser.
Abeille, qui venait de se débarrasser de ses ennemis, brûla l'épiderme de notre ennemi avec ses pouvoirs.
Gavrol, qui s'était mise debout malgré ses blessures, reprit le combat et riposta à son tour en frappant plusieurs fois le Conservateur au visage.
Kazimor leva ses mains, entourée de Vekosse et de Villael, et usa de ses pouvoirs afin de contrôler le corps du

malfaisant pour l'éjecter à quelques endroits de ce grand jardin détruit par la guerre.

Il restait encore quelques dizaines de soldats adeptes de la dictature qui souhaitaient en découdre avec nous pour avoir osé prendre la vie de leurs collègues alors, ni une ni deux, nous nous rassemblâmes pour affronter une ultime fois nos derniers opposants.

Je possédais la pierre dans ma main droite et asssénai plusieurs crochets du gauche au Conservateur afin de le tenir à distance mais ce chien n'arrêtait pas d'aboyer sa colère en m'invectivant et en me demandant de lui confier le caillou bleu de toute urgence.

Il n'en était pas question, jamais de ma vie je n'allais confier un objet aussi puissant à une âme aussi déséquilibrée.

Alors que je combattais mon adversaire, je pus observer que Gontran et les autres avaient été rejoints par toute une troupe de résistants dirigée par mon mentor : *Hezaard*.

Ce salaud s'était bien amusé à rester terré dans son trou le temps que l'on fasse le sale boulot et était réapparu comme par magie quand il ne restait plus rien à faire.

Je repensais à ce que j'avais vécu à cause de lui, ce qu'il m'avait fait subir contre ma volonté afin que je devienne le super-héros qu'il avait toujours voulu que je sois.

J'avais perdu tant de personnes que je chérissais...

Une petite larme secouée par mes mouvements était tombée de ma paupière inférieure et glissait le long de mon visage tandis que je ne pouvais désormais aimer les personnes chères à mes yeux plus qu'au travers de mes souvenirs.

Le Conservateur paraissait quelquefois distrait alors qu'il essayait de m'immobiliser afin de reprendre la pierre, comme si quelqu'un s'efforçait à reprendre le contrôle de son esprit et de son corps.

- Dis-lui ton prénom ! Ce n'est qu'avec Yuri qu'il perd le contrôle ! s'exclama Gontran entre deux combats.
- Arrête Yuri ! dis-je alors au Conservateur.

Ce dernier compressa sa tête entre ses mains et la secoua dans tous les sens en crachant presque de la bave dans son masque et décolla dans les airs en m'agrippant au passage.

- Tu ne sais pas qui je suis ! Je suis Le Conservateur ! J'ai toujours eu ce que je voulais et j'aurai la pierre !
- Non ! Tu n'auras rien que la mort venant de mes mains ! Tu es qu'une copie mal faite ! Instable ! Perdue !

Le Conservateur me paralysa de souffrance, alors qu'il hurlait sa volonté de me supprimer, en me détruisant le visage à coups de poing.

Il m'empoigna la main, forçant mes doigts à s'ouvrir afin que je perde la pierre, mais je le saisis par la gorge et lui criai mon prénom.

Effectivement, Gontran avait vu juste, mon prénom semblait lui faire perdre la face et une autre personnalité surgit d'un seul coup.

- Où suis-je ?! Ah... Ferme-la !! hurla Le Conservateur.
- Tu peux encore arrêter ça, Yuri... suppliai-je en me faisant étrangler au coucher du soleil.
- Yuri ? Je connais ce nom...
- Oui tu le connais !
- Ferme-la ! Tu ne connais rien de moi !

Le Conservateur fut pris dans un étau, divisé entre deux personnalités qui se battaient un seul et même corps.

Et alors que sa conscience oscillait d'un état à l'autre, je crus reconnaître un accent brésilien venant de l'une des deux facettes.

Malheureusement, je n'eus même pas le temps d'analyser ce sentiment familier qu'on me projeta brutalement sur la terre ferme.

J'atterris, mon crâne frottant la terre battue, face à un combat dantesque entre Gontran, Simuald et plusieurs de leurs ennemis qui crachaient du sang repeignant les minces fleurs encore en vie.

Le Conservateur se posa devant moi, nourri de confiance et d'assurance.

Il progressa en ma direction, d'une allure fière et imperturbable et me fixa de haut en bas en restant indifférent.

- Je sais qui tu es Yuri, déclara Le Conservateur. Je sais ce que tu es.
- Tu ne sais rien de moi, rétorquai-je difficilement en gonflant mes poumons étouffés.
- Oh je sais tout de toi... Je suis comme toi. Je te connais très bien. Ta planète, ta famille que tu aimais tant. J'ai enfin repris pleinement le contrôle de mon esprit et ton nom ne me fait plus aucun effet. En revanche... Je me demande quel effet ça te ferait de voir ceux que tu aimes tant mourir.
- Non !

Kazimor, qui avait remarqué la position délicate dans laquelle je me trouvais, vint à ma rescousse en usant de ses pouvoirs mais Le Conservateur ne paraissait pas confus le moins du monde.
Ses pouvoirs de contrôle mental ne fonctionnaient visiblement plus vraiment sur un être aussi dérangé que lui.

- Je... Je n'arrive pas à entrer dans sa tête... Il est trop puissant ! s'écria Kazimor en faisant des gestes avec ses mains d'où sortaient de petits éclats violacés.

- Je te rassure, tu n'y arriveras plus jamais, affirma Le Conservateur avant de lui jeter un morceau de carcasse de vaisseau brûlant.

Kazimor, trop concentrée à essayer de pénétrer les pensées du Conservateur, n'arrivait plus à éclaircir ses idées.
Elle plongea dans une nuit d'inconscience après avoir été frappée au visage par le projectile dangereux.

- Je vais te tuer !! hurla Gontran en sautant sur notre adversaire comme une petite souris afin de le griffer de partout.
- Certainement pas.

Ce malade, après avoir remarqué les plaies sur ses avant-bras et ses épaules causées par les griffes de Gontran, empoigna ce dernier par la gorge et la comprima de toutes ses forces.
L'étreinte fut si puissante que son cerveau, compressé par la douleur et le manque d'oxygène, s'éteignit quelques secondes plus tard.
Je vociférai subitement, dégageant hors de mon cœur et de mes entrailles la souffrance que je ressentais en voyant mes amis mourir devant moi.
"*Gontran !*" était le seul mot que j'avais pu extraire de ma bouche avant que mon ennemi ne se débarrasse de son cadavre inerte.

Je ne savais pas s'il était mort ou s'il avait juste perdu connaissance mais cela était de trop.

Je pris ce qui me restait de vivant en moi, toute cette haine, cette colère, et pleurai toutes les larmes de mon corps en me dressant sur mes jambes instables.

Tout en moi criait de douleur.

Chaque muscle, chaque filament de nerfs, chaque tendon me faisait geindre mais la barbarie avec laquelle Le Conservateur prenait les vies que j'aimais était de trop.

Il fallait que je l'éradique.

Il subissait quelques faibles tirs venant des résistants et de Hezaard, de Vekosse et de son cousin mais tout n'était que superflu.

Ce n'étaient que de simples chatouillements sur sa peau qui se reconstruisait aussi vite que je clignais des yeux pour les vider de toute l'eau qui s'y agglutinait.

- Gontran non !

Simuald venait de comprendre que Gontran n'était peut-être plus de ce monde et s'élança vivement vers Le Conservateur tel un ours si massif que mes voûtes plantaires tremblaient.

Simuald n'y allait pas de main morte et enchaînait les frappes toujours plus féroces et destructrices les unes que les autres.

Il grognait comme un monstre sortit de sa caverne et pulvérisa plusieurs os de notre opposant avec fureur.

J'observai la scène en restant immobile, en contemplant Gontran étalé un peu plus loin et je ne souhaitais qu'une seule chose : qu'il soit encore en vie.

Je demeurais tremblotant, hésitant, ne sachant que faire de mes dix doigts quand tout à coup, une explosion retentit dans mes oreilles.

Simuald vint s'échouer lourdement sur le sol, vaincu, abattu, son cœur tentant de le maintenir en vie malgré tout.

Ses pierres, au centre de ses yeux, avaient été brisées par les mains du Conservateur et il gisait en faisant sortir de sa cavité buccale une mousse épaisse et blanche.

Abeille nous rejoignit en faisant vibrer le sol sous son poids et rugit intensément devant Le Conservateur.

Il semblait imperturbable et, en esquivant les coups de patte et les rayons d'énergie de mon animal préféré, la saisit par ses antennes.

Sans une once de pitié, il arracha ces dernières d'un coup bref et aspira ses derniers instants de vie en frappant si dangereusement sa gorge que celle-ci ne laissa plus passer aucun filet d'oxygène.

Elle rendit l'âme, abattue cruellement par mon pire adversaire, dans une souffrance extrême.

Gavrol, immédiatement interpelée par le désespoir de ce chaos, courut du mieux qu'elle le put vers Simuald en faisant gronder sa gorge de rage.

Là, à ce moment précis, je m'en souviendrais toute ma vie, mes yeux submergés d'eau et gonflés s'écarquillèrent subitement à la vue de ma meilleure amie se faisant tirer les cheveux avec hargne par mon ennemi.

Le Conservateur ramena Gavrol vers lui et la prit en otage.

- Tu ne veux pas me donner la pierre ? dit-il.

Je restai silencieux, pleurant les nombreux morts qu'avait faits mon aventure.

Je me tournai vers Vekosse qui paraissait me demander un service de ses yeux fatigués.

- Très bien, continua Le Conservateur en forçant Gavrol à ouvrir sa bouche.

Ce taré au costume moulant semblable au mien introduisit ses vieux doigts tâchés de sang visqueux dans la bouche de Gavrol et écarta doucement sa mâchoire.

- Donne-moi la pierre et... Elle vivra. Garde la pierre et je lui arrache la mâchoire.
- Yuri s'il te plaît ! s'exclama Vekosse en m'interpellant.

Ma vision, aussi floue qu'une vitre tâchée d'eau de pluie, tremblait et je ne pus qu'admirer avec désolation l'énième deuil auquel j'allais faire face.

Sincèrement, qu'auriez-vous fait à ma place ?

Après tout ce que j'avais pu faire à Gavrol...

Je l'avais laissée pour morte dans la Prison de Mesyrion lors du précédent tome.

Je l'avais abandonnée plusieurs fois.

J'avais été si égoïste avec elle... Si infect... Si injuste.

Mes doutes furent si forts à ce moment-là.

Soit j'abandonnais la pierre et risquais que Zerk et l'Univers entier explosent des mains du Conservateur, soit je laissais mon ennemi ôter la vie de celle que j'aimais au fond de mon cœur.

Gavrol... Ah Gavrol... Je n'ai rien pu faire pour toi jusqu'à maintenant, je n'ai jamais fait le quart de ce que tu as fait pour moi.

Tu m'as recueilli quand j'ai fui Hezaard et Zerk. Tu m'as aidé à me stabiliser aussi bien mentalement que professionnellement. Tu m'as aidé à devenir quelqu'un de meilleur et il fallait que je te laisse mourir des mains du Conservateur.

Mon regard se perdit entre mes mains, là où je tenais le sachet contenant cette fameuse pierre bleue.

Des larmes coulèrent le long de mes joues et s'accumulèrent dans mon masque à un point tel que je ressentais le besoin de l'enlever.

Mais hors de question que je le fasse maintenant.
Une voix douce, sortie tout droit des lèvres agréables de Gavrol, m'atteignit soudainement :

- Laisse-moi... Fuis loin... Garde la pierre...

Elle avait du mal à articuler et ses paroles ne faisaient que de nourrir mes doutes et ma peine.

- Comme tu voudras, annonça Le Conservateur.

Il prit ses deux mains et écarta la mâchoire de Gavrol avec une force telle que j'entendis ses os craquer dans tous les sens.
Comme lorsqu'un dentiste touche malencontreusement un nerf, le corps de Gavrol se raidit complètement et ses muscles se contractèrent pour encaisser toute cette souffrance.
Les secondes m'étaient comptées et j'avais, une fois de plus, perçu du coin de mes yeux Vekosse qui souhaitait me dire quelque chose.
Il articulait quelque chose avec ses lèvres que je ne comprenais pas.
Je n'avais saisi qu'une seule information : "*cours*".
Cours...
Cours ?
Oh... Mon... Dieu !
Ça pouvait peut-être fonctionner !

Dans un coin de mon crâne, tout s'était déjà éclairci et après tout... Vekosse avait sûrement raison !

Et si, finalement, je lançais la pierre au Conservateur ?

Et si, pendant qu'il était occupé à la rattraper, dégageant alors ma chère Gavrol de son emprise, je pouvais la sauver in extremis et récupérer l'artefact avec ma super-vitesse avant qu'il ne mette la main dessus ?

Ni une ni deux, je pris le sachet contenant la pierre dans ma main et levai mon regard vers Le Conservateur.

- S'il te plaît arrête ! m'exclamai-je.
- On change d'avis ? Ce serait dommage qu'elle meurt dans de telles souffrances...
- Je... Je te donne la pierre et... Tu la laisses partir, rétorquai-je à mon rival.
- Très bien, marché conclu.

Il eut du mal à libérer Gavrol mais retira ses doigts de sa bouche avant de me la tendre comme l'on tend un appât à un animal.

Je fis de même avec la pierre et il me jeta Gavrol comme l'on jette un sac poubelle.

J'envoyai la pierre dans les airs en sa direction et usai de ma super-vitesse afin de rattraper Gavrol pour la mettre hors de cette zone de danger.

Lorsque je repris ma course, tandis que le temps s'était ralenti pour me laisser accomplir mon plan comme il se devait, je pus observer la pierre glisser hors de son petit sac de protection.

Le Conservateur, qui avait lentement approché ses doigts le long de l'artefact, tourna soudainement son regard de mon côté en s'apercevant du subterfuge.

Néanmoins, de petits éclairs bleutés se dirigeaient doucement vers les doigts de mon ennemi afin de le toucher d'un pouvoir et d'une supériorité divine.

Il ne me restait que quelques minces secondes avant que je ne puisse plus que m'apitoyer sur mon sort.

Si je n'arrivais pas à reprendre la pierre avant que Le Conservateur ne s'en empare, je n'allais avoir que mes yeux pour pleurer.

Mes amis aux alentours étaient presque tous plongés dans un coma, ou une mort probable, et dans tous les cas, aucun n'aurait pu réparer mes erreurs.

J'attrapai le sachet, seul rempart contre mon adversaire et entamai un ultime geste, essayant de profiter du temps qu'il me restait pour remettre la pierre dans sa protection.

Le Conservateur, qui se mouvait jusqu'ici très lentement, prit la décision d'user également de sa super-vitesse pour m'empêcher d'agir après avoir compris mon idée.

Soudain, alors que j'avais presque remis le sachet autour de la pierre pour me préserver de ses pouvoirs néfastes, une étrange main ensanglantée m'expulsa hors du chemin de l'artefact et une violente foudre s'abattit sur moi, me paralysant entièrement.

Tous mes sens, en alerte jusqu'à présent, furent réduits au silence et je n'eus devant mes yeux qu'un voile blanc épais qui m'empêchait de comprendre ce qu'il était en train de se passer.

Je ne pus entendre qu'une seule voix, celle de Vekosse me demandant si j'allais bien, si je pouvais bouger.

Je lui répondis positivement, que je pouvais percevoir ses paroles mais que je n'avais pas clairement vu ce qu'il s'était passé.

- Je voulais m'interposer entre la pierre et Le Conservateur, pour l'empêcher de s'en emparer, rétorqua Vekosse alors que ma vision me revenait doucement. C'est ça que j'essayais de te dire tout à l'heure ! Cours et moi je vais l'empêcher de prendre la pierre.
- Qu'est-ce qui s'est passé après ? J'ai vu des éclairs et puis plus rien...

Je m'arrêtai soudainement dans mes paroles en contemplant Le Conservateur étalé sur le sol.

Il respirait encore mais très faiblement et semblait touché au corps.

Son costume, au niveau du torse, avait complètement brûlé et je pus apercevoir une peau d'une couleur plus foncée que la mienne.

Soudain, en remarquant ce curieux détail physique, j'orientai mon regard vers Hezaard qui paraissait paniqué et stressé.

Il admirait Le Conservateur et ses jambes se cognaient l'une contre l'autre comme lorsque l'on redoute qu'une vérité éclate au grand jour.

Quelque chose ne tournait pas rond.

Son comportement n'était pas celui d'un honnête Chef mais celui d'un être ayant des choses à cacher...

- Il s'est passé quelque chose... affirma subitement Vekosse.
- De quoi ? répondis-je interloqué.
- Quelqu'un m'a poussé au dernier moment alors que j'allais prendre la pierre... Oh mon Dieu !

Vekosse, en se remémorant les événements, ouvrit grand ses yeux et tourna sa vision en arrière.

Ce détail ne fit qu'un tour dans mon crâne avant que je ne comprenne ce qu'il s'était réellement passé.

La personne qui avait poussé Vekosse n'était autre que Gavrol et lorsqu'elle avait pris l'initiative de l'expulser hors d'atteinte de la pierre… Un éclair bleuté l'avait frappé avec une telle violence que nous tous, aux alentours, avions été soufflés en arrière et blessés.

Moi, j'avais perdu la vue et ce maudit caillou avait calciné mon corps à plusieurs endroits, certains doigts de la main de Vekosse avaient disparu et le torse du Conservateur avait été profondément taillladé.

Je tournai ma vue un peu plus loin à ma gauche et remarquai tout à coup Gavrol, souffrante et très gravement touchée au ventre.

Elle possédait dans sa main droite la pierre contenue dans son sachet blanc et me regardait en souriant et en pleurant. Je courus immédiatement vers elle sans attendre.

- Gav... Gavrol oh non... S'il te plaît, dis-je en enlevant mon masque et en pleurant à chaudes larmes. Pourquoi t'as fait ça ?
- Parce que... Ça aurait été Vekosse et surtout... Toi...
- J'aurais survécu avec mes pouvoirs.
- Non... Pas avec la pierre... Tu serais devenu fou.
- Ne pars pas, je t'en prie...

Elle me fit un grand sourire, elle qui ne m'avait jamais autant donné d'amour que ces derniers jours, elle que j'avais tant déçue.

- Pardonne-moi... D'avoir été comme ça... repris-je en laissant couler des larmes qui s'écrasèrent sur la main grelottante de Gavrol.
- Je t'ai... Je t'ai pardonné... Il y a bien longtemps déjà. Je veux que tu vives... Que tu sois meilleur. Tu as toujours été un gentil garçon au fond de toi... Et c'est ce gentil garçon... Que j'ai toujours aimé...

Sa main froide se posa sur ma joue, essuyant difficilement les grosses gouttes tombant de mes globes oculaires.

À ce moment précis, j'avais compris ce qu'elle avait tant voulu me dire depuis le début.

Elle ne me considérait pas simplement, elle voulait mon bien, elle m'aimait.

Je fondis en larmes en saisissant l'importance de ses mots, elle qui venait de m'ouvrir les portes de son cœur, elle qui venait d'abandonner toute sa rancœur.

- Ne pars pas... J'ai besoin de toi... Vraiment pas toi, je t'en supplie.

Alors que je priais tous les Dieux des cieux qu'on lui insuffle un second souffle de vie, le sourire au coin de ses lèvres s'estompa et ses expressions faciales, avec sa conscience, cessèrent d'être.

Ses yeux échoués dans les miens, comme un naufragé au large d'une île, n'étaient plus que de petites perles qui allaient se perdre au fond de l'océan de ma peine.

Son corps s'alourdit soudainement et Vekosse, tenu près de moi, posa sa main sur mon épaule.

Villael, qui nous avait rejoints depuis peu, semblait en meilleur état que son cousin et se retenait de prononcer un seul mot en ayant aperçu Gavrol.

- Gav... Gav ?! Gavrol ! criai-je désespérément.

Je secouai sans cesse son corps inerte en espérant qu'elle se réveille mais la fatalité était bien là.

J'allais vivre avec la mort de mes amis en moi, comme une ombre dans la nuit essayant vainement de retrouver un peu de lumière.

Je criai, hurlai, qu'elle revienne mais rien n'y faisait, elle n'était déjà plus là.

- Yuri, elle est partie… annonça Vekosse.
- Non ! Non !!
- Yuri calme-toi, me demanda Vekosse en me prenant le bras.
- Hezaard fais quelque chose !!

Je tournai mes yeux noyés d'eau vers mon mentor, nourri d'un infime espoir qu'il puisse la faire renaître comme il l'avait fait avec moi mais ce traître ne bougea pas d'un poil et avait l'air perdu dans ses pensées après avoir ouvert en grand sa bouche et ses yeux.

- Oh… Elle est quand même… Morte ? demanda une voix grésillante derrière moi.

Je reconnus immédiatement cette voix cruelle, cette voix nouée d'intentions mauvaises et de sarcasme démesuré.

Cette voix, filtrée par un masque grisâtre aux nuances noires, qui ne m'inspirait que du dégoût.

Cette voix, résonnant dans mon crâne, allait me faire vriller d'une seconde à l'autre alors que je tournai mon regard meurtri.

J'aperçus Le Conservateur encore en vie, assis sur le sol et persistant à se relever pour venir m'atteindre mais en réalité, qu'il vienne à ma hauteur ou non, j'allais l'exterminer.

Sa voix semblait différente de celle que j'avais l'habitude d'entendre, comme si je pouvais encore reconnaître cet accent Brésilien qui m'était si familier.

À vrai dire, au-delà de son masque dissimulant son visage, son timbre vocal se modifiait grâce à un dispositif inclus dans sa tenue pour qu'on ne puisse pas le reconnaître.

Seulement voilà, son costume étant fortement endommagé, son synthétiseur vocal ne fonctionnait presque plus et me laissait me délecter de sa véritable élocution.

Mais qui était-ce réellement sous ce masque ?

- Comme c'était mignon ce petit discours, reprit Le Conservateur en se levant finalement après avoir titubé. Mais tu vois... Je t'avais dit qu'elle finirait par mourir. Tu ne m'as pas cru. Yuri... Comprends bien ça.
- Ne l'écoute pas, dit Vekosse.
- Je vais tuer tous ceux que tu aimes, je vais les réduire en miettes et me nourrir de leurs organes

jusqu'à la fin de mes jours et m'asseoir sur les restes de ton corps. Je vais m'asseoir en profitant enfin des pouvoirs de la pierre. En ayant enfin compris qui je suis !

Il leva ses bras au ciel comme le Christ Rédempteur et ce fut son dernier geste avant qu'il ne puisse se contempler mourir de mes propres mains.

Ma rage, ma haine, tout ce que j'avais ressenti depuis le début de mon aventure, la mort de mes parents, de ma chienne, de ma planète, la mort de Gontran... De Simuald... De Gavrol... Tout remontait comme un brasier qui allait exploser, comme une bombe à retardement que j'allais laisser détoner.

Soudain, alors qu'il commençait à rire en me regardant pleurer, je le plaquai impétueusement au sol en l'injuriant et lui assénai des coups de poing au visage si brutaux que le sol sous son dos se réduisit en miettes.

J'avais créé un cratère sous son corps et lui, il avait créé un monstre qui allait l'accabler de supplices physiques torrentueux.

- Tu m'as déjà tout pris ! Tout !!

Je sentis les os de son crâne, de sa mâchoire, de son nez se briser sous mes frappes mais je continuai encore et encore. Il avait beau mettre ses mains face à son visage et gémir de douleur, rien n'allait me retenir, rien n'allait m'arrêter.

Je brisai ses doigts, arrachai sa peau avec mes dents et lui affligeai de violents coups de tête au visage.

- Yuri, arrête ! s'exclama Vekosse un peu plus loin.
- Ma chienne que j'aimais… Je l'ai tuée en m'envolant avec elle ! Tu as réduit ma planète en morceaux ! Tu as tué mes amis !
- Yuri non, arrête !! s'égosilla Hezaard en essayant de me raisonner avec ses paroles.
- Qu'est-ce que tu pourrais me prendre de plus ! Hein ?!

Son masque s'était arraché à quelques endroits et son visage, que j'allais pouvoir contempler dans quelques instants, était recouvert de sang chaud.
Mes coups furent si cruels, ma haine se déversant sur lui sans limite, que son corps convulsait de douleur.

- Je n'ai plus rien ! Je n'ai plus rien… À cause de toi !!
- Yuri, s'il te plaît, pas ça !! continua Hezaard en sortant un hurlement de ses tripes et en faisant quelques pas vers moi.
- Tu m'as tout volé !!

Mes coups, sur son visage sanguinolent, s'abattirent si brutalement que son masque se déchira presque intégralement.

Quant à moi, aveuglé par une colère inouïe, je ne pouvais que scruter ses traits faciaux boursouflés par mes attaques. Je fermai les yeux, armant des frappes encore plus puissantes et brisai en lui tout ce qui lui restait de vivant. Mes phalanges rencontrèrent sa face si bestialement que plus personne ne pouvait désormais reconnaître qui se cachait sous ce masque.

- Yuri !!

Hezaard, de ses entrailles apeurées, fit sortir un son tellement perçant que je cessai subitement mes agissements.

J'ouvris grand ma bouche, afin d'avaler le reste de l'air présent dans les environs quand tout à coup, mon corps tout entier s'immobilisa d'effroi.

Mon poing impitoyable se figea dans les airs et se mit soudainement à trembler.

En face de moi, le visage démoli du Conservateur guérissait tout doucement et me laissait entrevoir une identité qui me paralysait de terreur.

Vous connaissez cette terreur, ce sentiment qui vous lie aux ténèbres lorsqu'un torrent en vous s'amorce.

C'est ce même sentiment qui vous déchire le cœur lorsque vous apercevez, dans une ruelle sombre, celui ou celle que vous aimez embrasser quelqu'un d'autre.

C'est ce même sentiment qui vous atrophie les muscles de vos jambes, quand soudain vous voyez s'éteindre la lueur de vie qui subsistait dans les yeux de votre mère ou de votre père.

Vous le connaissez très bien.

Et bien, je ressentais cela en ce moment même.

Alors que, sous ce masque, je n'avais cru reconnaître personne d'autre que moi au premier abord, aveuglé par ma haine et mon envie de tuer, je laissai soudainement mon poing armé en l'air et sentis tous mes organes se liquéfier et mes jambes m'abandonner.

J'étais muni d'une mission et mon envie de tuer de mes propres mains un clone de moi créé par le Tyran émergeait de mon cœur comme une évidence.

Mais celui qui se cachait sous le masque du Conservateur n'était en rien mon double maléfique.

Je me retirai instantanément, cessant donc de violenter mon ennemi, et me tins au-dessus de ce dernier en tremblant d'épouvante.

Je pus enfin distinguer un visage sous ce masque terrifiant et son identité dorénavant dévoilée m'empêchait d'avaler ma salive.

Mes mains devinrent suantes, tremblantes comme si j'avais été accablé de la maladie de Parkinson.

Mes jambes n'étaient presque plus capables de supporter mon poids et des frissons d'horreur traversèrent mon corps, me laissant alors face à une incompréhension totale.

Là, tandis qu'Hezaard semblait choqué et apeuré, que Vekosse ne comprenait pas bien la situation, moi, je ne pus prononcer qu'un seul et unique mot :

- P... P...

22.

DÉSILLUSION.

Je n'en croyais pas mes yeux.

Comment pouvais-je avoir en face de moi mon père ? Comment cela était-il possible alors qu'il était décédé des dizaines d'années auparavant au Brésil ?

Je ne comprenais rien à ce qu'il se passait et ne voulais pas croire que celui que je combattais depuis des semaines, mon plus grand ennemi, soit finalement mon père.

Et si finalement cela n'était juste qu'un clone créé par le Tyran pour me faire perdre la tête ?

Et si tout cela était fait exprès ? Et si cela n'était qu'une illusion ? Qu'un rêve ?

Je ne savais pas quoi faire ni quoi penser.

Je me levai alors, les jambes flageolantes, peinant à me faire tenir en équilibre, tandis que Hezaard me contemplait avec un regard désolé.

Le Conservateur, aussi déboussolé que moi, se remit lentement des frappes que je lui avais décochées et paraissait totalement à l'ouest.

Je pouvais contempler son visage, ses cheveux bouclés et d'un noir charbonneux, ses yeux en amande perdus entre la tristesse et la colère, sa bouche coupée en deux et sanglante, sa peau bronzée d'un teint bien plus foncé que le mien... Et une étrange cicatrice au cou.

Je compris immédiatement que quelque chose ne tournait pas rond, qu'on essayait de me rendre fou et je ne pus me contrôler davantage.

La mort de Gavrol, de Gontran, de tous mes amis, perpétrée par la main de mon présumé père ?

Impossible.

Alors que Le Conservateur s'efforçait de reprendre connaissance malgré bien des difficultés, malgré ses douleurs physiques, j'usai de ma super-vitesse en écoutant mon désespoir et me précipitai subitement vers le Chef des Rebelles.

Saisissant son haut de mes mains moites, regardant son esprit torturé de mes yeux effrayés, j'essayai d'obtenir la vérité, de comprendre ce qu'il était en train de se passer.

- Qu'est-ce que tu as fait ?! hurlai-je vers Hezaard.
- Je... Je n'ai rien fait ! Je... Suis désolé... C'est le Tyran, répondit-il apeuré par mes gestes.
- Qu'est-ce que vous m'avez fait ?! Pourquoi ? Pourquoi me faire ça ?!

Tout à coup, je perçus une voix m'atteindre, une voix située dans mon dos et qui implorait qu'on lui vienne en aide.

- Yuri !!

Je tournai ma vision embrumée par les émotions qui traversaient mon cœur et remarquai que Vekosse venait de faire face au Conservateur et subissait son courroux sans pouvoir riposter.
Il était bien trop faible et moi, j'étais le seul encore capable de le sauver.
Je ne pouvais pas, je ne voulais pas voir quelqu'un d'autre mourir aujourd'hui.
J'avais bien trop perdu pour fermer les yeux sur cette énième victime du Conservateur.
Je ne pouvais pas croire que c'était mon père sous ce masque et qu'il avait attrapé Vekosse par la gorge pour le menacer.
Je n'arrivais pas à y croire.
Je compris cependant la raison pour laquelle mon ennemi s'en prenait à Vekosse puisque ce dernier s'était emparé de la pierre afin de la protéger au péril de sa vie.
Son cousin Villael, voyant cette scène se dérouler sous ses yeux, cria de toutes ses forces et ramassa une arme laissée au sol.

Il envoya des salves de rayons laser, avec toute la haine qu'il ressentait, vers Le Conservateur qui avait l'air d'y être insensible.

Soudain, forçant la main de Vekosse à s'ouvrir, Le Conservateur saisit le sachet contenant l'artefact et jeta mon ami un peu plus loin à terre.

J'écarquillai les yeux en contemplant mon adversaire sourire, les pupilles dilatées de joie, puis usai de ma super-vitesse afin de l'arrêter une bonne fois pour toutes.

Je courus comme je le pus, aussi vite qu'il m'était possible de le faire, m'époumonant qu'il ne fallait pas toucher de ses propres mains la pierre sauf si l'on souhaitait accueillir la mort à bras ouverts, mais ce fut peine perdue.

La pierre, extraite de son sac de protection, tomba de sa hauteur et fut à quelques millimètres de toucher la peau de son détenteur lorsque de petits éclairs bleus réapparurent.

De petits éclairs comme j'avais pu les contempler quelques minutes plus tôt avant que... Que Gavrol ne perde la vie... Les globes oculaires remplis de larmes, les poils hérissés et les pores de ma peau se resserrant, j'avais devant moi mon présumé père menaçant de détruire la planète entière à cause de son envie de posséder cette roche.

Je bondis alors, afin d'atteindre Le Conservateur et de lui dérober l'artefact avant qu'il ne touche la paume de sa main.

Je sentais mes doigts se crisper, mes organes se tendre et mes muscles se raidir lorsque soudain, la pierre entra en contact avec la main du Conservateur.

Je ne pus qu'entendre mes cordes vocales trembler de frayeur, je ne pus que contempler ce que j'essayais d'éviter depuis le début se produire sans pouvoir agir contre.

Un énorme tremblement fit son apparition et un brusque fracas survint, comme une explosion d'artifice lors d'une fête nationale, puis plus rien.

J'avais emporté avec moi, dans ma chute après avoir couru comme je l'avais pu, Le Conservateur.

Nous heurtâmes le sol de pleine face.

Nos corps étaient étalés sur la terre craquelée par les batailles, et nous gémissions de souffrance en essayant de reprendre nos esprits.

J'avais la tête qui tournait, l'âme meurtrie par mes erreurs, et contemplais les cieux teintés par des explosions de toutes les couleurs.

Même si nous étions parvenus à venir à bout de la garde royale, la guerre continuait plus loin dans les villes et villages aux alentours.

Les hommes, femmes, enfants, tout le monde s'entretuait, ce conflit était en train de déchirer la planète en deux sans que personne ne puisse arranger la situation.

Je baissai alors mon regard et croisai celui de mon ennemi juré.

Quelque chose s'était produit et avait modifié son comportement, je ne l'avais jamais vu comme cela.
Pendant un instant, j'avais réellement cru reconnaître... Mon père.
Il se mit sur les genoux et m'inspecta d'un air désemparé. Il ne comprenait pas bien où il se trouvait et ce qu'il avait fait pour en arriver là.
J'étais presque arrivé à ses côtés, m'efforçant de traîner mon corps comme une larve jusqu'à lui mais la douleur me paralysait beaucoup trop.
D'une douce voix mielleuse, Le Conservateur me dit soudainement :

- Yuri ?!
- P... Papa ? demandai-je intrigué et ému.
- Yuri... Mon fils... Qu'est-ce que j'ai fait ?!
- Papa c'est... C'est toi ?!

Je ne voulais pas en croire mes yeux. Je pleurais déjà à l'idée de réellement revoir mon père.
Mais je ne comprenais pas grand-chose, je l'avais vu mourir devant mes yeux durant ma jeunesse, sa tête avait été arrachée de son buste... Ce n'était peut-être pas lui, qui se tenait actuellement devant moi, mais simplement une copie conforme faite par les Zerkanes.

- C'est... C'est moi mon fils, déclara-t-il nécrosé par les émotions.

- Comment ? Comment c'est possible ? Je t'ai vu mourir ! Tu es mort !!

La douleur s'était estompée assez pour que je puisse me mettre à genoux face à mon père.
Je pus le prendre par son costume au niveau du torse afin de le secouer.

- Comment ?! Dis-moi comment ! Tu es mort... Je t'ai vu mourir !! Ce n'est pas possible !!
- Je... Je sais Yuri... Je sais...
- Dis-moi !!

J'essayai de me raisonner, de me calmer, et posai ma tête contre le torse de mon père en pleurant toutes les larmes de mon corps, tandis que celui-ci apposa sa main sur moi pour me soutenir et me témoigner son amour.
Lorsque mes émotions, faisant trembler tout mon corps, s'étaient un peu adoucies, il reprit ses explications.

- Je sais que... Tu auras du mal à me croire... Mais j'ai retrouvé la mémoire... Je sais enfin qui je suis grâce à la pierre... Je suis enfin moi-même Yuri !
- Ce n'est pas possible... Tu étais mort ! Maman t'a vu mourir ! Moi aussi !! m'exclamai-je en versant des larmes.
- Oui... Je m'en souviens. Écoute-moi...
- Je suis en train de rêver... Tu n'es pas mon père...

- J'ai bien été tué par ce gang au Brésil. Je me souviens encore de ces derniers moments hors de mon corps quand ils m'ont tranché la gorge... Je me souviens de mes dernières larmes versées pendant que vous couriez vers l'avion... Je me souviens de tout.

Un long silence régna durant lequel je chuchotais, le regard rivé sur le sol, que tout cela ne pouvait pas être réel et que je délirais complètement.

- Lorsque j'ai repris connaissance, ajouta-t-il en m'observant. J'étais allongé sur une table froide en métal et je souffrais énormément. Je n'arrivais pas à y croire mais... J'étais face à des extraterrestres qui parlaient entre eux et m'ouvraient le crâne pour m'étudier. Je ressentais une telle douleur... Tout autour de mon cou, ça brûlait, et je ne pouvais rien faire que tenter de crier mais aucun son ne sortait. Mes cordes vocales ne fonctionnaient plus et j'ai été retenu captif, dans ce vieux laboratoire froid et sombre... À subir des expérimentations toujours plus douloureuses. Après ça, je ne me souviens que de bribes d'événements... Des moments où je tuais des innocents contre ma volonté... Parce que le Roi de cette planète me le demandait... Mais ce n'était pas moi qui agissais... J'étais terré dans l'ombre,

piégé en moi par mon esprit qui s'était divisé en deux par ces expériences... Grâce à la pierre je sais enfin qui je suis... Je suis João Santana, père d'un incroyable fils, marié à une femme... Oh mon dieu... Où est… ?
- Maman ? Elle... Elle est...
- Oh non...

Sans avoir à parler, mon père comprit ce que j'avais voulu lui dire et baissa son regard meurtri en laissant couler quelques larmes.

Le monde, en ayant appris que j'avais vraisemblablement mon père en face de moi et qu'il était bien en vie, me tombait sur la tête.

Il avait détruit tous ceux que j'aimais, réduisant ma vie en miettes, et allait devoir, malgré tout, payer pour ses crimes.

- On a eu un accident... Des jeunes nous ont percutés... Et elle n'a... Elle n'a pas survécu, rétorquai-je en regardant tristement mon père.
- Oh c'est pas possible... Ma chérie... Je suis anéanti, répondit-il en reniflant.
- Je suis... Désolé...

Kazimor venait de reprendre connaissance et marmonna des injures en essayant de se relever.

Elle croisa mon regard désemparé et réalisa que quelque chose venait de se passer.

Elle se tint alors, distante et perdue, bien plus loin dans ce jardin floral consumé par les guerres, et contempla la pierre qui était enfouie dans la terre à quelques mètres derrière moi.

J'avais admis en moi la vérité.

Avec cet artefact, tout était possible. Si mon père avait su retrouver sa mémoire et son bien-être mental, j'allais peut-être, moi aussi, réussir à faire des miracles.

J'inspectai, de mes yeux gonflés, cette petite roche scintillante.

Mon dernier espoir de vie, mon dernier souffle, ma dernière lumière dans ce moment de nuit me fit me lever en expliquant à mon père qu'il fallait qu'il sache ce qu'il avait causé comme supplices en moi.

Il avait beau être miraculeusement revenu, cela n'effaçait pas les morts de ses mains tâchées de sang, cela n'allait pas rester impuni pour longtemps.

Il me répondit qu'il était prêt à subir les punitions nécessaires, qu'il savait toute la souffrance qu'il avait engendrée et qu'il ne voulait pas disparaître en laissant derrière lui Gavrol, Simuald, Gontran et bien d'autres d'entre les morts.

- Je ne peux qu'être désolé de ça mon fils, ajouta-t-il. Je sais ce que j'ai fait et pourquoi mon... Mon autre moi l'a fait... Il était malade... Détruit... Et il souhaitait savoir d'où nous venions. Maintenant que je le sais, je suis prêt à subir ce que je dois subir.

- Je sais que tu ne vois pas le mal en moi, tu ne l'as jamais vu... répondis-je en me dirigeant vers la pierre afin de la saisir. Mais j'ai fait tant de mauvaises choses depuis... Ta mort... Et celle de maman. J'ai fait souffrir ceux que j'aimais... Et j'essaie encore de me faire pardonner même si je n'y arriverai probablement jamais. Mais il faut que tu répondes de tes actes. Tout comme je vais répondre des miens également.

Je m'agenouillai alors, admirant avec quelle intensité la pierre vibrait.

J'avais pris ma décision.

Cette relique avait causé trop de peine parmi les êtres chers à mes yeux, j'allais tenter le tout pour le tout afin de tous les ramener à la vie.

Ce n'est pas pour rien qu'on nomme cette pierre "*La Pierre de la Foi*".

Si je croyais en moi, en la possibilité qu'elle détient de réanimer ceux que j'aime et qui ont perdu la vie à cause de moi, alors il fallait que je le fasse.

Mon père se mit doucement sur ses jambes, examinant ce que je m'apprêtais à faire et pencha progressivement sa tête sur le côté.

Des petits éclairs bleutés se mirent en chemin dans les airs et touchèrent presque le bout de mes doigts, liant ses pouvoirs à mon esprit afin de réaliser des merveilles.

Mon père me sourit intensément, comme s'il avait compris que j'allais sacrifier ma vie pour ramener mes amis, et sa paupière gauche sautilla étrangement.

J'aperçus ses muscles se crisper, son sourire se figer tout doucement alors que sa tête demeurait sur le côté, et remarquai que son corps semblait être pris de convulsions minimes.

- Oh... Non... Tu n'auras pas cette pierre Yuri, dit mon père en souriant.

Je fronçai soudainement mes sourcils et levai ma vision vers mon père après avoir admiré une dernière fois la lueur de la pierre.

Ses yeux tristes et désolés étaient devenus sadiques, pervers, sa tête penchée me faisait penser à une animatronique tirée d'un film d'horreur et prête à me faire vivre mes cauchemars les plus terrorisants.

Ses mains serrées et tendues, ses muscles rigides et son air corrompu m'avaient soudainement fait comprendre que plus jamais je ne retrouverais mon père sain d'esprit.

Il avait changé, quelque chose en lui s'était brisé.

Plus jamais je ne pourrai vivre de bons moments avec mon paternel, plus jamais je ne connaîtrai celui que j'ai toujours aimé, celui qui m'a tant appris et donné.

Plus jamais je ne reverrai mon père.

Le Conservateur, constatant que j'étais à deux doigts de me servir de la pierre, me fonça dessus avec sa super-vitesse et me heurta si brutalement que je décollai dans les airs.

Je n'eus guère le temps de réagir et m'éclatai contre le sol, ratissant la terre de mon dos blessé, puis cognai mon crâne contre la paroi d'un vaisseau rebelle qui s'était échoué ici.

Kazimor s'aperçut de la dangerosité, de l'animosité, avec laquelle Le Conservateur agissait et essaya de contenir ses coups de colère en pénétrant son cerveau.

Elle s'exclama d'un air fort déconcerté :

- Ton père n'est plus là ! Je n'arrive pas à le faire revenir !!

Kazimor, comprenant qu'elle n'aurait jamais rien pu faire contre un être si fort, s'empara de la roche bleue avec ses pouvoirs afin de la protéger.

Le Conservateur, quant à lui, rugit de haine et s'élança vers mon amie en lui affirmant qu'il allait la tuer de ses mains.

Heureusement pour elle, ses pouvoirs lui permirent de confectionner une barrière d'énergie assez puissante pour qu'elle encaisse les coups de notre ennemi déséquilibré.

Il avait l'air si différent, si mesquin et violent, si... perturbé. Je ne connaissais pas cet homme, ce n'était pas mon père, celui que j'avais aimé s'en était allé pour de bon.

Cet être brutal, ce Conservateur, avait bien trop souffert des mains du Tyran...

Le Conservateur percuta aussi fort qu'il le put cette barrière d'énergie jusqu'à même user de sa super-vitesse et se brisa les os de ses épaules et de ses clavicules.

Tout était bon pour faire tomber la mince protection que Kazimor avait dressée en face d'elle.

Soudain, alors que je m'étais relevé en tenant mes côtes cassées qui se régénéraient tout doucement, Le Conservateur se cogna de plein fouet contre la barrière de Kazimor et la brisa en mille morceaux.

Son élan l'emmena férocement contre le corps de Kazimor et les deux furent éjectés sur l'herbe brûlée des environs.

La pierre, s'échappant hors du contrôle de Kazimor, glissa sur plusieurs mètres et s'arrêta entre plusieurs tas de terre en vibrant encore plus intensément qu'auparavant.

Je pris mon envol et planai au-dessus du champ de bataille jusqu'à atteindre la pierre mais à peine eus-je le temps d'atterrir que mon ennemi s'empressa de me faire perdre mon équilibre.

Nous finîmes alors, une ultime fois, notre course sur un champ agricole dévasté par des incendies çà et là, et pûmes nous contempler l'un l'autre s'efforcer de se relever.

Nos visages balafrés, nos visions floues et nos corps dénués d'une once d'énergie ne nous permirent que de nous agenouiller l'un devant l'autre.

J'avais réalisé que Le Conservateur n'allait jamais disparaître du corps de mon père, même grâce à la pierre, et qu'il était de mon devoir d'agir afin de mettre un terme à ce massacre avant que je ne perde réellement tout ce à quoi je tenais.

Je me mis à genoux malgré mes douleurs au dos, aux jambes, au torse, malgré mes nombreux os détruits et mes nerfs qui ne souhaitaient bientôt plus envoyer aucun signal électrique à mes muscles.

Le Conservateur grogna de souffrances, jurant qu'il ne se laisserait pas dominer.

Je savais que, tant qu'il n'aurait pas eu la véritable puissance de la Pierre de la Foi entre ses mains, il n'allait pas s'arrêter.

J'avais compris qu'il continuerait à me poursuivre, moi et tous ceux que je chérissais, aux confins de l'Univers pour tous nous envoyer six pieds sous terre.

Par conséquent, le cœur basculant dans une profonde désolation, le regard se plongeant dans celui de mon ennemi afin d'y appeler mon père une dernière fois, mes doigts tremblotants de détresse, j'enfonçai ma main dans son torse défaillant et empoignai son cœur battant.

- Ah putain ! s'exclama Le Conservateur aussitôt paralysé de souffrances.
- Je... Je suis désolé papa... répondis-je les larmes aux yeux.

Soudain, Le Conservateur pencha sa tête et ses yeux s'adoucirent tandis que son comportement s'était stabilisé. Ses globes oculaires, alors que de nombreux vaisseaux sanguins s'y agglutinaient et menaçaient de se rompre, se teintèrent d'un rouge vif.

- Yuri... ajouta-t-il en laissant quelques larmes glisser le long de ses joues creusées et abîmées par le combat. Je suis désolé... Je ne sais pas ce que j'ai fait...
- C'est moi qui suis désolé Papa... Mais il faut que tu arrêtes ça... Je dois t'arrêter. Tu me fais trop mal, rétorquai-je la gorge nouée par des barbelés douloureux.
- Je sais... Je le réalise seulement maintenant...

Tout le monde comprenait la dangerosité de cet être et savait ce qu'il fallait faire mais j'étais le seul capable de réellement l'arrêter car je connaissais nos faiblesses.

Lui et moi, nous partagions beaucoup de similitudes, à commencer par nos pouvoirs et ce que l'on avait enduré pour les obtenir.

Nous étions les fruits d'expérimentations ratées ayant causé en nous des troubles de la personnalité mais mon père était bien plus meurtri et atteint que je ne l'étais.

J'avais des comportements brutaux, sadiques, ultra-violents que j'avais réussi à calmer et à terrer dans mon esprit mais lui... Son trouble dissociatif de l'identité était bien plus ancré dans son subconscient, bien plus lourd à porter que tout ce que j'avais pu vivre depuis le début de mon aventure.

J'avais saisi cela et je savais que le seul moyen pour l'arrêter, pour nous arrêter pour de bon, était de détruire la pompe de notre corps, le centre de tout ce qui amenait nos cellules à se régénérer.

Je devais écraser, entre mes doigts, le cœur de mon père.

Mon papa m'admirait une dernière fois, lui qui avait réalisé qu'il n'allait plus jamais revoir les courbes de ma mâchoire, mes yeux en amande et ma peau métisse.

Il apposa soudainement ses deux mains sur mes joues et me demanda un dernier service :

- S'il te plaît Yuri, tu dois me tuer... Tu dois le faire. La pierre m'a fait prendre conscience… Que jamais elle ne pourra me guérir du Conservateur… Libère-moi de cette souffrance, je n'en peux plus... Tue-moi !!

Il s'immobilisa soudainement et continua de me regarder dans les yeux sans rien dire puis, d'une voix grave et caverneuse, qui n'était pas celle de mon père, me dit :

- Tu ne me tueras pas Yuri... Je suis immortel. En revanche, moi... Je vais te tuer toi... Et tous ceux que tu aimes !

Le Conservateur, animé d'une haine et d'une volonté de fuir le contrôle que j'avais sur son cœur, se dressa d'un seul coup sur ses deux jambes et força ma main à s'extraire de son torse.
J'agrippai alors son organe vital de ma main et le lui déracinai de sa cage thoracique en criant d'affliction et en fermant les yeux.
Le Conservateur, lui qui ne voulait que le contrôle des pouvoirs de la pierre, retomba sur ses genoux face à moi et m'observa en haletant laborieusement.
J'ouvris une dernière fois mes yeux et regardai mon ennemi tanguer comme un bateau de droite à gauche et, d'un mouvement bref, broyai son cœur entre mes doigts mouillés de transpiration en éclatant en sanglots.
Mon père, surgissant une dernière fois pour reprendre le contrôle de son corps, mit sa main sur mon visage maculé

de globules rouges puis annonça d'une tendre voix à l'accent brésilien :

- Je t'aime mon fils... Je suis... Fier de toi... Ne l'oublie jamais.

Il s'éteignit alors, posant sa tête contre mon épaule et son corps contre le mien.
Du sang s'écoula du trou béant que j'avais créé dont plus rien ne subsistait que la mort.
Ses blessures cessèrent de se régénérer.
Son corps se raidit et devint subitement froid, ses paupières toujours ouvertes asséchèrent ses yeux, aux vaisseaux sanguins enflammés, alors que je le serrais dans mes bras en pleurant tout ce que je pouvais.

- Je t'aime aussi papa... répondis-je en respirant difficilement.

Vekosse, Villael et Kazimor me rejoignirent quelques secondes plus tard.
Ils me prirent dans leurs bras en m'affirmant que j'avais fait le choix le plus dur mais que c'était le meilleur à faire.
Que sans cela, plus jamais nous n'aurions pu vivre tranquillement.
Hezaard et son équipe restèrent en retrait, m'observant avec beaucoup de doutes et d'embarras.
Au diable cet homme.

Il m'avait trahi, il m'avait caché le fait que sous le masque du Conservateur se cachait mon père et non pas un clone de moi.

Je ne voulais plus jamais entendre parler de lui et de sa maudite guerre qui m'avait amené tant de malheurs.

J'avais tout perdu, j'avais perdu ceux que j'aimais, je n'avais plus rien que mes yeux pour pleurer et m'apitoyer sur mon sort.

Je fondis en larmes et convulsai d'accablement quand tout à coup, un éclair de lucidité me parvint, alors que je repensais aux pouvoirs de la pierre.

Je me mis en route vers cette dernière sans plus attendre.

- Qu'est-ce que tu veux faire ? me demanda Kazimor dubitative.
- J'ai une idée, je pense que ça peut marcher. Il faut rassembler les corps de Gavrol, Simuald et Gontran, rétorquai-je en me penchant vers la pierre sur le sol.
- Et ton père ? questionna Vekosse. Tu veux faire quoi de lui ?

Je me tournai vers sa dépouille avec désespoir puis repris la discussion.

- Il n'y a plus rien à faire. Je ne peux pas le ramener sans ramener Le Conservateur. La pierre ne peut pas le guérir de ses troubles mentaux. Allons chercher les corps de… Nos amis.

Nous rassemblâmes les cadavres de Gavrol, Simuald et Gontran au centre du jardin, alors que le Soleil commençait à calmer ses ardeurs et à doucement s'endormir.
Chacun des corps étaient liés par leurs mains et moi, je contemplai la roche qui résonnait d'ondes mystiques.
Je faisais aller mes doigts au-dessus d'elle quand soudain, des éclairs, comme un organisme vivant voulant se coller à moi, se matérialisèrent devant mes yeux ébahis.

- Yuri ! dit Kazimor en prenant ma main. Fais très attention, si ça a détruit ton père… Ça peut te détruire aussi.
- Je vais faire attention, ne t'inquiètes pas, répondis-je.
- Hé gamin ! s'exclama Vekosse en s'approchant. Ton père… Il n'a fait qu'effleurer la pierre, il ne l'a même pas complètement touché. Et toi, tu vas la prendre dans tes mains ?

Je fis un signe de la tête en acceptant l'éventualité, que j'avais, de mal finir, voire d'être réduit à néant à cause de la pierre.

- Tu es sûr que ça va marcher ? ajouta Kazimor, très inquiète, en saisissant mon avant-bras.
- Pas vraiment. Mais je ferai tout pour eux, pour vous, et si je meurs… J'aurai tout essayé.

Mes amis exigèrent, une dernière fois, que je fasse attention à cette relique qui allait très certainement mettre fin à mes jours.

J'inspirai profondément et laissai de côté toute la panique et le stress dont mon cerveau était pourvu.

Puis, comme un chat happant sa proie, je saisis d'un mouvement bref la pierre et hurlai de toutes mes forces.

Mon bras, que j'avais l'impression de perdre littéralement, commençait à me brûler et à m'infliger des douleurs que jamais je n'aurais pu qualifier avec de simples mots.

Je fus, comme le chef du Royaume d'Hallreim, traversé par de petits filaments bleutés qui s'incrustaient dans ma peau à mesure que la pierre faisait fondre les muscles de mon avant-bras.

Effectivement, Vekosse avait vu juste. Mon père avait été violemment tailladé au torse rien qu'en caressant la pierre et moi, j'espérais en ressortir indemne alors que je l'avais empoignée de toutes mes forces.

Quel idiot je fus.

Ce caillou divin souhaitait fusionner avec moi, afin de ne faire qu'une entité unique et diabolique, et m'insufflait des ordres que je me résignais à ignorer.

Mes oreilles sifflaient, mon pouls s'accélérait et je sentais que si je donnais un peu plus de mon temps à cette roche, la vie aurait pu m'abandonner.

Elle me susurrait des envies, des phrases, des volontés.

Je pouvais l'entendre me dire : *Sauve ton père, ressuscite-le, il doit vivre.*

C'était comme si cette vulgaire petite gemme s'était faufilée dans mon cerveau et souhaitait me faire perdre le contrôle de mon esprit.

Elle voulait que j'abandonne, que je lui laisse carte blanche pour tout faire.

Pour orchestrer des désastres qui auraient pu mettre la galaxie à feu et à sang.

J'ouvris mes yeux et tombai sur le sol en essayant de retirer la pierre de ma main mais rien n'y faisait, je ne pouvais plus que m'exalter des tourments qu'elle provoquait en moi.

Mes amis me contemplaient et ne savaient que faire, ils tournaient en rond en déblatérant des conseils que je ne pouvais appliquer sans risquer d'y passer.

Kazimor utilisa ses pouvoirs afin de contrôler la pierre mais fut propulsée à quelques mètres au loin.

Ma vision se troubla et se couvrit doucement d'un voile opaque, me laissant alors seul face à mes démons et mes peurs, m'abandonnant dans un espace vide dont rien ne pouvait me sortir.

J'apparus devant la maison de ma défunte mère, désorienté et estomaqué après avoir remarqué que la pierre n'était plus en ma possession.

J'étais là à me poser des questions, à tenter de comprendre la raison pour laquelle j'avais atterri face à la demeure que l'on possédait en Haute-Savoie avant que je ne quitte la Terre... Avant qu'elle ne meure...

Je pouvais encore admirer le toit faiblard qui menaçait de s'écrouler, les murs blancs couverts de moisissures à cause de la pluie et du manque d'entretien.

Les vieilles poubelles, sur lesquelles je marchais pour m'évader de ma chambre afin de rencontrer des aliens lors de mon enfance, étaient encore là et me faisaient sourire d'émotions.

J'avais les larmes aux yeux en contemplant tous les souvenirs de ma jeunesse que jamais plus je n'aurai l'occasion de revoir, que jamais plus je n'aurai l'occasion de revivre.

Tandis que je me baladais dans l'allée où la vieille voiture qui servait à me conduire à l'école était encore garée, la porte d'entrée de la maison s'ouvrit délicatement.

J'entrevis un œil empreint de questionnements glisser le long de la porte puis un deuxième.

Peu de temps après, ce que je vis sortir de la maison me figea sur place.

- Yuri ?! dit une voix atteignant mes oreilles.

- Maman ?!

Je n'en croyais pas mes yeux, elle était vivante et en très bonne santé.
Elle s'approcha de moi, méfiante comme elle l'avait toujours été, et m'inspecta de haut en bas en me touchant partout et en caressant mes mains avec les siennes.

- C'est toi mon fils ? Tu es revenu ?!
- Oui maman... Je suis là, répondis-je secoué par mes émotions.

Nous nous prîmes l'un l'autre dans les bras, portés par nos sentiments les plus joyeux, et passâmes un moment à deux.
Elle me montra les améliorations qu'elle avait effectuées sur la maison en mon absence et comment elle avait enfin réussi à créer un beau potager qui donnait des fruits et des légumes qu'on allait déguster ce soir.
Elle se dirigea vers ma chambre et m'ouvrit la porte, moi qui ne pouvais pas croire qu'elle avait encore laissé mes affiches de vaisseaux spatiaux et d'extraterrestres collées aux murs.
Il y avait même certaines des affiches les plus cultes du cinéma populaire de science-fiction.
Ah... Ces bons vieux posters qu'elle avait gardés en mon absence... Comme ce très bon *Men In Black* avec *Denzel Washington* en vedette.

Je plissai subitement les yeux sur cette affiche comme si quelque chose ne semblait pas à sa place, comme si la réalité se distordait sous mon regard submergé de doutes.

- Men In Black... C'est pas avec Will Smith ? demandai-je interloqué.
- Non. Ça n'a jamais été lui, répondit sèchement ma mère en essayant de changer de sujet.

Je ne savais pas quoi en penser.
Pourquoi vouloir me cacher quelque chose ?
Ma mère agissait d'une manière étrange, comme si ce n'était pas elle.
Enfin passons.
La soirée se déroula doucement alors que le Soleil commençait à décliner, alors que la Lune commençait à éclore d'entre les étoiles ondulant dans les cieux.
Ma mère avait préparé un bon repas, tandis que j'écoutais de vieux singles de Blues ou d'électro dans ma chambre, et cria mon nom dans les escaliers.
Je descendis à toute vitesse et, d'un air ahuri, observai ce hamburger maison dégoulinant de fromage frais et de sauce faite avec amour qui se trouvait sur la table.
Des frites orange, de patates douces plus précisément, avaient été cuisinées en amont et dressées dans un généreux plat.

Il y avait à manger pour dix au moins mais nous n'étions que deux...

- Alors, comment va papa ? demanda ma mère en mastiquant sa viande.
- Papa ?

Elle me dévisagea inopinément en fronçant les sourcils puis ajouta :

- Bah oui... Tu as fait du bon boulot avec lui ?
- C'est-à-dire ?
- Bah...

Elle avait du mal à articuler en machant son hamburger.

- Tu m'as dit que tu étais parti le rejoindre, vous deviez... Réparer les lignes électriques en montagne avec Monsieur... Monsieur Hezaard c'est ça ?
- Monsieur Hezaard ?!

Je ne comprenais rien à ce qu'elle disait, j'avais l'impression que, durant un instant, elle me parlait dans une tout autre langue.

- Mais Maman... Papa il est... Il est mort, répondis-je hésitant.

- Ah... Oui j'avais oublié, c'est vrai, rétorqua-t-elle en croquant dans son repas comme un animal affamé.

Je fis de même en me délectant de ce repas et en profitant des environs.

J'étais heureux d'avoir enfin retrouvé ma mère, d'enfin pouvoir profiter de celle que j'aimais.

Je pris un délicieux croc dans mon burger, remarquant du coin de mon œil que ma mère s'était raidie et demeurait immobile en souriant avec de grands yeux blancs.

Soudain, alors que j'orientais doucement mon regard vers elle, ma peau frémit et mes poils se dressèrent.

Une voix rauque et grave, qui ne ressemblait aucunement à celle de ma mère, sortit du fond de sa cavité buccale.

- Yuri... Tu ne m'échapperas pas, tu es à moi, dit-elle.
- Quoi ?
- Tu es à moi et à moi seule !!

Ma mère se mit debout quand tout à coup, de ses mains fermes, elle envoya valdinguer la table à manger dans un coin de la pièce avant de me plaquer au sol.

Elle posa ses doigts glacés sur ma gorge et serra de toutes ses forces en bavant sur mon nez et en grognant comme un canidé enragé.

Ses yeux étaient devenus entièrement blancs, comme si toute sa vie s'en était allée et qu'un vil démon la contrôlait désormais.

- Je vais me nourrir de ta chair, de ton sang ! affirma-t-elle en souriant. Je vais réduire chaque atome de ton corps en nourriture et ronger tes organes jusqu'à ce que tu deviennes ma marionnette pour toujours !
- Maman... Arrête tu... Tu n'es plus toi-même ! m'exclamai-je en essayant d'ôter ses mains de ma gorge.
- Tu n'as plus de mère ! Elle est morte ! Tout comme ton père... Ta meilleure amie... Tes amis... Tous ceux que tu aimes sont partis ! Tu es le dernier et tu vas mourir aujourd'hui !
- Maman... Ne m'oblige pas... À te faire du mal...

Alors qu'elle était en train d'aspirer ma vie et mon énergie, toute la maison autour de nous s'envola dans les airs comme si une prodigieuse tornade l'avait intégralement soufflée hors de nos yeux.

Le décor partit en lambeaux devant mon regard sidéré et nous apparûmes dans mon appartement sur Yorunghem 80-C.

Ma mère, qui me surplombait de tout son poids et m'immobilisait, semblait totalement déconnectée de la réalité.

Ou alors était-ce moi ?

Je tournai difficilement ma vision et remarquai qu'à mes côtés demeuraient Simuald, Gontran, Kazimor, Vekosse, Villael et Gavrol, tous agenouillés.
Ils me regardaient et pleuraient en tendant leurs mains vers moi mais je ne pouvais pas bouger.

- Tu les vois ? Ils vont tous mourir Yuri ! Tous !! Ils ne m'échapperont pas !! déclara ma mère d'une voix démoniaque.
- Non... Je... Vais réussir à les sauver !

Je poussai de toutes mes forces, à l'aide de mes jambes, le corps de ma mère qui s'écrasa au sol.
Elle, toute étourdie, n'arrivait plus à se relever.

- Yuri... Sauve-nous, s'il te plaît, demanda Gavrol en m'observant désespérément.
- Je vais tous vous sauver, tous ! Je ne vous abandonnerai pas, répondis-je en m'agenouillant vers Gavrol pour la prendre dans mes bras.
- Yuri... Aide-moi, réclama ma mère en se mettant elle aussi à genoux tandis que sa voix était redevenue normale.

Elle m'implorait de la sauver, de lui prendre la main afin de la sortir de là mais son comportement n'était pas clair, ses agissements ne m'inspiraient rien de positif.

- Je suis ta mère, tu dois me sauver, affirma-t-elle en pleurnichant.

Soudain, des petits bruits de pattes claquant sur le sol firent leur apparition et en tournant ma tête, je pus revoir Miira.
Elle, qui était si heureuse de me revoir et qui chouinait de joie, courut vers moi et me lécha le visage en secouant sa queue.
Elle était accompagnée d'Abeille, toujours aussi mignonne elle aussi.
Je fis de grandes caresses sur la tête de Miira et la pris dans mes bras en me levant, mes larmes coulant et se jetant hors de mes paupières jusqu'à atterrir sur sa fourrure soyeuse.

- Non… Je ne te sauverai pas, annonçai-je en regardant impassiblement ma mère. Je suis désolé… Mais je sais que tu n'es pas ma mère… Ma mère est morte devant mes yeux un soir d'hiver. Et je n'ai pas pu la sauver. Mais je peux encore sauver mes amis.

Je me positionnai du côté des miens, la gorge déchirée de peine et de douleurs.

- Tu pourrais faire tellement plus que ça Yuri, dit La Pierre de la Foi au travers de ma mère. Regarde autour de toi, tu pourrais avoir la vie dont tu as

toujours rêvé. Tu pourrais revoir ta mère, ton père et vivre avec eux ici, pour l'éternité.
- Non. Je sais que tu mens. Tout ça, c'est de la poudre aux yeux, pas vrai ? J'ai vu clair dans ton petit jeu et je ne suis plus déséquilibré comme avant. Je n'entends même plus ces voix quand je te regarde, c'est bon signe non ?

Je soupirai quelques instants, expulsant mon stress hors de mon corps, et terminai cette conversation qui n'allait mener nulle part.

- J'ai... J'ai des burgers à cuisiner, repris-je soudainement en contemplant une dernière fois le démon que j'avais en face de moi. Et... Une famille à sauver. Oh d'ailleurs... Men In Black, c'est avec Will Smith... Pas Denzel Washington.

Alors que j'étais bien décidé à quitter cette réalité, à revenir auprès de mes amis pour les détacher de la mort, ce qui paraissait être ma mère jusqu'ici se transforma en une nuée démoniaque et sombre de laquelle naquit une énorme tête de mort.
Elle me fonça dessus en hurlant et m'entoura afin de m'asphyxier quand d'un coup, mon bras redevint bleu et la pierre, qui m'avait auparavant quitté, refit surface dans la paume de ma main.

Je reposai Miira au sol et concentrai les dernières forces de mon corps déjà bien fatigué lorsqu'une violente onde de choc jaillit de mon être et expulsa hors de moi le nuage diabolique.

Je criai toute ma souffrance au monde entier, toute ma peine à l'Univers, et priai pour que l'on fasse revenir tous mes amis à la vie.

Je parvins, durant une seconde très infime, à contrôler suffisamment la volonté de l'artefact pour qu'elle m'obéisse puis je m'évanouis en un éclair.

Lorsque je rouvris les yeux, j'étais étalé sur le sol Zerkane et admirais une douce et calme soirée d'été envahir les environs.

- Yuri ? Yuri ça va ?!

Je reconnus immédiatement la voix de Gavrol, qui était à mes côtés, et la pris dans mes bras en profitant de sa présence, en m'assurant qu'elle était bien en vie et que j'évoluais dans la bonne réalité.

Je caressai soigneusement sa peau en relâchant la pression des événements.

De mes doigts sensibles, je pouvais percevoir les rides sur ses bras, le moindre pli de peau sur ses mains.

Elle était... Magnifique.

Gontran, Kazimor, Simuald, Vekosse, Villael et Abeille nous rejoignirent et nous partageâmes un pur moment de douceur que nous n'allions jamais oublier.

- Tu nous as sauvés ! dit Simuald.
- J'ai fait du mieux que j'ai pu… rétorquai-je en souriant timidement. Je n'ai pas pu sauver Miira. Elle est décédée depuis trop longtemps maintenant… C'était impossible de la ramener.
- C'est pas grave Yuri, répondit Gavrol en posant sa main sur ma joue pour effacer mes larmes. Elle est en paix, j'en suis sûre. Elle sait que tu as fait tout ce que tu as pu.

Je saisis soudainement la main de Gavrol et l'embrassai de toutes mes forces afin de lui témoigner mon admiration et mon amour, elle qui savait pertinemment trouver les bons mots.

C'était grâce à elle, à l'amour qu'elle m'avait porté, que j'avais pu faire des miracles, que j'avais été capable de les ramener à la vie.

La pierre d'ailleurs, qui s'était extraite de la paume de ma main avant mon réveil, vibrait et bougeait sur le sol.

Gontran prit toutes les précautions nécessaires et la remit dans son sachet de protection en veillant bien à ne pas la toucher.

Ce dernier m'observa, prit d'une intense gratitude, et me sourit en posant sa main sur ma cuisse.

- Merci mon vieux… Pour tout… T'es quelqu'un… De bien, me dit-il avant de se lever.

Je me mis en marche vers mon père et observai avec quelle rapidité son corps s'était totalement vidé de toute vie.
Je ne voulais pas y croire… Je ne voulais pas.
Comment mon père avait-il pu se retrouver entre les mains du Tyran ?
Cela m'étonnait encore de savoir que ce tueur fou massacrant des rebelles de ses mains ensanglantées n'était autre que mon géniteur et qu'il avait simplement perdu la tête après avoir subi les mêmes expérimentations que moi. Et surtout, j'en voulais terriblement à Hezaard de ne pas m'avoir dit la vérité, car je savais qu'il était au courant.
Il m'avait manipulé car j'étais le seul à pouvoir arrêter Le Conservateur.
Car j'étais le seul à pouvoir arrêter mon père.

- C'est Le Conservateur ? demanda Gontran intrigué.
- Oui, rétorquai-je froidement.
- Bon débarras, ajouta-t-il.
- Yuri… C'est…

Gavrol, frappée par la situation, avait fini par réaliser qui se cachait réellement sous le masque du Conservateur et ne savait plus quoi dire.

- Qui est-ce ? interrogea Simuald.
- C'est mon père.
- Ton père est Le Conservateur ?! Comment c'est possible ? Je… Je suis désolé, je pensais que… C'était un clone de toi, déclara Gontran en fronçant les sourcils et en se tournant vers Hezaard.

En effet, si vous ne l'aviez pas compris, Gontran, Simuald et Gavrol venaient tout juste de saisir l'étendue de mon désespoir, eux qui furent assassinés des mains de mon paternel avant de pouvoir découvrir sa réelle identité.
Seuls Kazimor, Vekosse et Villael avaient assisté à l'horrible découverte que j'avais faite concernant Le Conservateur.
Enfin passons, désormais tout le monde était au courant.
Je ramassai le cadavre de mon père en le prenant dans mes bras et lançai un regard de haine à Hezaard, tout comme le faisait également Gontran.

- Demandez des explications à Hezaard, affirmai-je. Ce traître… Il vous dira la vérité.

Je décollai brutalement dans les airs accompagné d'Abeille qui souhaitait rester à mes côtés.

Nous rejoignîmes un des vaisseaux de la garde royale encore en train de sillonner les cieux et pénétrâmes dans celui-ci en enfonçant une des portes d'entrée.

Deux gardes conduisaient et actionnaient des boutons avec leurs longs doigts lorsqu'ils m'aperçurent.

Éberlués, le dernier souvenir qu'ils eurent avant de plonger vers la mort fut celui de ma main brisant leurs crânes dépourvus de cheveux.

Je déposai alors le corps de mon père dans la soute avant de me diriger vers le poste de pilotage.

La boule au ventre, le souffle s'accélérant et les mains moites, j'inscrivis quelques chiffres afin de diriger les réacteurs vers la Terre.

Je contemplai une dernière fois, au travers de la vitre du cockpit, les visages interloqués de mes amis avant de m'envoler entre les étoiles au son du vaisseau pénétrant divers trous de vers.

Je réglai le véhicule en pilote automatique et rejoignis la soute pour finalement poser ma tête contre le doux pelage d'Abeille, profitant de chaque minute passée à ses côtés après l'avoir miraculeusement ramenée à la vie.

Nous scrutâmes, au travers de nos pupilles, la beauté de l'Univers, lui qui m'avait tant donné, lui qui m'avait tant repris, lui qui m'avait tant appris, moi qui avais tant souffert.

23.

ÉPILOGUE.

Deux mois plus tard.

C'est moi, Gontran, qui vous parle.

Je me permets de vous reprendre le temps de quelques pages car ce sont les dernières avant un petit moment.

Je résume la situation : cela faisait deux mois que nous n'avions plus aucune nouvelle de Yuri et cela nous inquiétait tous.

Simuald, Vekosse, Villael, Kazimor mais surtout Gavrol, tous se demandaient si un malheureux événement ne s'était pas produit.

Gavrol tenait beaucoup à Yuri et ne voulait pas se voir accablée d'une intense douleur si quelqu'un venait à nous communiquer que sa vie s'en était allée.

Nous étions partis de Zerk pour un petit moment afin de réaliser quelques missions pour Vekosse, afin de chasser des criminels autour du système stellaire de Yorunghem 80-C.

D'ailleurs, en ce qui concerne cette planète morte, les petits bouts de son cadavre flottant dans la galaxie avaient été frappés par plusieurs amas d'astéroïdes et ensembles, grâce à une certaine gravité, une nouvelle planète primaire était en train de se former.

Le peuple Yorune, jusqu'ici destiné à dériver dans la galaxie à la recherche d'un autre lieu de vie, était revenu pour terraformer cette nouvelle exoplanète afin de s'y installer bientôt.

En temps normal, la terraformation d'une planète prenait plusieurs siècles à se faire mais grâce à la technologie Yorune, ce temps s'était minimisé à quelques minces années.

En attendant, ce peuple s'était décidé à coloniser Yorunghem 80-B, un plutôt beau lieu de vie, bien que beaucoup plus hostile que sa sœur.

Tout cela allait bien trop vite mais j'étais heureux pour eux et pour Gavrol qui allait retrouver son peuple et son oasis de paix.

En vérité, nous étions précisément revenus sur Ultrag et avions construit un Q.G grâce aux matériaux résistants de la planète.

Le froid extrême traversant les plaines, les montagnes et la nature d'Ultrag nous avait donné du fil à retordre mais, grâce à un alliage de plusieurs métaux isolants, nous avions réussi à construire une base solide.

De plus, l'énergie de La Pierre de la Foi, contenue dans un réceptacle situé dans une pièce sécurisée et blindée, se déversait partout et nous assurait une véritable couverture contre la météo capricieuse de ces lieux.

J'avais conceptualisé, après des semaines de recherche, des moyens supplémentaires de nous protéger du froid la nuit venue.

Grâce à mon petit cerveau d'ingénieur, nous avions installé des panneaux antigravitationnels partout au-dessous de la base, permettant à cette dernière de ne jamais toucher le sol gelé lorsque les températures baissaient drastiquement.

Ce grand complexe, érigé plain-pied, se fondait dans le décor naturel avec ses murs et son toit adaptatifs l'empêchant d'être visible des prédateurs d'Ultrag.

De grandes vitres entouraient la totalité de cet édifice et contribuaient à réfléchir la lumière du jour afin de le réchauffer naturellement, en plus de donner à nos employés une vue imprenable sur l'ensemble du paysage montagneux.

Quelques jours plus tôt d'ailleurs, nous avions reçu la visite inattendue de la nouvelle création tout droit sortie des pensées malfaisantes du Tyran, j'ai nommé : *Aarozz* !

Même si nous l'avions cru mort des mains du Conservateur, il avait réussi à se régénérer en téléportant ses restes sanguinolents dans sa dimension et il était revenu en chair et en os et, prêt à nous aider dans nos futures missions, voyant que son but de détruire Le Conservateur s'était achevé des mains de Yuri Santana.

Nous avions décidé de nous renommer autrement, de reprendre tout à zéro à partir de notre nouveau Q.G, de recruter quelques personnes dans notre équipe afin de pouvoir répondre aux dangers présents dans la galaxie.

Nous avions décidé de nous appeler "Les Blues" en référence au genre musical de la Terre auquel Yuri nous avait parfois initiés.

Mais cela avait également un rapport avec la Pierre de la Foi qui scintillait actuellement dans une pièce spécialement conçue pour elle.

J'étais avachi, sur un canapé d'une salle de détente de notre base, quand j'ouïs subitement une heureuse nouvelle de la bouche de Gavrol, tout juste revenue d'une mission d'éclairage sur Terre afin de retrouver Yuri.

- Alors ? Tu l'as retrouvé ? demandai-je en sirotant une boisson alcoolisée dans mon fauteuil.
- Oui, tu es encore en train de picoler ? répondit-elle dépitée.
- Oh ça va ! Je me détends !
- Je ne me sens pas très bien, affirma Simuald assis à côté de moi.

Simuald bondit hors du sofa et partit en courant aux toilettes en se tenant le ventre.

- Vous avez bu combien de verres ? questionna Gavrol en croisant ses bras.
- Euh... Simuald n'a rien bu ! m'exclamai-je.
- Ne me mens pas.
- Deux... Trois... Sept...
- Sept ?!
- Mais Simuald encaisse trop bien l'alcool ! Moi au premier verre je suis déjà bourré mais lui... C'est une vraie machine... Le problème c'est que ça dérègle son système digestif quand il boit trop d'un coup.
- Faut vraiment faire soigner ton alcoolisme...
- Je suis pas alcoolique.
- T'es alcoolique Gontran... Et dépressif, dit Kazimor en entrant dans la pièce.
- C'est faux ! déclarai-je en pointant mon doigt vers Kazimor. Je suis... Je suis pas alcoolique en tout cas. Bon et donc... Yuri, il est où ?
- Il n'a pas été très compliqué à retrouver en fin de compte. Il a mis du temps à revenir à ses racines même s'il est parti depuis deux mois... Mais il est enfin revenu chez lui, chez sa mère, affirma Gavrol.

Je rivai mes yeux vers le sol et arborai un petit sourire du coin de mes lèvres avant d'ajouter :

- Allons lui rendre visite. Il mérite de tout savoir.

Nous démarrâmes le vaisseau principal et moi, le plus doué des pilotes de la galaxie, je pris les commandes afin d'atteindre les nuages.

Vekosse et Villael, que j'avais réussi à extirper de leur sieste, nous avaient rejoints en traînant péniblement leurs gueules défraîchies au sol.

J'admirai encore une fois notre beau bâtiment, édifié de nos mains, et surplombant le flanc d'une grande montagne enneigée.

Ce sublime monument, aux vitres bien nettoyées, se mêlait aux lianes et aux plantes qui grimpaient sur lui en nous offrant des fleurs que l'on pouvait cueillir et consommer chaque jour.

Je fis route jusqu'à la planète natale de Yuri, la Terre, en glissant entre les étoiles et les galaxies vêtues de somptueuses couleurs.

Lorsque nous arrivâmes, nous contemplâmes la beauté avec laquelle cette planète nous accueillait, la verdure présente un peu partout, l'eau en abondance qui ruisselait d'entre les arbres, abreuvant ses habitants de minéraux essentiels.

Cette planète, paraissant au premier abord hostile et enclavée par la grande présence d'une nature, se dessinait peu à peu devant nous et offrit à notre vue son équilibre presque parfait entre civilisation et nature.

Nous rejoignîmes la Haute-Savoie, cette région entourée de magnifiques montagnes massives aux pointes traversant les nuages, et atterrîmes aux abords d'une forêt non loin de là où Yuri devait désormais résider.

Nous marchâmes tous et atteignîmes la demeure de Yuri qui paraissait plus que modeste.

Sa maison aux murs clairs, aux fenêtres tâchées de saletés et au toit se dégradant après des années passées sans traitement, n'inspirait rien de bon.

- Yuri ! criai-je en portant ma voix jusqu'à l'intérieur de sa maison.
- On dirait qu'il n'y a personne à l'intérieur, déclara Kazimor.

Je regardai au travers des fenêtres et observai les meubles poussiéreux, les vieux livres posés dans une bibliothèque qui menaçait de s'écrouler.

Personne ne semblait présent, et aucun entretien n'avait été fait pour que l'on puisse penser que quelqu'un y vive.

Pourtant, alors que je penchai ma tête sur le côté en plissant les yeux, une silhouette surgit de l'autre côté de la maison, dans le grand jardin.

Nous fîmes route vers le lieu où j'avais cru l'apercevoir et j'ouvris le portillon en bois afin de pouvoir enfin pénétrer en ces lieux.

Au loin, dans ce grand espace vert entouré de champs verdoyants aux animaux broutant de l'herbe, j'observai Yuri qui allait et venait avec des arrosoirs afin de nourrir les nombreuses fleurs entourant une tombe faite de ses mains.

Un anneau de cailloux sur le sol, de la terre battue et une pierre tombale faite en roche taillée recouvraient le corps de son défunt père.

Son nouvel animal de compagnie, Abeille, était confortablement allongé dans l'herbe fraîche et fixait les papillons posés sur les végétaux.

Nous marchâmes doucement vers Yuri qui était concentré à ne mettre aucune goutte d'eau à côté de ses plantes.

Il s'arrêta d'un coup, coupé de son activité par nos bruits de pas faisant rompre certaines brindilles jonchant le jardin, et leva son visage vers le champ en face de lui.

- Qu'est-ce que vous êtes venus faire ici ? Vous vous êtes perdus ? demanda froidement Yuri en posant ses arrosoirs sur l'herbe humide.
- Non Yuri, nous sommes venus pour toi, répondis-je.
- Yuri, reviens avec nous, dit Gavrol en mettant un pied devant l'autre.

- Ne vous avancez pas, déclara Yuri.

La rosée se collait sur nos bottes et le vent faisait valser les cheveux de Yuri d'avant en arrière.

Il portait un long manteau gris qui lui servait peut-être à jardiner et à bricoler d'après les traces de poussière et de boue que je pouvais remarquer.

Nous étions glacés par le froid de ce début de matinée qui faisait pleurer nos yeux rouges, qui paralysait nos doigts violacés, qui nous revêtait de souffrance à chaque pas effectué.

Le soleil était en train de se lever et tentait de faire parvenir ses rayons chaleureux sur nos peaux en glissant entre les énormes troncs d'arbres qui nous encerclaient.

Les oiseaux chantonnaient en se réveillant doucement, remarquant que le monde s'était allumé une fois de plus sous les agissements des humains.

Yuri se tourna vers nous, les yeux n'exprimant que de la colère, et nous contempla de haut en bas en contractant vivement sa mâchoire à répétition.

Il paraissait énervé, comme si nous avions fait quelque chose qu'il ne fallait pas, comme si nous n'aurions jamais dû mettre le cap sur cette planète bleue.

Il avait laissé pousser ses cheveux lisses et bruns de quelques centimètres jusqu'à ce qu'ils puissent recouvrir ses oreilles et ne s'occupait plus de sa barbe que pour la tailler grossièrement.

Il avait abandonné son beau bouc qui lui donnait une identité et se cachait désormais derrière sa pilosité afin d'y dissimuler toute sa tristesse et son désespoir.

- Qu'est-ce que vous me voulez ? questionna Yuri.
- Nous voulons discuter, je sais que ce n'est pas facile pour toi en ce moment...

Yuri m'interrompit.

- Je n'ai pas besoin de ton aide, ni de la vôtre d'ailleurs. Vous pouvez retourner d'où vous venez. Je suis très bien ici désormais.
- Yuri, tu n'as pas besoin de te cacher ici, répondit Gavrol le regard abattu. Tu... Tu nous manques. Reviens.
- Non.
- Yuri...
- Vous ne pouvez pas comprendre ce que j'ai vécu... Je n'ai plus besoin d'être un "*super-héros*". Je ne veux plus de ce rôle.
- Personne ne te demande d'être un super-héros... Tu peux être qui tu veux.
- J'ai déjà essayé d'être qui je veux, regarde où ça m'a mené !

Yuri pointa du doigt la tombe de son père en se tournant, les yeux absorbés par la peine et l'âme endommagée de souffrances.

- Yuri... Tu nous manques beaucoup mon ami, dit Simuald.

Yuri se retourna vers Simuald et le regarda en laissant couler quelques larmes.

- Tout ça... C'est la faute de Hezaard, annonça Yuri soudainement. S'il ne m'avait pas menti... S'il m'avait dit la vérité...
- Et comment tu crois que tu aurais réagi s'il te l'avait dit ? rétorquai-je en m'approchant de Yuri. Je... Je sais à quel point c'est dur de perdre ceux que l'on aime... Et Hezaard le savait aussi... Il ne savait juste pas comment t'avouer que Le Conservateur n'était autre que... Ton père... Je suis sincèrement désolé... Hezaard n'est pas toujours bon avec les autres, il a énormément de défauts, mais je pense qu'il n'y a pas que lui dont tu dois te soucier.

Un long silence s'installa durant quelques secondes avant que je ne me décide à reprendre la parole.

- J'ai voulu savoir la vérité... Je ne savais pas que ton père était Le Conservateur... Mais j'avais fini par me douter que ce n'était pas un simple clone de toi. Et... J'ai interrogé Hezaard peu de temps après que tu aies dû tuer ton... Enfin bref...

Je ne savais pas comment lui dire que j'étais désolé.

- Vous pouvez partir, j'ai envie d'être seul, affirma Yuri en se retournant vers la sépulture de son père.
- Yuri... repris-je. Les Terriens sont les seuls à pouvoir encaisser les dons que tu possèdes du fait de leur code génétique... Personne d'autre ne le peut. Le Tyran l'avait bien compris et cela fait très longtemps qu'il enlève des humains afin de réaliser des expérimentations sur eux. La nuit où... La nuit où ton père est mort des mains de ces mafieux brésiliens, le Tyran, qui suivait de près ton père depuis un moment déjà, a reçu un signalement et a envoyé des troupes rechercher son cadavre. C'était la première fois qu'il tentait de ramener à la vie un Terrien... Alors, il a recousu la tête de ton père et il a réussi l'exploit de le ressusciter. Peu de temps après, il a mené sur lui des essais encore plus fous qu'auparavant et lui a injecté des produits qu'il n'avait jamais testés jusqu'alors... Au début tout se passait bien, il n'avait jamais vu quelqu'un d'aussi fort, d'aussi intelligent, d'aussi rapide. Alors il a décidé de faire de ton père son bras droit.

Seulement, quelque temps plus tard, le Tyran surprit Le Conservateur dans sa chambre en train de pleurer et de prier pour retrouver la mémoire… Il affirma haut et fort, au Tyran, que la seule chose dont il se souvenait était son fils… Toi…

Je pris quelques secondes afin de reprendre mon souffle, moi qui étais stressé de lui raconter comment son père était devenu Le Conservateur.

- Au fil des jours, tout le monde au sein du Royaume du Tyran commençait à remarquer des changements dans le comportement du Conservateur, comme si ce dernier ne souhaitait plus parler de la même manière. Il ne voulait plus qu'on le voit à visage découvert, qu'on puisse le nommer par son prénom… Il était devenu quelqu'un de plus mauvais… De plus démoniaque. Un jour, Hezaard, qui menait une action pour déjouer la dictature, eut la visite du Conservateur en personne pour la première fois et ce dernier massacra tout le monde. Tout le monde… Sauf Hezaard qui jura d'arrêter, à tout prix, le Tyran et son bras droit. Il organisa donc une mission délicate afin de découvrir qui pouvait se cacher sous le masque du Conservateur et tomba sur l'entièreté des rapports d'expérimentations du Tyran. Il venait de percer à jour l'identité de cet être aux pouvoirs démesurés et surtout... Comment en recréer un autre. Il décida de dérober les plans des produits susceptibles d'apporter des pouvoirs aux Terriens et partit à ta recherche, sachant que le seul être capable de réellement connaître Le Conservateur était... Son fils.

Yuri me contempla avec un air abattu, comme si tout ce que j'énonçais à propos de son paternel le détruisait, et c'était le cas.
Malheureusement, je me devais de lui dire la vérité.
Yuri se tourna ensuite vers le tombeau de son père, lui qui était enterré dans le jardin de sa défunte femme et résidait désormais entre les fleurs aux pétales rose et orange.
Yuri ravala sa douleur et essuya les quelques larmes qui avaient pu s'évader de ses paupières alourdies d'amertume.

- Yuri... Ne reste pas là, dis quelque chose, demanda Gavrol attristée par les pleurs de son ami.
- Partez, allez sauver des vies, vous n'aurez rien de plus venant de moi, répondit-il sèchement, orienté vers ses lamentations.

J'étais debout, immobilisé par l'absence de convictions, figé comme une statue rongée par les remords du temps et du passé, quand tout à coup, une vibration retentit dans la totalité de mon bras droit.

Je baissai mes yeux vers mon poignet où un dispositif similaire à une montre tremblait.

Cet appareil, qui facilitait les transmissions, nous permettait de nous tenir au courant des crimes et des dangers en temps réel.

Une petite lumière en son centre se peignait actuellement d'un rouge vif papillotant.

- Décroche, dit Vekosse.
- J'allais le faire vieillard, répondis-je en appuyant sur ma montre.
- Il m'a appelé vieillard ou je rêve ?
- Je n'ai rien entendu, déclara Simuald en faisant mine de rien.
- Moi j'ai entendu et c'est pas très respectueux, affirma Villael en souriant.

Devant nos yeux ébahis, nos regards interrogateurs, l'hologramme d'un de mes amis de longue date, répondant au nom de *Sinamon*, surgit.

C'était un habitant de feu Yorunghem 80-C, qui vivait depuis peu de trafic d'armes et de bijoux volés en espérant pouvoir, un jour, revoir la lumière de son Soleil se fondre dans les nuages veloutés de sa planète préférée.

Il avait décidé, depuis quelques jours, d'emménager avec moi sur Ultrag après avoir écouté tous mes conseils de vie. Seulement là, il semblait salement amoché et son souffle haletant parvenant jusqu'à mes oreilles ne me disait rien qui vaille.

Ses cheveux bouclés et orange tout en pétard ne me rassuraient pas.

Ses yeux rouges écarquillés par des traumatismes récents, sa bouche hésitante et se pliant à la moindre tentative de prise de parole, rien n'était de bon augure.

L'atmosphère venimeuse, à m'en faire perdre la coagulation de mon sang, me donnait la chair de poule.

- Respire Sin, qu'est-ce qu'il y a ? demandai-je, paniquant au fond de moi-même.
- Je... Il... C'est un massacre...
- De quoi ?
- Dis-nous Sinamon, calme-toi et dis-nous, déclara Gavrol en essayant de détendre la situation.

Sinamon respira un bon coup et baissa son regard vers le sol avant de reprendre laborieusement :

- Je suis allé sur Zerk pour revendre de la marchandise... Mais je ne sais pas ce qui... Ce qui s'est passé... Un groupe est venu sur Zerk... Ils... Ils ont tout détruit... On a réussi à se sauver à temps mais... C'est vraiment la merde... Il faut que vous veniez... De toute urgence !

Soudain, alors qu'il était en train de s'exclamer, la transmission fut interrompue par je ne sais quel hasard ou quel événement dramatique.

L'effroi montant dans mon corps, comme un nuage d'obscurité m'empêchant de voir clair devant moi, me laissa sans voix.

Yuri se retourna après avoir remarqué mes émotions et la tournure de la situation et paraissait aussi frappé par la situation que nous.

- Yuri, soit tu viens avec nous, soit tu restes là, mais... Fais le bon choix, dis-je en grattant la peau autour de mes griffes, constatant que mon stress m'envahissait trop intensément.

Il se tourna, toujours aussi perdu dans ses sentiments en observant les champs avoisinant sa maison, et se dirigea vers ces derniers.

- Allez-y, rétorqua-t-il de manière hésitante. Je vous rejoins, je vais prendre mon vaisseau.

Nous fîmes route vers notre véhicule, démarrant ce dernier sans perdre une seule seconde.

Lorsque je pris les commandes et entrai en vol afin d'atteindre les étoiles, j'aperçus du coin de l'œil le vaisseau de Yuri filant à toute vitesse dans le cosmos.

Nous arrivâmes aux abords de ma planète que je ne savais plus reconnaître tant elle avait été endommagée par quelque chose ou quelqu'un que je ne connaissais pas.

Tout un tas de vaisseaux tournaient autour de Zerk, se relayant pour lancer, dans l'espace, des lumières de toutes les couleurs afin de commémorer un jour qui allait être ancré en moi à jamais, afin de rendre hommage aux Zerkanes décédés.

Je réglai soudainement mon vaisseau en vol stationnaire et bondis hors de mon fauteuil afin d'apercevoir, de la vitre du cockpit, ce qui paraissait être Zerk consumée par des cataclysmes venus tout droit des écrits de l'Apocalypse.

La planète avait été coupée en deux et prise de plusieurs milliers d'incendies ravageant chaque recoin.

Sur chaque bout de Zerk, quelqu'un avait apposé sa signature, comme un repère, comme un témoignage.

Une seule et unique lettre brûlait et scintillait de mille feux, un gigantesque "D" que l'on avait tracé à la force des mains.

Mes pupilles se dilatèrent à la vue de ce cauchemar, mes vaisseaux sanguins gorgés de globules rouges allaient exploser de désespoir tandis que Simuald et Gavrol s'approchaient vers moi afin de poser, sur mes épaules, leurs douces mains réconfortantes.

- Qu'est-ce qui s'est passé ?! demanda Yuri qui faisait résonner sa voix dans mes haut-parleurs.
- Yuri ! m'exclamai-je. Je ne sais pas... C'est terrible.
- Gontran, tu me reçois ? dit une autre voix pénétrant mon vaisseau.

Un hologramme apparut devant mon visage décomposé. Ce fut Sinamon, mon ami, qui était sur les lieux depuis un moment déjà.
Il était encore plus paniqué que lors de son précédent appel.

- Oui je te reçois, il s'est passé quoi ? Qui a fait ça ?! questionnai-je en ayant les yeux inondés de larmes.
- Nous... Nous avons reçu un signalement... Nous avons reçu l'ordre de quitter la planète. Un grand déluge s'est abattu sur Zerk... Je ne savais pas ce qui s'était passé jusqu'à maintenant... On vient de recevoir un message... Une vidéo affreuse...
- Passe-la-moi.

L'hologramme de Sinamon disparut et il n'y eut qu'un long silence régnant en ces lieux durant quelques trop longues secondes.

Soudain, alors que je commençais à m'arracher la peau des lèvres et à gratter les cuticules entourant mes griffes, une vidéo surgit des ténèbres de la pièce où l'on se tenait tous. La vidéo se prénommait "*Déluge 001-1*".

Gavrol approcha sa main du tableau de commandes afin de lancer la vidéo mais je la retins subitement, la gorge serrée d'effroi, les oreilles congelées et les jambes toutes faiblardes.

Mon pouls s'accéléra, je transpirai et peinai à déglutir afin de reprendre mes esprits.

Il était trop tard pour reculer, pour refuser d'observer cette vidéo au nom horrifiant.

J'appuyai difficilement sur le bouton qui démarrait la vidéo et contemplai le visage déboussolé et haletant de Hezaard.

Il se filmait de face, témoignant son expérience sur sa dernière mission qui consistait à décimer les partisans restants de l'ancienne dictature, à détruire tout ce qui restait de ce que le Tyran avait instauré.

- Journal de bord... Jour 64 après la victoire des rebelles sur la dictature Zerkane... Nous avons repris de force le camp militaire de Kaapeltza et avons détruit toutes les armes et les figures adoratrices de *Fraya Lazor*, l'ancien dictateur Zerkane, affirma Hezaard, arborant du sang sur le visage.

Puis plus rien, rien que du noir, rien qu'un énième moment sans son, sans saveur, sans aucune émotion que la peur dans mon cœur.

Tout à coup, un énorme cri de femme retentit dans nos oreilles. Un hurlement si puissant que je sursautai de terreur et que l'on se boucha les tympans.

La vidéo reprit.

Hezaard filmait l'exécution de plusieurs chefs militaires et adorateurs du Tyran.

- Jour... Euh... Quel jour on est ? demanda Hezaard en tournant sa tête.
- Jour 67 Mon Chef, répondit une voix derrière la caméra.
- Ah oui... Jour 67 après la victoire des rebelles sur la dictature Zerkane... Nous nous retrouvons sur la place publique de Molaark, une ville jusqu'ici détenue par ces adorateurs du dictateur. Nous avons réussi à la reprendre. Comme vous le voyez...

Hezaard tourna sa caméra.

On put admirer plusieurs hommes Zerkanes agenouillés et priant les Dieux afin qu'on les épargne.

Tout autour d'eux des civils, des hommes, femmes et enfants, se tenaient là, venus de partout afin de visionner en direct une exécution, dans le but de leur montrer l'exemple.

- Comme vous le voyez, nous avons réussi à capturer ces admirateurs du Tyran, poursuivit Hezaard. Nous allons mettre un terme à ces idées archaïques, ces adorations, ces idolâtries... Nous allons montrer au monde de quoi nous sommes capables, ce que nous pouvons faire et ne pas faire. Que ces messieurs servent d'exemples... Qu'ils servent à tous ceux qui veulent restaurer un tel régime... Nous ne nous laisserons pas faire ! Nous riposterons !

Soudain, Hezaard ordonna à ses collègues de pointer le canon de leurs armes face à ces malfaisants.

- Trois ! cria Hezaard.

Le monde acclamait l'exécution de ces hommes.

- Deux !

Le monde commençait à devenir impatient.

- Un !

Le monde devint soudainement silencieux. Plus personne n'osait bouger, ni parler.

Leurs yeux furent rivés vers ces criminels de guerre mais quelque chose n'allait pas.

Hezaard demeurait bouche bée, n'osant pas acclamer la fin du décompte afin d'abattre ces traîtres.

La caméra se mit subitement à trembler.

Le peuple autour d'eux leva les yeux vers les cieux où le Soleil avait étrangement perdu toute sa splendeur.

Une immense ombre empêchait les rayons lumineux d'atteindre Zerk, comme si un gigantesque rocher s'était immiscé face au Soleil.

- Qu'est-ce que c'est que cette merde ? demanda une voix au loin.

La caméra s'orienta vers les nuages et je pus admirer un titanesque vaisseau, bien plus grand que tous ceux que j'avais pu observer durant ma carrière de pilote, qui explorait la planète.

Il s'immobilisa après avoir arpenté Zerk à la recherche de quelque chose de bien précis j'imagine.

Le vaisseau, cet objet menaçant et reconnaissable, était de forme triangulaire comme l'étaient les pyramides de la Terre mais s'allongeant sur des milliers de kilomètres d'où ressortaient des centaines de lumières rouges, jaunes, bleues.

En son centre se trouvait un interminable œil lumineux, très certainement capable de lancer des salves de rayons

d'énergie si puissantes, et grondant un chant caverneux qui retentissait dans toute la galaxie.
Des tonnes de lumières spectaculaires parcouraient l'entièreté de cette création volante.
Deux vastes auréoles lumineuses, et brillant d'un jaune doré, tournaient circulairement et à rythme régulier entre le point le plus haut du vaisseau et le point le plus bas.

- J'ai déjà vu ce vaisseau quelque part, affirma Gavrol en plissant les yeux. Oh c'est pas vrai...
- C'est... C'est...

Kazimor, que je caressai du regard, paraissait tétanisée à un point tel que mon incompréhension des événements me donnait la nausée.

- C'est quoi ?! demandai-je à Kazimor qui avait étrangement cessé de parler.
- Mon... Mon souvenir... C'est le même vaisseau que dans mon souvenir ! s'exclama Kazimor, le cœur rongé par la terreur.
- Mais bordel, vous allez me dire ce que c'est ?! criai-je en perdant patience.

Tout le monde resta silencieux et étrangement je fis de même, sachant que c'était sans doute à cause de cet objet que ma planète natale avait été détruite et mon peuple envoyé à la mort.

Soudain, la personne tenant la caméra et filmant la réaction des gens se perdit sur chaque courbe du vaisseau. L'œil en son centre s'ouvrit doucement tandis que presque plus aucun nuage n'était présent dans le ciel, eux qui avaient été soufflés par les éminents réacteurs de cette machine infernale prête à tuer.

Ce qui paraissaient être des enfants prirent leur envol et descendirent doucement dans les cieux, arborant un joli sourire divin.

Ils possédaient de belles petites ailes faites de plumes accrochées à même leurs dorsaux et de somptueux cheveux bouclés d'un jaune flamboyant.

Ils étaient vêtus d'une longue toge blanche cachant leurs genoux et atteignant leurs chevilles pour les caresser voluptueusement, et de leurs ceintures en tissu doux se balançait une imposante trompette d'un blanc opaque.

Nous ouvrîmes amplement nos yeux, nos oreilles et nous cessâmes de bouger à la vue de ce qui semblait être des anges descendant des cieux.

Le ciel, noirci par l'absence de lumière, n'était éclairé que par leur magnificence, leur noblesse, leur rayonnement d'amour et de joie.

Ils tournoyaient dans le ciel et s'arrêtèrent d'un seul coup en levant leurs regards vers le vaisseau.

Ils saisirent tous leurs trompettes et collèrent leurs lèvres charnues dessus puis, alors qu'une ombre se manifestait d'entre les flammes du vaisseau, ils firent trembler les tympans de chacun, les murs de toutes les bâtisses, les fondations de tous les gratte-ciels, les pattes de tous les animaux et les racines de chaque végétal.

- Je suis en train de rêver là, c'est pas possible ? demanda Vekosse.
- Les gars... Chez moi sur Terre... Dans un livre saint... Tout se passe comme ça, affirma Yuri étonné au travers des haut-parleurs. C'est écrit partout... Le Dieu des Dieux... Il reviendra... Pour juger les vivants et les morts. Et son règne n'aura pas...
- De fin, reprit Simuald. J'ai déjà vu passer ces écrits également.

Alors que Yuri et Simuald prononçaient ces affolantes paroles venues de leur livre saint, je compris qui nous étions en train de contempler.

Certains des anges se mirent à chanter en choral, comme si ce n'était pas déjà assez que de souffler la trompette de la mort auprès de mon peuple.

Un chant tantôt grave, tantôt aigu, vint jusqu'à nos oreilles alors que la silhouette aux allures divines se dévoilait dans le ciel.

Il était vêtu d'une longue cape noire et d'une capuche qui dissimulait son visage et ne permettait à personne de mettre une identité sur cette personnalité.

Il possédait sur ses bras, son torse, son cou et ses jambes, des marques noires incrustées et ces dernières semblaient se mouvoir au gré de ses pensées.

Le vent qui s'affolait faisait trembler sa jupe noire fermement attachée à sa taille à l'aide d'une sorte de ceinturon rougeâtre.

La lueur émise par ces anges nous permit d'observer d'étranges inscriptions et symboles d'un doré brillant s'étalant tout autour de sa ceinture et de ses bottes.

Malheureusement, je ne savais pas en quelle langue cela était écrit.

Le chant s'intensifiait encore et encore.

Le rythme effréné des souffles dans leurs trompettes m'horrifiait alors que cet être descendu des cieux s'était totalement figé en hauteur.

Il leva subitement ses mains vers les rares nuages encore présents quand d'un coup, une auréole d'or engloba son crâne.

De ses doigts tout-puissants s'échappèrent des arcs électriques mortels d'un jaune intense.

- Chef... Il faut s'en aller, déclara le cameraman à Hezaard.

Ce dernier demeura silencieux et trop plongé dans ce dantesque spectacle apocalyptique pour bouger ne serait-ce qu'un petit doigt.

- Chef vraiment ! Il faut qu'on se tire d'ici et...

Le cameraman était subjugué par le comportement de Hezaard à un point tel qu'il s'arrêta d'énoncer des propos que plus personne n'entendait désormais.

Et là, alors que les trompettes et les chants avaient bizarrement cessé, cet être omnipotent orienta ses mains vers le monde et de violents éclairs parvinrent jusqu'à chacun des Zerkanes présents à cette scène.

Ces foudres, comme des mains agrippant leurs consciences, s'immiscèrent dans leurs cerveaux et chacun d'eux se lia à ce Dieu.

Tous se mirent à arborer des yeux d'un jaune lumineux comme si des démons les possédaient.

Certains d'entre eux, à ma grande stupeur, s'envolèrent doucement dans les cieux pour rejoindre les nuages, attirés par une force indescriptible.

Hezaard, son cadreur, certains des criminels ainsi que d'autres Zerkanes demeurèrent quant à eux agenouillés et immobiles sur le sol.

Le cameraman, encore doué d'un semblant de lucidité, orienta son objectif vers divers Zerkanes qui paraissaient se débattre et refuser un quelconque contrôle mental lorsque soudain, chacun d'eux se changea en une statue de pierre inanimée.

Nous arrivions aux dernières vingtaines de secondes avant la fin de la vidéo, et peut-être avant celui de l'Univers tout autant.

La caméra tomba soudainement par terre en direction de la ville, en direction de là où se tenait le Dieu qui survolait les environs.

Il pointa ses doigts vers les Zerkanes et, d'un seul coup bref, fit s'abattre sa puissance divine en faisant tout exploser d'un modeste mouvement de la main.

Un phénoménal champignon de feu, comme celui qui se forme lors du largage d'une bombe atomique dévorant tout sur sa route, naquit au milieu des habitations des modestes citoyens de cette ville.

Et là, alors que la caméra tremblait, une onde de choc intense ravagea tout et fit cesser les images.

Il ne restait désormais plus qu'une dizaine de secondes avant la fin et j'étais déjà en train de me couvrir la bouche de mes mains pour ne pas montrer la souffrance que je ressentais au fond de moi.

Soudain, quelqu'un reprit la caméra et la tourna vers lui.

- Gontran... Yuri... C'est moi, dit péniblement Hezaard qui semblait avoir survécu à l'attaque divine. Si vous recevez ce message... C'est que je suis mort. Quelqu'un vient de détruire la totalité de la ville où nous étions... Il a pris le contrôle de mon esprit... J'ai su m'enfuir et me cacher à temps, mais ça ne suffira pas. Il ne s'arrêtera pas là, il ne s'arrêtera jamais. Yuri, je suis désolé pour tout ce que je t'ai fait subir... Je sais que je t'ai menti, que je t'ai utilisé et que jamais je n'arriverai à me faire pardonner. Mais tu comprendras avec le temps que c'était pour le bien du monde et de la galaxie. Je ne vais sûrement pas sortir vivant de ce cauchemar alors je veux que tu saches une chose... Je t'ai... Je t'ai toujours considéré comme un fils. Je t'ai toujours accompagné même si tu ne m'as pas vu. Je sais que tu vas accomplir de grandes choses, c'est pour cela que tu es né. Tu ne m'as jamais déçu... Je me suis déçu moi-même de ne t'avoir jamais dit la vérité au sujet de ton père... Yuri... Je t'aime mon grand... Prends soin de toi.

La caméra se coupa encore une fois.
Il ne restait désormais que six secondes avant la fin de la vidéo.
Hezaard reprit subitement la caméra et avait l'air de s'être caché dans un autre endroit que celui où il se tenait précédemment.
Ce fut un pénible défi pour lui que de trouver le courage de reprendre l'enregistrement de cette catastrophe, lui qui était accroupi derrière des voitures saccagées.
Malgré tout, il se résolut à continuer à filmer les environs.

- Vous entendez le son des trompettes ? Les voix ? Les chants ? demanda Hezaard essoufflé et harassé. Il ne s'arrêtera jamais. Gontran... Yuri... Je vais vous demander une dernière chose. Ceci sera ma dernière mission pour vous. Lorsque cet être s'est connecté à mon esprit, j'ai vu ce qu'il souhaitait, ce qu'il voulait par-dessus tout. Il est à la recherche d'un homme... Répondant au nom de *Whirlwind*... Je sais où il se trouve. Allez sur Terre et avertissez les humains, je vous en supplie. Qu'ils se préparent car...Il donnera la mort à quiconque s'opposera à lui... Il s'est réveillé d'un long sommeil, il vient de loin et son nom... C'est **Delka** !

Hezaard orienta la caméra de l'autre côté et enregistra une dernière fois cette cité aux airs d'Apocalypse quand tout à coup, cette divinité sillonnant les cieux auprès de ses anges expulsa, de ses mains, un gigantesque arc électrique qui scinda la planète en deux si brutalement que toute vie rejoignit le paradis.

La vidéo s'acheva sur cette note affreuse et je n'avais désormais plus que mes yeux pour pleurer ma terre disparue et mon peuple décimé jusqu'au dernier.

Je fermai les yeux, tentant de contenir en moi tout ce qui me touchait, toute cette désolation, tous mes tourments.

Malheureusement, les ruines de ma planète et mes amis décédés retentissaient en moi comme un écho d'amertume

si dévastateur que je m'écroulai douloureusement au sol en pleurant toutes les larmes de mon corps.
Chacun des membres de l'équipage vint à son tour me réconforter, me dire à quel point il ou elle était désolé. Même Yuri se joignit à ma désolation en tentant de me soutenir du mieux qu'il le pouvait.
Mais je n'arrivais pas à l'écouter.
J'avais perdu ma vie.
Tout ce que j'avais de plus cher à mes yeux s'était envolé d'entre les anges providentiels parcourant tantôt les cieux de mon chez-moi.
Je ne laissai désormais à cette étoile déchue que les larmes de ma mélancolie.
Je jetai alors mon regard par terre devant ma peine et acceptai, une fois encore, que l'Univers ait pris la décision de me montrer la mort comme l'un de ses plus beaux établissements afin de m'y faire goûter indéfiniment.
Agenouillé au sol, la conscience délicatement échouée entre mes mains, je me résignai finalement à ce qu'aucune métaphore n'aurait pu définir la grisaille que mon cœur expérimentait, en contemplant mon monde plongé dans un silence éternel.

Jörkenheim et Les Blues reviendront...

Note de fin :

Bonjour, ou bonsoir.

Vous venez d'atteindre une rubrique spéciale qui est dédiée aux explications de mon univers et ce qui risque de se passer par la suite.

En effet, depuis 2014 je crée des super-héros, qui évoluent tous dans le même univers, et qui font partie d'un tout bien plus grand que ce que l'on peut imaginer. Concevoir des péripéties, conceptualiser des caractéristiques nouvelles pour mes personnages, donner vie à ce qui se passe dans ma petite tête a toujours été l'une de mes plus grandes passions.

Mais vous vous doutez bien que, sans faire connaître cet univers, c'est assez compliqué pour moi de concevoir l'avenir.

C'est donc tout naturellement que je souhaite vous remercier, vous qui êtes arrivé jusqu'ici pour lire ces mots, car c'est grâce à l'achat de mes livres et votre communication autour de vous qu'ensembles, nous pourrons livrer une belle histoire de science-fiction.

J'ai encore beaucoup à apprendre et j'en ai conscience, je fais très souvent des erreurs de cohérence, notamment dans mon premier livre, et qui impactent les suivants car mes romans sont tous liés les uns aux autres.

C'est pour cela que j'ai décidé, après mûres réflexions, de cesser l'écriture de romans pour me concentrer à mettre sur papier l'intégralité de mon univers, afin de reprendre tout à zéro et d'effacer toutes mes erreurs et les incohérences qui régnaient jusqu'ici.

Comme vous pouvez vous en doutez, tout ce que vous voyez et lisez n'a pas été créé en deux jours, cela demande évidemment du temps, de la rigueur et surtout une très grosse organisation.

Je vais donc prendre ce temps pour recréer totalement mon univers, le penser autrement, pour qu'il soit plus intuitif et pour éviter beaucoup de problèmes de narration et également de droits d'auteur que je vais rencontrer si je décide d'aller plus loin.

Je pense spécialement à Whirlwind, dont le nom appartient à Marvel, et que je vais donc devoir renommer, ou à d'autres héros que je ne vous ai pas encore dévoilé, d'autres idées, concepts…

Après cela, je compte revenir en force et cette fois, proposer mon histoire à des maisons d'édition de bandes dessinées et non plus de romans. Je vais faire tout ce qui est en mon pouvoir pour qu'elle puisse voir le jour en « comics » et qui sait ? Peut-être même populariser mes super-héros en Amérique !

Je compte tout faire pour faire connaître mon univers et le faire grandir comme je le vois grandir dans mon imagination.

Car il y a tellement, tellement d'événements, de surprises, de rebondissements qui devront arriver et qui vont bouleverser mon univers super-héroïque et également vous bouleverser, je l'espère. Mais pour cela, je dois m'assurer de le présenter au public sous un meilleur jour afin qu'il puisse le convaincre, vous convaincre.

Je finirai ces notes en ayant une pensée pour l'un des meilleurs hommes et également l'un de mes meilleurs amis, à qui j'ai entièrement dédié cette histoire.

Cette histoire entière, que j'ai conçue du début à la fin, c'est pour mon ami Esteban Santana, que j'ai rencontré en école de cinéma et qui s'en est allé lors de ses 20 ans, il y a maintenant quelques années.

Esteban, tu m'avais confié un jour que la plus grande histoire que tu voulais créer serait celle d'un homme en proie à l'ultraviolence… Alors voilà, Jörkenheim est ton histoire et j'emmènerai cette histoire aussi loin que tu l'aurais voulu.

Je t'aime mon frère, et je vous aime également, vous qui me lisez et qui contribuez au développement de mon univers.

Oh… Un tout dernier petit paragraphe, qui est en fait une anecdote incroyable.

Simuald ne vient pas de mon imagination mais de celle d'Esteban. Lors de ses funérailles, j'ai pu obtenir un merveilleux cadeau : l'un des dessins qu'il avait réalisés quand il était enfant et cela m'était apparu comme une évidence : ce monstre, j'allais en faire un héros, j'allais le nommer Simuald et l'inclure dans mon histoire comme un ultime hommage à mon ami. (Vous pourrez voir le Simuald originel à la page suivante)

Merci à tous pour votre lecture et,

Nous nous reverrons bientôt,

C'est promis.

Le Simuald originel, imaginé et dessiné par Esteban Santana.

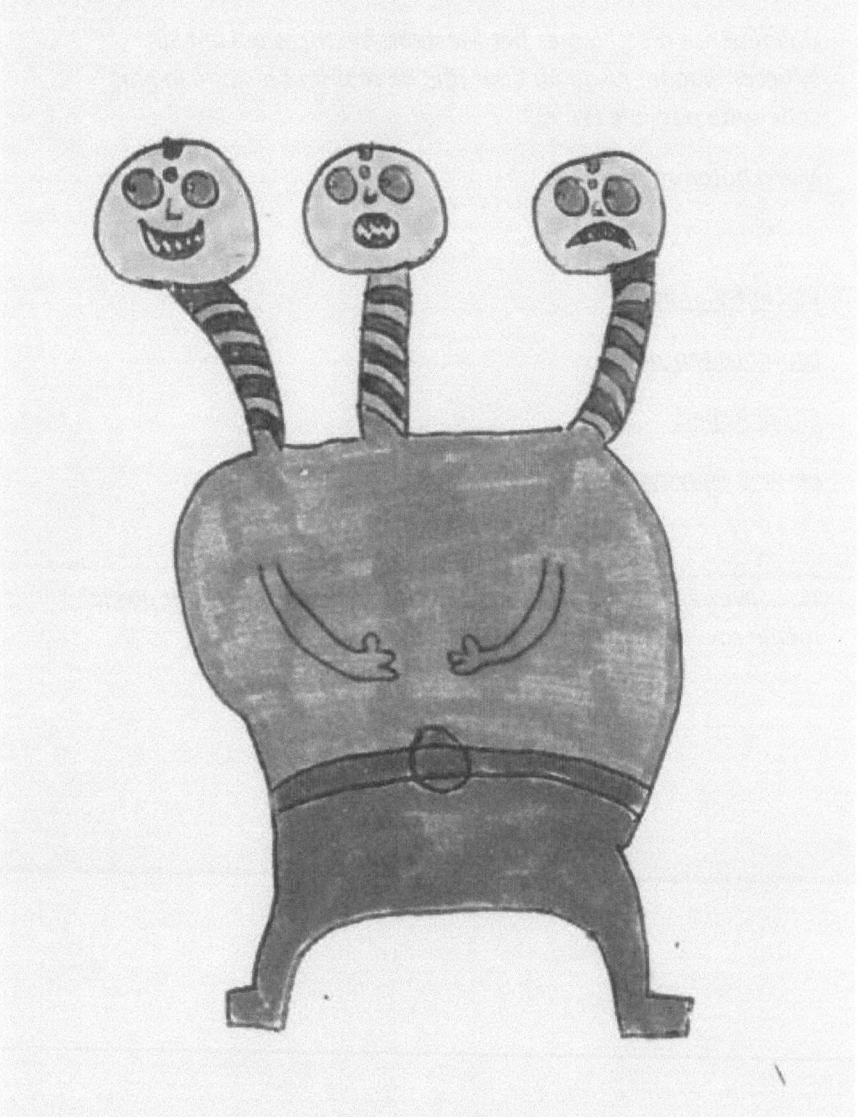

Esteban
2000-20

Remerciements

Un immense merci à mes bêta-lecteurs/lectrices qui ont su m'accompagner jusqu'au bout afin de réaliser l'histoire la plus cohérente possible.

Merci notamment à :

Vincent Vignaud

Laurence Morbé

Eloïse Robert

Ferdine Rayyaye-qob

Vous avez été géniaux et sans vous, cette histoire n'aurait pas la même saveur.